JÜRGEN TIETZ

BERLINER SCHULD

1947: KOMMISSAR ADLERS
ZWEITER FALL

KRIMINALROMAN

Jürgen Tietz

KAMPA

Wenn Sie zweimal jährlich über unsere Neuerscheinungen
informiert werden möchten, schreiben Sie uns bitte an:
newsletter@kampaverlag.ch oder
Kampa Verlag, Hegibachstr. 2, 8032 Zürich, Schweiz

Covergestaltung: Lara Flues, Kampa Verlag
Covermotiv: Mathieu Persan © Kampa Verlag
Satz: Tristan Walkhoefer, Leipzig
Gesetzt aus der Stempel Garamond LT / 240120
Druck und Bindung: Friedrich Pustet, Regensburg
Auch als E-Book erhältlich
ISBN 978 3 311 12577 8

www.kampaverlag.ch

I

Binnen weniger Augenblicke war alles vorbei. Mit hoher Geschwindigkeit näherte sich der streng bewachte Konvoi, der am Flughafen der britischen Besatzer in Berlin-Gatow gestartet war. Rasant bogen die Wagen um die Ecke zur roten Backsteinburg. In der Mitte fuhr ein Bus, die Fenster schwarz gestrichen. Niemand konnte hinein- oder heraussehen. Kaum war der Konvoi durch das eben erst geöffnete Tor des Gefängnisses gerollt, wurde es bereits wieder geschlossen. Schon war alles vorbei.

»So schnell geht das«, sagte Raade.

Seiner Stimme war die Enttäuschung anzuhören. Erwartungsvoll blickte er zu seinem Vorgesetzten. Doch Hans Adler blieb stumm. Die Überführung der Gefangenen war spornstreichs vonstattengegangen, doch jetzt lagen endlos lange Jahre vor den sieben Männern, je nachdem, welche Strafe ihnen auferlegt worden war. Sicher war allerdings, dass keines dieser Jahre schnell für sie verstreichen würde. Jede Minute würde sich ausdehnen. Vor allem nachts, wenn in der Dunkelheit die Geister der Erinnerung ihren Tribut forderten. Diesen Geistern konnte man nicht entgehen. Man konnte sie nicht belügen. Sie wussten, welche Schuld auf den Schultern dieser Männer lastete.

Hitlers Nachfolger Dönitz war bei dem Prozess in Nürnberg im vergangenen Herbst mit zehn Jahren Gefängnis noch am billigsten weggekommen. Von Neurath, Reichsprotektor in Böhmen und Mähren, hatte fünfzehn Jahre erhalten. Hitlers Architekt und Rüstungsminister Speer und der Reichsjugendführer von Schirach würden das Gefängnis nach zwanzig Jahren als alte Männer verlassen, sofern sie nicht vorher starben. Vereinsamt, isoliert, gebrochen. Die anderen drei Kriegsverbrecher hatten durch ihre Taten ihre Freiheit für den Rest des Lebens eingebüßt. Sie würden das düstere Backsteingebäude erst im Sarg verlassen. Immerhin war ihnen der Tod durch den Strang erspart geblieben. Anders als zwölf weiteren Nazischergen. Nur Hermann Göring hatte sich in letzter Minute seiner Strafe durch Selbstmord feige entzogen.

»Lassen Sie uns zurück ins Polizeipräsidium fahren, Raade«, verkündete Adler. »Hier gibt es für uns nichts mehr zu sehen.«

Doch Adler blieb auch jetzt noch aufmerksam. Er musterte die kleine Schar von Fotoreportern vor dem Tor des Gefängnisses. Auf ungeklärten Wegen hatten sie von Ort und Zeitpunkt der »Lieferung« aus Nürnberg erfahren. Wer da wohl nicht dichtgehalten hatte? Unter den kritischen Blicken von Militärpolizisten und alliierten Soldaten packten sie schwatzend ihre Kameras ein, um sich auf den Rückweg in die Stadt zu begeben. Etwas Spektakuläres hatten sie nicht einfangen können, im Gegenteil: Ein Bus fährt in ein Gefängnis. Das war alles. Hatte das bereits das Zeug für einen historischen Moment? Nur wenn man wusste, wer im Bus gesessen hatte. Ein Teil der braunen Elite des »Dritten Reichs«.

Adler verwarf seinen Gedanken. Die letzten Jahre waren übervoll gewesen von solch geschichtsträchtigen Momenten. Von wirklichen und von vermeintlichen. Zu welcher Gruppe dieser Vormittag zählte, würde sich erst in der Zukunft erweisen. Adler war jedenfalls froh um jeden Tag, der sich alltäglich gebärdete. Doch was war schon alltäglich in einer Stadt, die seit über zwei Jahren um das nackte Überleben rang? In der noch immer Zerstörung und Ruinen das Bild bestimmten? In der Hunger herrschte und die erst ganz langsam wieder begann, so etwas wie Normalität zu atmen?

Vergebens hatte Adler vor dem Gefängnis nach Erich Wellhausen Ausschau gehalten. Der Redakteur des *Tagesspiegels* hatte drauf verzichtet, nach Spandau zu kommen. Richtig so. Was hatte Adler hier überhaupt erwartet? Einen opulenten Empfang für jene einstigen Nazigrößen, die für den Rest ihres Lebens nun nur noch verurteilte Kriegsverbrecher waren? Dennoch war es Adler wichtig gewesen, den Moment mitzuerleben. Polizeivizepräsident Stumm hatte das verstanden. Er erhob keinen Einwand, als Adler ihn bat, nach Spandau fahren zu dürfen.

»Kleine Spritztour?«, hatte Stumm gescherzt. »Meinetwegen.«

Nachdenklich begab sich Adler zusammen mit Inspektorenanwärter Harry Raade zu dem Wagen, der sie zurück in die Innenstadt bringen würde. Eigentlich hätten sie jetzt nur zügig über die Heerstraße fahren müssen, um zum Präsidium in Mitte zu gelangen. Vor dem Krieg verband sie in gerader Linie das Berliner Schloss mit den Kasernen der Wehrmacht in der Döberitzer Heide, wo auch das Athletendorf für die Olympischen Spiele 1936 entstanden war. Nach den Wettkämpfen hatte Hitler das Dorf umgehend als Kaserne für die Wehrmacht genutzt. Inzwischen saßen dort die Rotarmisten. Die Brücken über die Havel waren beim Kampf um Berlin gesprengt worden. Ihr Wiederaufbau würde dauern. Daher mussten sie in weitem Bogen über Spandau zurück nach Mitte fahren.

Die Hitze der letzten Tage hatte sich in den Räumen des Polizeipräsidiums eingenistet. Adler schwitzte. Die Luft war stickig, dem eisigen Hungerwinter war ein Hitzesommer gefolgt.

Adler ließ die Tür zu seinem Büro weit offen stehen und platzierte einen Stuhl davor, damit sie nicht zuschlug. Dann warf er sein Sakko über den Schreibtisch und riss das Fenster auf. Vielleicht brachte der Durchzug etwas Erfrischung.

»Querlüften«, hatte Charlotte immer gesagt, sobald die Hundstage kamen. »Das ist das Einzige, was hilft.«

Adler hatte gelacht und seine Arme zärtlich um ihre schlanke Taille geschlungen.

»Und mit dem Wind segeln wir dann übern Wannsee.«

Ein Stich fuhr ihm durchs Herz. Es würde nie mehr eine Segelpartie mit Charlotte auf dem Wannsee geben. Bei einem der Bombardements von Berlin hatten die Trümmer ihres Wohnhauses sie unter sich begraben.

Rita, die seinen wilden Auftritt vom Vorzimmer aus beobachtet hatte, klopfte am Türrahmen.

»Was gibt es?«, fragte Adler.

»Der Polizeivizepräsident hat nach Ihnen gefragt. Sie möchten bitte gleich in sein Büro kommen.«

Adler nickte. Er hätte gerne noch einen Moment seinen Gedanken nachgehangen. Hätte im Geist seinen Kopf auf Charlottes Schulter gelegt. Aber vielleicht war es auch besser so. Lieber nicht zu tief in die Vergangenheit eintauchen, das war einfach zu schmerzvoll.

»Etwas Wichtiges?«, fragte er seine Sekretärin.

»Ich bin mir nicht ganz sicher, aber ich fürchte ja.« Rita stockte. »Eine Frauenleiche wurde gefunden. In Pankow. Vermutlich möchte er deshalb mit Ihnen sprechen.«

Schwungvoll griff sich Adler sein Sakko, schlüpfte mit seinem rechten Arm hinein und legte es sich über die andere Schulter. Nutzlos baumelte der linke Ärmel umher.

Er lächelte seiner Sekretärin zu. »Na dann, Rita. Hoffentlich wird es nicht zu schlimm.«

Doch Rita blickte ihn ernst an. »Was ich gehört habe … Doch, ich fürchte, es ist ziemlich schlimm.«

Stumm erwartete Adler bereits im Büro.

»Zurück aus Spandau? Gab es etwas zu sehen? Kommen Sie, Adler, kommen Sie«, rief er »Sie müssen gleich weiter.«

»Pankow?«

»Richtig. Hat Ihnen Fräulein Rita schon etwas erzählt?«

»Sie hat lediglich erwähnt, dass es eine Frauenleiche gibt«, antwortete Adler zurückhaltend. Ihm war es wichtig, dass er möglichst präzise direkt von Stumm auf den Stand der Dinge gebracht wurde, sonst bestand die Gefahr, dass sich falsche Untertöne oder Fehlinformationen einschlichen.

»Ja, eine Tote. Ganz fürchterlich.« Stumm wirkte erschüttert. »Es handelt sich um die Leiche einer jungen Frau. Sie wurde zufällig gefunden. Die Tote war wohl nur notdürftig in einer Ruine versteckt worden.«

»Weiß man schon etwas zur Todesursache?«

Stumm stockte kurz, ehe er antwortete. »Nicht schön. Ihr Bauch sei aufgeschlitzt worden, hat Hoffmann gesagt. Ihm sei ganz anders geworden, als man ihm davon berichtete.«

Adler kannte den Wachtmeister gut. Er neigte nicht zur Übertreibung.

»Wo ist es denn in Pankow?«

»Das ist das nächste Problem. Der Tatort liegt unmittelbar hinter dem Schloss Schönhausen im Schlosspark.«

»Und Sie vermuten deshalb …«, begann Adler, ohne den Satz zu vollenden.

»Ich vermute überhaupt nichts, Adler. Und das sollten Sie auch nicht. Nur weil das Schloss gleich neben dem Städtchen der Russen liegt, muss das noch kein Hinweis auf einen Täter sein. Im Gegenteil. Ich wäre sehr froh, wenn Sie dieses Mal beweisen könnten, dass kein Russe beteiligt war.«

Adler schaute Stumm ernst an. »Ich suche den Täter. Wer er ist und woher er kommt, ist mir egal.«

»Das ist ja auch sehr richtig, Adler.« Stumm erhob sich und ging zum Fenster, vor dem sich die Trümmerwüste der Berliner Innenstadt ausbreitete. »Trotzdem. Markgraf ist angesichts des Tatortes aufs Äußerste angespannt. Ich verstehe ihn sogar. Es ist entscheidend für den Polizeipräsidenten, dass die Sowjets nichts damit zu tun haben. Denn sonst würde die Stimmung der Berliner gegen die Russen noch mehr kippen. Vor allem in der sowjetischen Besatzungszone.« Stumm machte eine Pause und musterte Adler eindringlich. »Es muss daher gelten, den Täter so schnell wie möglich zu überführen. Noch ehe irgendwelche Gerüchte ins Kraut schießen.«

Adler verzog den Mund. »Leichter gesagt …«, setzte er erneut an.

»… als getan. Herr Gott, das weiß ich selbst, Adler«, brauste Stumm ungeduldig auf. »Aber vielleicht haben wir ja dieses Mal Glück. Es gibt wohl Zeugen, die etwas gesehen haben wollen. Hat zumindest Wachtmeister Hoffmann erzählt.«

»Obwohl die Leiche nur per Zufall gefunden wurde?«

»Was weiß denn ich«, antwortete Stumm unwirsch, »also los jetzt. Man wartet bereits auf Sie.«

»Soll ich Ihnen eine Packung Garbáty mitbringen?«, fragte Adler.

Stumm sah ihn fragend an.

»Die Fabrik ist doch gleich um die Ecke in Pankow«, erklärte Adler.

Der Polizeivizepräsident wischte Adlers Erklärung mit

der Hand fort. Ihm war nicht nach Scherzen zumute. »Sobald Sie wieder im Präsidium sind, möchte ich umgehend über die Vorfälle informiert werden«, erklärte sein Vorgesetzter und schaute Adler streng an. »Dann können Sie mir auch von Spandau vorhin erzählen«, fügte er freundlicher hinzu.

Adler hatte sich bereits zur Tür gedreht, als Stumm sich noch einmal an ihn wandte.

»Und dieses Mal mit Fingerspitzengefühl ermitteln, wenn ich bitten darf, Adler. Verwicklungen mit den Alliierten sind unbedingt zu vermeiden.«

Als ob das in seiner Macht läge. Dennoch nickte er.

Auf dem Flur summte er unwillkürlich die Melodie von *Bolle reiste jüngst zu Pfingsten.* Erschrocken rief er sich selbst zur Raison und hielt inne. Es mangelte ihm wohl an dem gerade erst beschworenen Fingerspitzengefühl. In Pankow hatte sich gerade niemand »janz köstlich amüsiert«. Verlegen schaute sich Adler um. Erleichtert stellte er fest, dass ihn niemand gehört hatte. Bloß jetzt nicht vom Polizeipräsidenten abgefangen werden, hoffte Adler. Wenn schon Stumm besorgt war wegen des Tatortes so nahe beim neuen russischen Städtchen, dann konnte sich Adler vorstellen, wie impulsiv Markgraf reagieren würde. Doch Adler hatte Glück. Ungestört kam er bis zur Straße, wo Wachtmeister Hoffmann und ein Fahrer bereits auf ihn warteten.

2

Im Volkswagen fuhren sie die Schönhauser Allee hoch in Richtung Norden. Links und rechts der Straße breiteten sich die vertrauten Berliner Trümmerlandschaften aus. Auch jetzt, gut zwei Jahre nach Kriegsende, war das Ausmaß der Zerstörung erschütternd. Manchmal fehlte nur ein Vorderhaus. Manchmal war ein ganzes Grundstück leer geräumt. Aber kaum ein Haus wies keine Schäden auf. Immerhin waren die Fahrbahnen und Fußwege frei geräumt, auch einige Grundstücke waren enttrümmert worden. Bei manchen Häusern wurden die Schäden instand gesetzt, während sich andere trostlos in den blauen Himmel erhoben. Und dazu diese Hitze, die wie eine Glocke über der Stadt stand. Alles war staubig, ausgedörrt. Die wenigen Straßenbäume, die es noch gab, ließen ihre Blätter vor der Zeit hängen. Gelegentliche Regenfälle der letzten Tage hatten kaum Erleichterung gebracht. Das Wasser schien auf dem aufgeheizten Boden einfach zu verdampfen. Die Berliner, die im Hinterhof etwas angebaut hatten, mussten um jeden Tropfen Wasser ringen, damit ihnen das Gemüse nicht in der knochentrockenen Erde verdorrte.

Auch in Pankow galt: Je weiter man sich vom Zentrum Berlins entfernte, umso geringer waren die Zerstörungen. Sie fuhren an der Zigarettenfabrik von Garbáty neben der Bahnlinie vorbei. Linker Hand würden sie zum Rathaus Pankow gelangen, dessen festungsartige rote Ziegelmauern Adler an das Kriegsverbrechergefängnis in Spandau erinnerten. Preußisches Erbe. Darüber konnten selbst die roten

Sterne an der Fassade nicht hinwegtäuschen, die bezeugten, dass dort inzwischen die russische Kommandantur ihren Sitz hatte.

Er schüttelte sich unangenehm berührt.

Doch statt dorthin abzubiegen, passierten sie den langgestreckten Pankower Dorfanger mit der Kirche, der die Türme weggeschossen worden waren. Kurz darauf erreichten sie das Schloss Schönhausen.

Vor dem Park stand ein Trupp der Berliner Polizei.

»Was ist denn hier los?«, fragte Adler, kaum, dass er aus dem engen Auto gestiegen war.

»Wachtmeesta Ulitz«, stellte sich ein Polizist vor, ein älterer Berliner, der mit seinem Schnurrbart und der gedrungenen Figur auch gut ins Kaiserreich gepasst hätte. »Die Russen ham die Zujänge von den Park abjesperrt. Die Kollegen dürfen nicht mehr zu den Tatort.«

Ulitz wies mit dem Kopf auf die Rotarmisten, die aufmerksam vor den Polizisten standen. Adler war zwar auf sowjetische Militärs vorbereitet gewesen, doch diese Situation überraschte ihn. Warum wollte man sie vom Tatort fernhalten?

»Die Russen wollen wohl nix anbrennen lassen«, erklärte Ulitz. »Keen Vertun nich, Herr Kommissar«, verkündete er. »Hinter dem Schloss fängt ja och gleech det ›Städtchen‹ an. Da wolln die Russen unter sich und ihresgleechen bleiben.«

Ulitz klang genervt, weil die russischen Soldaten die Polizisten daran hinderten, ihre Arbeit zu machen. Dabei war es wichtig, so schnell wie möglich den Tatort zu sichern und zu untersuchen. Zwar gehörten Schloss und Park selbst nicht zum Städtchen, doch sie lagen in unmittelbarer Nachbarschaft dazu. Gleich nach Kriegsende hatten die Russen sich in dem gehobenen Berliner Villenquartier niedergelassen und die alten Bewohner über Nacht aus ihren

Häusern vertrieben. Sollten sie sehen, wo sie blieben. Da halfen weder formelle Beschwerden beim Stadtkommandanten noch Bitten und Betteln. Inzwischen wohnten hier einige Führungsspitzen der Berliner SED, die im Vorjahr aus der Zwangsvereinigung von KPD und SPD hervorgegangen war. Auch einige Künstler waren dort untergekommen. Hans Fallada hatte die letzten Monate seines Lebens dort zugebracht, ehe er zu Beginn des Jahres gestorben war. Die Russen hatten eine Mauer um das Städtchen gezogen und bewachten es scharf. Eine geschlossene Gesellschaft. Wer hier nicht wohnte oder eine Einladung vorweisen konnte, erhielt keinen Zugang.

Obwohl Adler ganz offensichtlich der ranghöchste Vertreter der Berliner Polizei am Tatort war, ließ man ihn ebenfalls nicht vor.

»*Njet*«, riefen die Soldaten immer wieder und winkten mit der Hand, damit er endlich verschwinden möge. Es entwickelte sich ein absurder Dialog. Geduldig sprach Adler auf die Soldaten ein. Dabei war völlig ungewiss, ob sie ihn überhaupt verstanden. Doch sie winkten ihn nur immerzu fort und wurden zunehmend ärgerlich. Die Stimmung war gereizt, ihr Nein klang immer energischer. Schweiß trat auf Adlers Stirn, nicht nur wegen der Hitze.

Er wusste, dass er von Rechts wegen zuständig war. Doch wenn es den Russen nicht gefiel, ihn zu der Toten vorzulassen, dann half ihm das auch nicht weiter. Die Rotarmisten saßen am längeren Hebel. Schließlich zahlte sich Adlers Hartnäckigkeit doch aus. Durch den Lärm, den der Disput verursacht hatte, war ein Offizier der Sowjets auf ihn aufmerksam geworden.

»Was wollen Sie?«, herrschte er Adler auf Deutsch an.

War das nicht offensichtlich? Dennoch blieb Adler beherrscht. Ruhig erklärte er, dass er sich den Leichnam der

Toten anschauen wolle. Ausführlich betrachtete der Militär die Papiere von Adler und Wachtmeister Hoffmann, ehe er sie zurückgab. Eine knappe Handbewegung reichte aus, und die Soldaten, die Adler so lange abgewehrt hatten, traten zu Seite.

Endlich war der Weg frei.

»Kommen Sie, Kommissar Adler«, sagte der russische Offizier, ohne sich selbst vorzustellen.

Auch Hoffmann und Ulitz folgten wortlos.

»Wissen Sie schon etwas über den Hergang der Tat?«, bemühte sich Adler, ein Gespräch in Gang zu bringen. Doch sein Nebenmann schwieg. Mit zügigen Schritten liefen sie in den nördlichen Teil des Parks.

»Hier«, sagte der Russe.

Er wies auf die Ruine der alten Orangerie des Schlosses. Dichte Brombeerhecken umrankten das teilweise zusammengesunkene Gebäude, das abseits des Hauptweges lag. Ein unangenehmer Geruch nach Exkrementen hing über dem Ort, Scharen von Schmeißfliegen schwirrten umher. Mit bleichem Gesicht blieb Hoffmann neben Adler stehen, auch Ulitz' Züge verhärteten sich. Kein schöner Anblick.

»Herr Kommissar …«, setzte Hoffmann an.

Doch er musste nicht weitersprechen. Adler nickte ihm zu. »Bleiben Sie mal lieber hier, Hoffmann.«

Adler kannte den Geruch nur zu gut. In Schwaden war er im Sommer über die Schlachtfelder des Krieges geweht. Völlig egal, ob Russen oder Deutsche, ob Franzosen oder Engländer. Im Tod verströmten alle Toten diesen entsetzlichen Gestank, wenn niemand da war, um sie zügig zu bestatten. Der Gestank von Ausscheidungen und Blut, von Verwesung und Tod. Je heißer es war, desto schneller setzte er ein.

Etwas abseits saß eine junge Frau auf dem staubigen Boden. Das Gesicht in den Händen, lehnte sie an dem Stamm einer mächtigen Linde. Regungslos standen zwei zur Bewachung abgestellte Rotarmisten neben ihr.

»Wer ist das?«, fragte Adler seinen russischen Begleiter streng.

»Sie hat die Leiche entdeckt. Vielleicht ist sie auch der Täter.«

Adler entschied, sich zunächst um die junge Frau zu kümmern, der Tatort konnte warten. Die junge Frau trug ein blau-weiß gestreiftes Sommerkleid. Am Saum war es mit einer dunkelblauen Bordüre verlängert worden. Ihre Arme waren von der Sonne gebräunt.

»Aufstehen«, befahl Adler.

Seinen scharfen Ton hatte er weniger wegen der jungen Frau gewählt, sondern wegen der Soldaten. Und tatsächlich, die beiden traten einen Schritt zurück. Die junge Frau rappelte sich hoch. Ihr Gesicht war schmutzig, verheult. Bei genauerem Hinschauen entpuppte sie sich noch als halbes Kind.

»Wie heißen Sie?«, fragte Adler.

»Lene«, kam eine gehauchte Antwort.

»Und weiter?«

Adler hatte seine Stimme gesenkt. Er legte der jungen Frau die Hand auf den bebenden Rücken und führte sie unter dem aufmerksamen Blick des russischen Offiziers ein Stück vom Tatort weg.

»Wolters.«

»Und was hast du hier gemacht?«

»Jiersch«, hauchte sie.

»Giersch?«

»Trotz die Dürre wächst unter die Bäume manchmal noch en bisschen Jiersch«, erklärte sie stockend. »Den wollt ick sammeln. Vielleicht hat man ja nich nur Hunga, sondern och ma 'n bisschen Jlück, sacht Mama.«

Adler lächelte. »Und, hast du welchen gefunden?«

»Nee, aber dafür die Tote und …«

Lene brach zuckend in Tränen aus. Erneut vergrub sie ihr Gesicht in den Händen. Adler wartete geduldig, bis sich das Mädchen etwas beruhigt hatte.

»Wohnst du hier in der Umgebung?«

»Amalienpark«, erklärte sie einsilbig.

Das sagte Adler nichts, aber Wachtmeister Ulitz, der alles mitangehört hatte, nickte. »Is' ne vornehme Jejend, Herr Kommissar.«

»Kümmern Sie sich bitte um die junge Frau?«

Behutsam führte Ulitz sie vom Tatort weg, die sowjetischen Soldaten ließen es geschehen. Dann wandte sich Adler wieder dem russischen Offizier zu, der die Szene schweigend beobachtet hatte. Gemeinsam betraten sie die Ruine. Je näher sie der Toten kamen, desto erdrückender wurde der Geruch. Adler hätte sich gerne ein Taschentuch vor den Mund gehalten, doch er war zu sehr damit beschäftigt, sich mit seiner verbliebenen rechten Hand die Brombeerhecken und Fliegen vom Leib zu halten. Unter ihren Schritten knirschten Glassplitter. Sie stiegen über verbrannte Balken und verbogene Eisenträger. Adlers Augen mussten sich erst an das Zwielicht in der Ruine gewöhnen. Und da lag sie. Wie abgeworfen, schräg hinter dem Eingang.

Fliegen umschwirrten den toten Körper, den niemand wenigstens notdürftig zugedeckt hatte. Ein Bein war leicht verdreht, die offenen Augen starrten ins Nichts über ihr. Die dunklen Locken der Toten waren strähnig verstrubbelt. Unter dem leblosen Leib breitete sich ein bräunlicher Fleck aus, das konnte nur getrocknetes Blut sein. Aus dem aufgeschlitzten Unterleib waren Eingeweide herausgequollen. Der Geruch hier war nur schwer zu ertragen. Mühsam kämpfte Adler den aufsteigenden Brechreiz nieder und zwang sich zu einer sachlichen Bestandsaufnahme. Der Zustand und die Lage der Leiche sprachen dafür, dass der Fundort auch der Tatort war. Adler erkannte weder Schleif- noch Blutspuren in der Umgebung, die es sonst gegeben hätte. Ebenso fehlte jede Spur von dem Messer, mit dem die Tat vermutlich ausgeführt worden war.

»Wie furchtbar«, murmelte er und schüttelte sich, als könne er das Gesehene so vertreiben.

Der Rotarmist neben ihm schwieg beharrlich. Doch Adler sah, wie er die Augen zusammenkniff, als könne er dadurch verhindern, dass sich der schreckliche Anblick in seinem Kopf festsetzte.

»Wissen Sie schon, wer das Opfer ist?«

»K sozhaleniyu, njet«, lautete die knappe Antwort.

»Die Tatwaffe?«

Diesmal gab es nur ein Schulterzucken. Adler überwand sich und kniete vorsichtig neben der jungen Frau nieder. Sie war kaum älter gewesen als das Mädchen, von dem sie aufgefunden worden war. Nirgends ein Hinweis auf ihre Identität. Behutsam schloss er ihre Augen. Mehr konnte er nicht tun.

»Wer macht so etwas? Und warum?«, fragte er, ohne eine Antwort zu erwarten, und stand auf. Vielleicht ein Lustmord?, schoss es ihm durch den Kopf.

Was für ein abscheulicher, perverser Begriff. Lust und Mord passten nie zusammen. Aber was wusste er schon von den menschlichen Abgründen? Und das in den schweren Jahren so kurz nach dem Krieg. Erst jetzt fiel ihm auf, dass ihn der russische Offizier offenbar seit einiger Zeit aufmerksam musterte. Adler nickte ihm zu. Sie mussten hier raus. Mussten wieder durchatmen.

»Haben Sie eine Decke, die wir über die Tote ausbreiten

können?«, fragte Adler, nachdem sie die Ruine verlassen hatten.

Mit kurzem Befehl schickte der Rotarmist einen der Wachsoldaten los. Adler blickte zu der jungen Frau, die ein Stück entfernt neben Ulitz wartete.

»Denken Sie wirklich, dass sie die Täterin ist?«

Sein Gegenüber schaute ihn mit leerem Ausdruck an. Dann nahm er unvermittelt Haltung an. Adler hatte das Gefühl, dass in den Minuten, in denen sie gemeinsam bei der Toten gestanden hatte, etwas passiert war. Eine Verbindung war entstanden, vielleicht auch nur aus Respekt gegenüber dem verloschenen Leben.

»Leutnant Raskow, Kommissar Adler«, stellte sich der Rotarmist vor. »Und nein. Das ich glaube nicht, dass die junge Frau die Täterin war.«

»Dann sollten wir sie nach Hause begleiten. Was meinen Sie, Leutnant Raskow?«

»Aber wer war dann der Täter?«, fragte Raskow.

Adler meinte, in der Frage den Druck zu spüren, unter dem Raskow stand, zügig einen Täter zu überführen.

»Das müssen wir ermitteln«, antwortete er mit ruhiger Stimme. »Gemeinsam«, ergänzte er.

Adler wusste, es würde ihm nicht helfen, hier im sowjetischen Sektor ohne das Placet der Russen zu arbeiten. Er brauchte Verbündete, die das gleiche Ziel verfolgten wie er. Den Täter zu finden. So bald wie möglich.

Erst durch den äußeren Schlosspark, dann die Crusenmarkstraße entlang, begleiteten sie die junge Frau zu der malerischen Wohnsiedlung am Amalienpark, der eher einem großzügigen Platz glich. Hier hatten die alliierten Bomber Milde walten lassen, nur eines der schönen Häuser war zerstört worden. Die übrigen verströmten einen großbürgerlichen Glanz, der in jede Erzählung Theodor Fontanes gepasst hätte.

Lene klingelte an der Haustür. Eine Treppe hoch erwartete sie eine Frau Mitte vierzig, der Lene wie aus dem Gesicht geschnitten war. Ein Tuch um den Kopf, kurzärmeliges Kleid, darüber eine Schürze.

»Lene!«, rief sie erschrocken, als sie ihre Tochter mit deren Begleitern sah. »Wo warst du nur so lange. Was ist los?«

Statt eine Antwort zu geben, warf sich Lene schluchzend in ihre Arme.

»Im Schlosspark ist eine junge Frau ermordet worden. Ihre Tochter hat die Leiche gefunden«, erklärte Adler.

Erschrocken drückte die Mutter Lene noch fester an sich. »Mein Gott«, murmelte sie, »hört das alles denn nie auf?« Ihre Augen füllten sich mit Tränen. »Weiß man schon …«

»Nein, wer das Opfer ist, wissen wir noch nicht.«

»Kommen Sie doch herein«, bat Frau Wolters und schob Lene sanft zur Seite. Vorbei an der Küche führte sie die Männer ins Wohnzimmer. Zwei Sessel, eine hölzerne Sitzbank, daneben ein Philodendron mit gefiederten Blättern. Links davon ein kleines Bücherregal. Auf einer Kommode befanden sich gerahmte Fotografien, auf einer erkannte Adler Lene als kleines Kind. Ein junger Mann mit strahlendem Lächeln hielt das Mädchen im Arm.

»Lenes Vater«, erklärte Frau Wolters, die Adlers Blick gefolgt war. Vorwurfsvoll schaute sie zu Raskow. »Russland. Wir wissen nicht, wo er ist. Oder ob er überhaupt noch lebt.«

Adler ging nicht auf den mitschwingenden Unterton ein. »Hast du Geschwister?«, wandte er sich stattdessen an Lene.

»Nein«, antwortete ihre Mutter an ihrer Stelle barsch, »nicht mehr«, fuhr sie mit brechender Stimme fort, während sich ihre Augen erneut mit Tränen füllten.

Eine weitere Familientragödie, dachte Adler, wie so viele.

»Paulchen ist …«, setzte Lene an, konnte aber nicht weitersprechen.

»Paulchen ist tot«, erklärte ihre Mutter um Fassung ringend und atmete tief durch. »Querschläger«, schob sie nach.

Schweigen breitete sich aus. Adler hörte eine Uhr ticken.

»Das Mädchen in der Ruine …«, setzte er erneut an.

»Ick hab doch schon allet jesacht, wat ick weeß«, berlinerte es aus Lene hervor.

»… kennst du nicht?«, fuhr Adler fort.

»Neee …«

»Und warum bist du in das Haus hineingegangen?«, fragte Adler behutsam. »Giersch wächst da doch gar keiner.«

Raskow lehnte am Türrahmen. Still beobachtete er, was geschah. Dass er hier nicht gern gesehen war, hatte er deutlich zu spüren bekommen. Also überließ er Adler die Gesprächsführung.

»Neee, keeen Jiersch.« Lene brüllte fast.

»Und weshalb dann?«, fragte Adler leise nach.

Lene senkte den Kopf und schwieg. Für den Moment würden sie hier nichts weiter erfahren. Adler zog sich mit Raskow zurück, jedoch nicht, ohne Lene Wolters und ihre Mutter für den kommenden Morgen auf das Berliner Polizeipräsidium einzubestellen. Hoffentlich wussten sie bis dahin schon mehr. Zumindest wer die Tote war.

»Sie sehn ja ma wieda janz käsich aus, Herr Kommissar«, rief Loose.

Adlers Nachbar lehnte im Unterhemd am Gartenzaun. Schon von Weitem hatte er zugeschaut, wie Adler sein Rad müde durch die Laubenkolonie schob.

»Hamsen janzen Tach nischt Richtjet jejessen nich?«

Kurz hatte Adler überlegt, vom Präsidium aus noch bei

Erich Wellhausen vorbeizufahren. Der Journalist wohnte seit dem Verschwinden seiner Verlobten Ruth von Dedowsky allein in dem Haus nahe dem Nollendorfplatz. Aber er hatte den Gedanken wieder verworfen, so erschöpft fühlte er sich. Das Bild der toten jungen Frau ging ihm nach. So warm es auch in Berlin war, innerlich fröstelte es Adler.

»So isset, Loose«, verkündete Adler und merkte im selben Moment, wie hungrig er war.

»Wie jut, dat meene Erna Ihnen jleich wat mitjekocht hat.«

Stolz wies Loose auf die Holzkiste, die Looses als Gartentisch diente.

»Also Loose, wissen Sie, das ist ganz reizend, aber ich kann doch nicht andauernd bei Ihnen …«

»Nu sein Se man nich so jenierlich, Herr Kommissar. Dat Se Hunger haben, sieht 'n Blinder mit 'm Krückstock.«

Loose öffnete das Gartentor zu seiner Laube mit einer Geste, als würde er King George zum Dinner im Buckingham Palace bitten. Im gleichen Augenblick kam Erna Loose in den Garten. In den Händen trug sie einen Teller mit Möhrensuppe.

»Und außerdem, ne jute Suppe von meene Erna, det jeht imma.«

Auch wenn er sich stets wieder selbst sagte, dass er den Looses nicht das mühsam gestoppelte Essen wegfuttern dürfe, trieb Adler der Hunger in den Garten.

»War Ihr Tach so jrässlich, wie Se aussehen, Herr Kommissar?«

Adler musste lachen. »Niemals ein Blatt vorm Mund, wat, Loose? Aber recht so.« Ernster fuhr er fort. »So grässlich, wie mein Tag war, kann ich gar nicht aussehen.«

Loose schaute ihn betroffen an.

»Nu lass den Herrn Kommissar doch man erst in Ruhe wat essen«, meckerte Erna Loose mit ihrem Mann, und tatsächlich herrschte für die nächsten fünf Minuten Ruhe. Genüsslich schlürfte Adler die Suppe, in der kleine, glänzende Fettaugen schwammen. Loose hatte also eine Schwarte Speck ergattert und ausgekocht.

In den friedlichen Sommerabend hinein zwitscherten die Amseln. Die Luft war seidig. Adler atmete langsam auf. Doch schon wanderten seine Gedanken wieder zu der Toten, die diesen Berliner Sommerabend nicht mehr erleben durfte. Weil ihm das Schweigen schwerfiel, war Loose kurz in der Laube verschwunden und kehrte jetzt mit einer Flasche Wein zurück in den Schrebergarten.

»Wo haben Sie denn den ergattert?«, setzte Adler an und wusste nur zu gut, dass er die Antwort gar nicht wissen wollte.

»Is 'n janz feiner Tropfen, een Riesling von vorm Krieg«, erklärte Loose.

»Wollen Sie sich den nicht lieber für einen besonderen Anlass aufbewahren?«, fragte Adler.

Loose winkte ab. »Wat könnt denn noch besonderer sein als wie so 'n feiner Sommerabend? Feiner jeht's doch jar nich.« Mit einem Plopp zog er den Korken aus der Flasche und goss in die mitgebrachten Gläser ein. »Uf Ihr Speziellet, Herr Kommissar.«

Der Wein war zwar bei Weitem nicht kalt genug, doch nach diesem Tag bot er eine köstliche Ablenkung. Adler schaute auf das Etikett. Pfälzer Riesling. Aus welchem Weinkeller Looses Kinder den wohl hatten mitgehen lassen? Oder hatten sie ihn auf dem Schwarzmarkt eingetauscht? Bei Looses Jungs funktionierte die Geschichte von Hans im Glück genau andersherum. Sie schienen sich jeden Tag aufs Neue auf dem Schwarzmarkt vom Mühlstein empor zu tauschen.

Adler nippte an seinem Glas.

»Wat hat Sie denn so uffs Jemüt jeschlaren, Herr Kommissar, wenn man mal fraren dürfte? Is ja heute jarnich mit anzusehen.«

Ja, was hatte Adler heute so aus der Bahn geworfen? Dass der Krieg längst vorbei war und dass das Morden und Sterben trotzdem immer weiterging?

Vor seinem inneren Auge sah er die Tote dort liegen. Tote hatte er in den letzten Jahren viele gesehen. Als er an die Front musste, hatte er gedacht, er würde sich an den Anblick Sterbender gewöhnen. An entstellte tote Leiber. Er hatte gedacht, dass er mit der Zeit abstumpfen würde. Doch das Gegenteil war eingetreten. Jeder Tote, den er sah, berührte ihn im Innersten, denn das, was er dort leblos vor sich erblickte, war ein Mensch gewesen. So wie er selbst. Mit Wünschen. Mit Sorgen. Mit Ängsten. Und nun? War alles vorbei.

Da die Zeitungen am kommenden Morgen ohnehin über den Mordfall berichten würden, sah Adler keinen Grund, nicht mit den Looses darüber zu reden. »Es war eine junge Frau in Pankow. Kein schöner Anblick«, sagte er.

Erna Loose fuhr sich erschrocken mit der Hand vor den Mund. »Tot?«, fragte sie mitfühlend.

»Leider«, bestätigte Adler.

»Det is nich jut, det en junga Mann wie Ihnen det dauernd erlebt, mit Mord und Totschlach. Da werden Se am Ende noch janz rammdösich, Herr Kommissar. Ick sar et Ihnen.«

Die Fähigkeit seines Nachbarn, die Dinge in seinem berlinerischen Dialekt auf den Punkt zu bringen, beeindruckte Adler einmal mehr.

»Ich hoffe mal nicht, Loose.«

Aber natürlich war etwas dran an dem, was Loose sagte. Es waren zu viele Tote. Zu viel Leid. Zu viel von allem. Langsam versickerte das Abendlicht hinter dem Grunewald. Selbst die scheinbar endlosen Sommertage gingen irgendwann zu Ende, und die Sterne brachen hervor. Adler bedankte sich und ging zu seiner Laube hinüber. Er goss etwas Wasser in eine Schüssel, schaufelte es mit der rechten Hand auf und wusch sich sein Gesicht. Doch die Erinnerung an das tote Mädchen ließ sich nicht so leicht wegwaschen.

3

Am nächsten Morgen erwarteten ihn die Wolters schon vor seinem Büro. Aus den Gesichtern der beiden Frauen sprach die Müdigkeit, viel hatten sie in der letzten Nacht wohl nicht geschlafen, vermutete Adler.

»Na, dann kommen Sie mal«, forderte er sie freundlich auf. Sie folgten ihm in den kargen Verhörraum. Kurz darauf kam Raade hinzu und schloss die Tür hinter sich.

Nervös ruckelte Lene Wolters vorne auf der Stuhlkante umher. Ihre Mutter hatte die Hände in den Schoß gelegt. Schicksalsergeben betrachtete sie ihre Tochter.

»Erzählen Sie uns doch bitte noch einmal genau, was gestern passiert ist.«

Anstatt des vertraulichen Du von gestern hatte sich Adler für das formellere Sie entschieden, doch Lene Wolters schien den Wechsel gar nicht wahrzunehmen. Sie holte tief Luft.

»Ich bin gestern los«, stieß sie hervor, »um Giersch zu sammeln. Und Löwenzahn. Vielleicht sogar etwas Rauke. Kräuter und Salat eben. Ist halt alles knapp. Und an die frische Luft sollte ich auch«, antwortete sie ohne einen Anflug von Akzent.

Sie schaute zu ihrer Mutter, die ihr bestätigend zunickte. Offensichtlich hatten die beiden Frauen Lenes Aussage stundenlang eingeübt.

»Aber so viel Salat gab es nicht im Schlosspark«, merkte Adler an.

»Nee, war mau«, bestätigte Lene.

Adler lächelte ihr aufmunternd zu und schwieg. Ihre Nervosität und die Zeit würden dafür sorgen, dass Lene Wolters nach und nach den Pfad ihrer eingeübten Aussage verlassen würde.

»Ja und dann«, fuhr sie fort, »dann lag da die Tote.«

»Wo lag die Tote?«

»Na, in der Ruine.«

»Und wie kam es, dass Sie in die alte Orangerie gegangen sind? Da wächst doch überhaupt kein Giersch. Und gefährlich ist es auch.«

»Wegen die Brombeeren«, berlinerte Lene die Antwort wie aus der Pistole geschossen.

Kompliment, dachte Adler. Frau Wolters hatte ihre Tochter bestens vorbereitet. Von den Brombeeren war gestern noch keine Rede gewesen.

»Sind die nicht noch ganz schön sauer so früh im Jahr?«

Lene stockte. »Schon.«

»Und gab es viele Brombeeren?«

»Ein paar.«

»Wie viel waren es denn etwa?«

»Weiß nicht genau.« Lene schaute Adler mit großen Augen an.

»Und die Tote?«

»Lag so da«, kam die dürre Antwort.

»Kannten Sie die Tote?«

Statt zu antworten, schaute Lene Wolters zu Boden. Sie schüttelte den Kopf. Ihre Mutter legte ihr die Hand auf die Schulter.

»Herr Kommissar …«, setzte sie an.

Doch Adler unterbrach sie. »In dem ollen Haus gibt es gar keine Brombeeren zu ernten, richtig? Die wachsen nur drum herum.«

Lene Wolters stimmte kopfnickend zu.

»Und warum sind Sie trotzdem hineingegangen? Kann doch einstürzen, so eine Ruine.«

»Wegen dem Geruch.«

Adler schluckte die grammatikalische Korrektur hinunter, die ihm auf der Zunge lag. Dafür war jetzt nicht die richtige Zeit. »Deshalb sind Sie hineingegangen?«

Stumm nickte Lene, den Kopf noch immer gesenkt.

»Also, ich hätte an Ihrer Stelle wegen des Gestanks eher das Weite gesucht, Fräulein Wolters.«

Schweigen.

»Aber Sie haben die Ruine betreten. Fanden Sie das nicht gefährlich?«

»Schon.«

»Aber Sie sind trotzdem rein.«

»Hm.«

»Und warum?«

Immer noch musterte Lene Wolters ihre Finger, als würden sie ihr die Antwort weisen. »Weil ich Angst hatte«, flüsterte sie schließlich.

»Angst? Wovor denn?«

Schweigen.

»Wovor hatten Sie Angst?«, wiederholte Adler und musterte die junge Frau eindringlich.

Sie hob den Kopf und blickte zu ihrer Mutter. Wenn er erfahren wollte, was wirklich passiert war, musste er jetzt mit Lene Wolters alleine weitersprechen.

»Frau Wolters, Inspektorenanwärter Raade geleitet Sie jetzt mal in mein Büro rüber. Vielleicht findet sich dort ein Glas Wasser für Sie.«

Entgeistert schaute die Frau Adler an. »Ich lasse Lene auf keinen Fall alleine.«

Adler schaute sie streng an, während Raade neben sie trat. »Wenn Sie mir bitte folgen würden.«

»Nein.«

»Mama.«

»Ich lass dich hier nicht allein mit dem Kommissar. Nicht nach dem, was gestern passiert ist.«

»Mama.«

»Auf keinen Fall.«

»Frau Wolters …«, setzte Raade an.

»Ich verbitte mir …«

»Mama«, wiederholte Lene Wolters flehentlich.

»Lene …«

»Wegen Rudolf …«, wisperte die junge Frau.

Augenblicklich herrschte Stille in dem schmucklosen Raum.

Das einzige Geräusch war das Surren einer Fliege, die vergeblich versuchte, durch die Glasscheibe nach außen zu gelangen. Adler friemelte aus der Innentasche seines Sakkos ein frisches weißes Taschentuch und reichte es der jungen Frau, die sich damit die Augen abtupfte.

»Wer ist Rudolf?«, fragte Adler nach einer Weile.

»Mein … Freund.«

In einer Mischung aus Mitgefühl und Empörung blickte ihre Mutter zu ihr.

»Ach Lene. Warum hast du mir das denn nicht gesagt?«

Geräuschvoll zog die junge Frau die Nase hoch.

»Wer ist denn dieser Rudolf?«, fragte Adler erneut.

Mutter und Tochter schauten einander an. Stockend begann Lene Wolters zu erzählen.

»Rudolf ist … Rudolf war ein Kumpel von Paulchen.« Sie atmete einmal tief durch. »Er hat mich … als Paul … er ist …«

Der Rest erstickte in Tränen. Adler wollte diese Geschichte eigentlich gar nicht hören. Er spürte die Trauer und Scham Lenes. Er wollte dieses Gespräch nicht weiterführen. Was immer zwischen Rudolf und Lene war, es ging ihn nichts an. Niemanden. So wenig es irgendeinen anderen Menschen etwas anging, was einmal zwischen ihm und Charlotte gewesen war. Sie waren damals kaum älter als heute Lene gewesen, als sie das erste Mal verliebt spazieren gingen. Sich an den Händen hielten, sich verlegen küssten. Doch es half alles nichts, Adler musste dieses Gespräch mit Lene zu Ende führen. Und er würde mit Rudolf sprechen müssen.

Langsam beruhigte sich Lene Wolters. Ihre Mutter hatte ihre Empörung hintangestellt und tröstend den Arm um ihre Tochter gelegt.

»Nachdem Paulchen tot war, kam Rudolf immer mal wieder bei uns vorbei. Er war ... genauso traurig wie ich. Als die Jungs im April fünfundvierzig alle zum Volkssturm sollten, haben wir ihn dann in unserer Kammer versteckt. Niemand wusste etwas, nicht einmal seine Mutter. Nur damit er nicht so endet ...« Sie stockte erneut. »Wie Paulchen ... Später sind wir dann immer mal wieder spazieren gegangen.«

Sie schaute zu ihrer Mutter, als würde sie um Entschuldigung bitten müssen.

»Es tat so gut, mit ihm zu reden. Über Paul. Über den Krieg. Über das, was wird. Was wir werden wollen.«

Erneut hielt sie inne. Beim Gedanken an Rudolf schien ein Lächeln über ihre Seele zu gleiten.

»Wir sind oft die Panke hochgelaufen. Bis zu den Karpfenteichen. Manchmal haben wir auch einfach nur am Ufer gesessen und zugeschaut, wie das Wasser so dahinfloss. Einfach so. Haben die Rotfedern beobachtet.«

»Und manchmal habt ihr euch in der zerstörten Orangerie verabredet?« Adler duzte Lene nun wieder.

Kaum merklich nickte sie. Sie atmete schwer.

»Gestern wolltet ihr euch auch wieder an der Ruine treffen?«

»Ich hatte solche Angst, dass Rudolf etwas passiert ist. Der Gestank war so abscheulich, da musste ich nachgucken. Aber es war nicht Rudolf. Gott sei Dank. Ich weiß, ich hätte nicht erleichtert sein sollen. Ich schäme mich so, aber ich war so furchtbar erleichtert.«

»Und dort haben dich die Russen entdeckt?«

»Ja.«

»Hast du die Leiche berührt, irgendetwas verändert?«

Lene schüttelte sich vor Ekel. »Nein.«

»Und hast du seitdem mit Rudolf gesprochen?«

»Nein, auch nicht.«

»Wirklich nicht?«, fragte Adler streng nach.

»Nein.«

»Du weißt also nicht, warum Rudolf nicht zur vereinbarten Zeit in der Orangerie war?«

Lene zuckte mit den Schultern. Ja, warum war er nicht gekommen? Plötzlich weiteten sich ihre Augen vor Schreck. Sie begriff.

»Niemals. Das hat Rudolf niemals getan«, schrie sie empört auf, als sie bemerkte, dass sie ihren Freund gerade ungewollt zu einem Verdächtigen gemacht hatte.

»Es wird sich alles aufklären«, versuchte Adler die nun völlig aufgelöste junge Frau zu beruhigen. Hoffentlich zum Guten, dachte er.

An der Haustür verkündete ein kleines Emailleschild mit schwarzer Schrift auf weißem Grund, dass hier Betteln und Hausieren verboten sei. Die violett-grün changierenden Fliesen und Schablonenmalereien an den Flurwänden darüber im Durchgang zum Hof kündeten vom bürgerlichen Wohlstand, der im Haus geherrscht hatte, ehe die Kriegswirren darüber hinweggeweht waren. Die Pracht bröckelte, der stumme Portier schwieg. Der linke Seitenflügel des Pankower Mietshauses war in sich zusammengesunken, während das Vorderhaus kaum beschädigt erschien. Auch die oberen Stockwerke des rechten Seitenflügels waren gen Himmel offen. Angekohlte Holzbalken ragten ins Blaue, vermutlich das Ergebnis einer Brandbombe. Immerhin schien das Erdgeschoss noch bewohnt zu sein, denn dort waren die Fenster notdürftig mit Latten und Pappe gesichert.

»Hier?«, fragte Raade zweifelnd.

Adler nickte.

Erster Hof, hatte Lene Wolters gesagt. Den zweiten Hof gab es nicht mehr. Dort, wo er sich einst anschloss, lag nun ein staubiger Trümmerhaufen. Ein Stumpf im Boden kündete davon, dass einmal ein Baum im Hof gestanden hatte. Vermutlich eine Birne wie in so vielen Berliner Hinterhöfen. Im letzten Winter hatten die Bewohner dann vor der Entscheidung gestanden, entweder im nächsten Herbst Birnen essen zu können oder in diesem Winter für ein paar Stunden nicht zu frieren.

Vorbei an einem muffig riechenden Kellerabgang gingen sie zur Ruine des Seitenflügels.

»Wird schon stimmen«, antwortete Adler und klopfte an die Türe.

Unter dem abgepellten braunen Lack kam das helle Holz zum Vorschein. Brandspuren hatten ein Muster darauf gezeichnet. Von innen war Rumpeln zu vernehmen. Dann öffnete sich die Tür einen Spalt, gesichert durch eine Metallkette. Eine Frau Mitte vierzig, schmale Wangen, ausgezehrtes Gesicht, schaute unsicher auf die beiden Besucher. Eine blonde Haarsträhne fiel ihr über die Stirn. Behutsam schob sie sie hinters Ohr. Adler schaute auf die schmalen, unberingten Finger.

»Ja bitte?«

»Frau Meister?«

»Ja?«

»Kriminalpolizei. Wir würden gerne mit Rudolf sprechen, Frau Meister«, sagte Adler.

»Warum?«, fragte sie, ohne Anstalten zu unternehmen, die Männer hereinzubitten.

»Wir würden uns gerne mit ihm unterhalten«, wiederholte Adler ohne weitere Erläuterung.

»Er ist nicht da«, antwortete sie unwirsch.

»Wissen Sie, wo er im Moment ist?«

Einen Moment musterte sie die beiden Männer stumm. »Nein«, antwortete sie einsilbig.

Das konnte anstrengend werden.

»Frau …«, setzte Adler gerade an, als sich ein Fenster im Vorderflügel öffnete.

»Allet in Ordnung bei Ihnen, Frau Meister?«

Erschrocken schaute sie nach oben. »Alles gut, Herr Müller.«

Adler sah die Angst in ihrem Blick.

»Soll ick man lieba die Polizei rufen?«

»Nein, nein. Es hat alles seine Ordnung«, antwortete sie und öffnete die Tür. »Bitte kommen Sie lieber schnell rein.«

In dem Raum war es genauso unwohnlich wie in Hans Adlers Laube. Ein Verschlag, in dem selbst am helllichten Tag nur Dämmer herrschte. Ein Bett, ein Tisch mit drei Stühlen, eine Kommode mit einer Schüssel. Daneben ein Bottich, ein kleiner Ofen. Das war alles.

»Rudolf ist eben Wasser holen.«

Frau Meister hatte die rechte Hand zur Faust geformt und rieb sie nervös in der linken.

»Herr Müller …«, setzte sie an.

»... ist Ihr Vermieter und Sie wollen kein Aufsehen erregen«, vollendete Raade ihren Satz. Sie nickte verschüchtert.

»Wir haben kein Geld für die Miete. Er hat schon mehrmals gedroht, uns rauszuwerfen. Bisher konnte ich immer noch ...«

Sie brach ab und schaute zu Boden.

»Und dann würden Sie nicht wissen, wohin und wie weiter mit dem Jungen.«

Meisters Schicksal war beileibe kein Einzelfall in der Stadt. Rudolfs Vater war gefallen, vermutete Adler, oder in Gefangenschaft. Ganz ähnlich wie bei Lene Wolters. Und bei Tausenden anderen. Wie auch immer. Den Meisters fehlte es offensichtlich an allem. An Essen, an Geld, an Zuwendung. Adler ahnte, wie die Frau ihre Mietrückstände bei Herrn Müller beglich. Es schüttelte ihn innerlich, doch er versuchte, sich nichts anmerken zu lassen.

»Wann kommt Ihr Rudolf zurück?«, fragte er mit ruhiger Stimme.

»Jeden Moment.«

Langsam gewöhnte sich Adler an das Zwielicht im Raum. »Wie lange wohnen Sie schon hier?«

»Seitdem wir ausgebombt wurden.«

»Sie haben alles verloren?«, fragte Raade mitfühlend.

»Plötzlich war alles weg. Da, wo am Morgen noch unsere Wohnung stand, war nur noch ein Haufen Trümmer.«

Ihre Augen füllten sich mit Tränen.

»Und Ihr Mann?«, fragte Raade nach.

»Ich weiß es nicht«, hauchte sie. »Von ihm habe ich seit dem Frühjahr fünfundvierzig nichts mehr gehört. Er war im Feld. Im Osten. Irgendwo.«

Mehr war nicht zu sagen. Was immer sie mit ihrem Sohn in jenen Tagen erlebt hatte, es hatte sich tief in ihrer beider Seelen eingebrannt.

In diesem Moment ging die Tür auf. Die schmalen Wangen, die blonden Haare. Wie bei Lene und ihrer Mutter war auch bei Rudolf die Ähnlichkeit mit seiner Mutter nicht zu übersehen.

Grußlos stellte Rudolf den Wassereimer neben dem Bottich ab.

»Sag den Herren guten Tag«, forderte ihn seine Mutter auf.

Widerwillig streckte er Raade und Adler seine schmale Hand entgegen und machte einen Diener, vermied es aber, ihnen dabei ins Gesicht zu sehen.

»Die beiden Herren sind von der Polizei.«

»Du weißt, warum wir hier sind?«, fragte Adler.

»Ick hab nüscht jemacht«, schoss es aus dem Jungen hervor.

Das Unbehagen war ihm anzusehen.

»Was hast du nicht gemacht?«

»Jar nüscht«, antwortete Rudolf trotzig.

»Wollen wir uns nicht erst einmal hinsetzen und in Ruhe miteinander reden?«, bemühte sich Raade, die angespannte Stimmung aufzulockern.

»Wir haben leider nur drei Stühle. Soll ich bei Herrn Müller fragen …«

»Machen Sie sich mal keine Umstände, Frau Meister. Setzen Sie sich nur hin. Ich bleibe gerne stehen«, antwortete Raade.

»Ick weeß überhaupt nicht, wat Se von mir wollen.«

Rudolf sah Adler herausfordernd an.

»Vielleicht erzählst du uns erst einmal, ob du gestern mit Lene Wolters verabredet warst.«

»Un wenn ja? Wat jeht Ihnen det an?«

»Rudolf, nun berlinere doch nicht schon wieder so«, forderte ihn seine Mutter auf.

Der Junge verdrehte die Augen. Offenbar hatte er sich schnell an den rauen Berliner Tonfall gewöhnt.

»Ich weiß nicht, wat Sie das angeht, Herr Polizist«, wiederholte er und schielte zu seiner Mutter.

»Was uns etwas angeht, das entscheiden wir, Rudolf. Du hast von der Toten im Schlosspark gehört?«

Bildete sich Adler das nur ein? Oder schlich sich tatsächlich ein Schimmer des Erschreckens in Rudolfs Züge?

»Ja.«

»Kein schöner Anblick, nicht wahr?« Adler musterte Rudolf, doch der schwieg. »Das hat uns zumindest Lene Wolters erzählt.« Adler spürte, wie der Junge mit sich rang.

»Und sie war sehr froh, dass dir nichts passiert ist.«

»Ach, die Leni ist so ein entzückendes Mädchen«, versuchte Frau Meister, dem Gespräch eine andere Wendung zu geben. Doch Adler ging nicht auf sie ein.

»Sie hatte schon befürchtet, dass du dort lägest.«

Immer noch nichts.

»Dort, wo ihr verabredet wart.«

Schweigen.

»In der Ruine der Orangerie.«

In den wenigen Sonnenstrahlen, die durch die vernagelten Fensteröffnungen drangen, tanzten schillernd Staubpartikel. Die Stille im Raum dehnte die Zeit. Adler wusste, dass Rudolf reden würde. Diese Stille war nicht lange auszuhalten. Selbst für einen Jungen nicht, der sich so abgebrüht gab wie er.

»Wir«, setzte Rudolf tatsächlich an und stockte kurz, »wir waren das nicht. Ich war das nicht.«

Vom Berliner Jargon, in dem er sich noch eben gesuhlt hatte, war nichts übrig geblieben. Statt in die Augen eines aufmüpfigen jungen Mannes sah Adler jetzt in bedrückte Kinderaugen.

»Sie hat dort gelegen«, fuhr Rudolf fort. »Sie war schon tot. Das müssen Sie mir glauben. Sie ...«, er stockte erneut.

»Das glaube ich dir«, antwortete Adler, »kanntest du die Tote?«

»Ich weiß nicht. Ich glaube nicht. Vielleicht wohnt sie hier irgendwo.«

Das klang nicht sehr hilfreich.

»Es war ... es war so ekelig, wie sie da lag.«

Adler sah dem Jungen an, wie vor dessen innerem Auge die Bilder der Toten wieder auferstanden. »Warum bist du nicht zur Polizei gegangen?«

»Weiß nicht«, antwortete Rudolf.

Da war sie wieder, seine verstockte Art.

»Und warum hast du nicht wenigstens die Lene Wolters gewarnt?«

Rudolf blickte auf seine Hände hinab. »Weil ich Angst hatte. Und weil ich nicht wollte, dass Lene mich so sieht, wie ich Angst habe. Weil ...« Er hob den Kopf. »Weil ich das alles nicht mehr will«, platzte es aus ihm heraus. »Mit die Toten. Mit Paul. Und mit allem.«

Adler nickte.

Während der Junge sprach, hatte sich Raade hinter ihn gestellt. Beruhigend legte er ihm nun die Hand auf die Schulter. Was sollte aus dieser Generation nur werden? Jugendliche, die nur den Krieg kannten. Nur Tod und Untergang. Für die der Alltag Verzweiflung war.

»Ist schon gut, Rudolf. Wir wollen das alle nicht mehr, mit den vielen Toten.«

Blass und erschöpft sah Frau Meister zu Adler. Auch sie war am Ende ihrer Kräfte.

»Und was wird nun?«, fragte sie ratlos.

Ja, was würde nun werden? Zwei Jugendliche, die anstelle eines verliebten Tête-à-Tête eine Leiche entdeckt hatten. Sie würden klären müssen, ob die Jugendlichen wirklich nichts mit der Toten zu tun hatten, auch wenn sich Adler das kaum vorstellen konnte.

»Es ist gut, dass uns Rudolf alles erzählt hat, Frau Meister. Wir nehmen seine Aussagen noch zu Protokoll. Vielleicht ist dir ja sonst noch etwas aufgefallen?«, wandte er sich erneut an Rudolf. »Denk bitte noch einmal nach. Und dann kommen Sie beide morgen früh im Präsidium in der Keibelstraße vorbei.«

Frau Meister stand auf.

Wie zermürbt sie aussah, dachte Adler, während sie die beiden Polizisten zur Tür begleitete. Noch immer ganz gefangen in sich selbst und seinen Erlebnissen, blieb Rudolf sitzen. Nicht einmal den Abschiedsgruß der Polizisten erwiderte er. Der Tod saß ihm in den Knochen. Er saß ihnen allen in den Knochen, aber den Kindern ganz besonders.

4

Adler war froh, als er im Hinterhof wieder frische Luft bekam. Die Stimmung in der kleinen Wohnung war bedrückend gewesen. Die Dunkelheit, die dort trotz des Sommers herrschte. Frau Meisters Verzweiflung.

Ein paar leichte Wolken schwebten weißgebauscht über den blauen Berliner Sommerhimmel. Vor dem Baumstumpf im Hof blieb Adler stehen und blickte nach oben, und tatsächlich. Herr Müller lehnte mit nackten Armen auf dem Fensterbrett. Eine Kippe im Mund, musterte er die Szenerie. Adler hätte ihm gern einige Sätze zugerufen. Etwas über Anstand. Über Mitgefühl. Über Nächstenliebe. Doch er schwieg. Wer war er, hier den Moralapostel zu spielen. Er hatte einen Mord aufzuklären.

»Was meinen Sie, Raade?«, fragte Adler, während sie vom Amalienpark zurück in Richtung Schlosspark liefen.

»Traurig das alles.«

»Das ist wohl wahr, Raade. Und was denken Sie über den Jungen?«

»Rudolf? Auch traurig. Ach was, furchtbar«, korrigierte er sich. »Er kann einem leidtun, so etwas ansehen zu müssen.«

»Also ist er nicht unser Täter?«

Raade blieb stehen. »Also Herr Kommissar! Der Junge? Der kann doch nicht mal einem Schmetterling einen Flügel ausrupfen.«

»Was für Bilder Sie manchmal entwerfen, Raade. Doll. Aber stimmt schon. Der Junge wird wohl nicht unser Täter gewesen sein. Und seine Freundin war es erst recht nicht. Auch wenn sie beide die Tote entdeckt haben.«

»Was haben wir also?«

»Wenig. Sehr wenig. Lassen Sie uns noch mal den Tatort ansehen«, antwortete Adler.

»Übrigens eine ganz schöne Gegend. Hier eine Wohnung, wäre das nicht etwas für Sie, Herr Kommissar?«, fragte Raade.

»Sie meinen anstelle meiner Laube?« Adler blickte sich um. In der friedlichen Sommerstimmung besaß die Gegend fraglos ihre Reize. »Ja, schon. Aber hier gibt es mir ein bisschen zu viele Russen«, schob er mit gesenkter Stimme nach.

Raade lachte. »Na, die werden ja wohl nicht ewig in Berlin bleiben.«

Ihr Wort in Gottes Ohr, dachte Adler und schwieg.

Rund um die Villen an Viktoria- und Kronprinzenstraße hatte die Rote Armee einen Bretterzaun errichtet, nur Bewohner oder Inhaber eines Passierscheins durften ins Innere des Städtchens. Misstrauisch beäugten die Rotarmisten die beiden Polizisten, die am rot-weiß gestrichenen Schlagbaum vorbeiliefen. Doch heute hielt niemand die beiden Männer auf ihrem Weg zur Orangerie auf. Trotz des traurigen Anlasses genoss es Adler, unter den herrlichen alten Bäumen der ehemaligen Allee entlangzulaufen, die vom Schloss nach Norden in Richtung Oranienburg geführt hatte. Manchmal besaß der Berliner Sommer diese flirrenden Momente. Dann tanzten Licht und Schatten in der Wärme des Tages auf den stuckverzierten Fassaden der Gründerzeithäuser.

Unvermittelt blieb Raade stehen. »Jetzt fällt es mir wieder ein. Hier waren wir einmal zum Kaffeetrinken«, erklärte er dem überraschten Adler.

»Na so was. Wann war denn das?«

»Tja, das ist eine gute Frage, Herr Kommissar.« Raade

grübelte nach. »Vor dem Krieg jedenfalls. Meine Mutter liebte es, sonntags Ausflüge zu unternehmen. Ausflug hieß bei ihr allerdings nicht, eine Wanderung zu machen. Ihr stand der Sinn eher nach einem kleinen Spaziergang.«

Versonnen blickte Raade zurück auf das Schloss und sah dabei seine Kindheit aufscheinen.

»Ihr eigentliches Ziel war es immer, ein schönes Café zu entdecken, um dort ein Stück Torte zu essen.«

»Hier bekam man Torte?«

»Doch, doch. Deshalb kam mir die Gegend schon gestern so bekannt vor. Ich konnte es aber nicht zuordnen.« Raade wies auf das Schloss. »Dort unten muss das Café gewesen sein. Sehr gediegen. Alles mit Holz vertäfelt. Nobel. Was einem plötzlich alles wieder so einfällt. Mein Vater hatte uns an diesem Nachmittag die ganze Zeit von Friedrich dem Großen erzählt. Dessen Frau habe hier im Schloss gelebt, während der König in Potsdam residierte. Wenn der Alte Fritz nicht gerade in den Krieg zog.«

Raade nickte, wie um sich selbst zu bestätigen.

»Und die Torte war auch nicht übel. Ich glaube, ich hatte ein Stück Schwarzwälder Kirsch.« Raade strahlte. »Fast genauso schön wie im Amalienpark, nicht wahr?«

»Raade, Raade, nicht, dass Sie mir gleich ins Schloss einziehen wollen.«

Damit wandte sich Adler ab und bahnte sich durch kniehohe Brennnesseln und Gestrüpp einen Weg durchs Unterholz, um die Ruine der Orangerie einmal zu umrunden. Was immer es hier gestern noch an Spuren gegeben haben mochte, inzwischen waren sie verschwunden. Hinter der Ruine erstreckte sich das Gelände der Schlossgärtnerei. In schmalen Beeten waren dort Paprika, Tomaten und Kohlköpfe angepflanzt, allerdings nicht mehr für die Tafel der Königin Elisabeth Christine, sondern gewiss für die Bewohner im Städtchen. An der Rückseite der Orangerie gab es ebenfalls einen Eingang zu der Ruine.

»Sieht nicht so sonderlich vertrauenswürdig aus, das olle Gemäuer«, sagte Raade, der sich widerwillig von seinen Kindheitserinnerungen gelöst hatte und Adler gefolgt war.

»Nein, aber vielleicht bauen Sie das Gebäude ja mal wieder auf, Raade«, scherzte Adler.

»Wohnen in einer alten Orangerie? Na, Sie haben heute aber auch interessante Ideen, Herr Kommissar. Ich bin doch keine Zimmerlinde.«

Vorsichtig schob sich Adler durch die Räume. Auch hier lagen Splitter und Holzbalken auf dem Boden herum. Einige Wände waren zur Hälfte eingestürzt. Wie lange das wohl noch so stehen bleiben würde, ehe es völlig zusammenbrach? Immerhin hatte sich der Gestank vom Vortag verflüchtigt. Still betrachteten Adler und Raade die Stelle, an der die tote junge Frau gelegen hatte. Auf dem Boden zeichnete sich der dunkle Fleck ab, den die Blutlache unter ihrem Körper hinterlassen hatte. Sonst erinnerte nichts mehr an das Verbrechen. Irgendjemand hatte hier für Ordnung gesorgt. Raskow, vermutete Adler.

»Folgendes, Raade. Sie drehen jetzt eine Runde durch die Schrebergärten und die angrenzenden Wohnhäuser am Park. Vielleicht hat ja jemand etwas bemerkt. Oder die junge Frau stammt von hier und wird vermisst. Ich mache mich derweil auf den Weg zur Charité. Bin gespannt, was Frau Dr. Fischer sagt. Wir treffen uns im Präsidium.«

Adler lief quer zum Bürgerpark und weiter zur Polizeiwache an der Straße vor Schönholz. Es konnte ja nicht schaden, noch einmal mit Wachtmeister Ulitz zu sprechen.

»Sin Se extra noch eenma zu uns nach Pankow rausjekommen, Herr Kommissar«, stellte Ulitz jovial fest.

»Kennen Sie die Familien Wolters und Meister?«, fragte Adler.

»Wolters, wo det Mädchen die Tote jefunden hat?«

»Richtig.«

»Nee, hab ick jestern ooch det erste mal jeseehn, die Jöre.«

»Na, die Lene ist wohl schon eher eine junge Frau.«

»Wenn Se meenen, Herr Kommissar. Ick denk ma ja, dat meene Kinder imma Kinder bleeben, aber Se haben ja och recht mit det, wat Se saren, Herr Kommissar.«

»Und Meisters?«

Ulitz' Gesicht verdüsterte sich. »Ja det is nun ma noch ne janz andere Sache.«

Erwartungsvoll schaute Adler zu dem älteren Kollegen. Der nahm den Tschako vom Kopf und wischte verlegen auf dem Helm herum.

»Ausjebombt die beeden. Die Anne Meister is ejentlich ne janz Nette«, begann er zu erzählen, als würde es sich irgendwie ausschließen, ausgebombt und zugleich nett zu sein. »Die Nachbarns ham sich mehrmals uffe Wache jemeldet. Det wäre nich janz koscher, wat da in dem Haus abjeht, hame se jesacht.«

»Aha.«

»Ja, ham se jesacht«, wiederholte Ulitz.

Adler wartete einen Moment, ehe er nachfragte.

»Und was bedeutet das?«

»Unsolide sei die Frau Meister, saren se.«

»Wer sagt das?«

»Na, die Leute aus dem Vorderhaus.«

Ulitz wurde der Verlauf des Gesprächs zunehmend unbehaglich.

»Wachtmeister Ulitz, nun mal raus mit der Sprache. Was soll das heißen, dass Frau Meister unsolide sei? Und wer behauptet das?«

»Et jebe Herrenbesuche bei ihr«, druckste Ulitz.

»Die Nachbarn unterstellen also Frau Meister einen gesetzeswidrigen Lebenswandel?«

»Det isset, so ham Se det janz richtig ausjedrückt, Herr Kommissar. So wie ick det nie könnte.«

»Wer hat dieses üble Gerücht denn in die Welt gesetzt? Oder gibt es dafür irgendwelche Beweise?«

»Jesacht hat det die Frau von den Hausmeesta. Müller heest se, jlob ick.«

Adler stöhnte innerlich auf. So war das also.

»Und was ist mit Frau Meisters Sohn? Dem Rudolf?«

»Da weeß ick nischt Jenauet nich. Et heeßt bloß, dat der manchmal …« Wieder stockte Ulitz. Schweißperlen traten ihm auf die Stirn.

»Dass er manchmal …«, nahm Adler den unvollendeten Satz auf.

»Na, dat der Junge manchmal det Kabuff verlassen muss, wejen die Herrenbesuche …«

»Und das hat auch die Frau Müller behauptet?«

»So isses.«

»Was haben Sie deswegen unternommen?«, fragte Adler nach.

Betreten schaute Ulitz zu Boden. »Jarnischt.«

Adler lächelte. Vermutlich erwartete Ulitz jetzt ein Donnerwetter wegen seiner Pflichtvergessenheit. Aber wer sagte Adler, dass Frau Müller ihre Nachbarin nicht einfach lieber denunzierte, anstatt ihrem Mann die Leviten zu lesen?

»Richtig so, Ulitz. Es gibt beileibe wichtigere Dinge, um die sich die Berliner Polizei zu kümmern hätte.«

»Meenen Se?«, fragte der Wachtmeister unsicher.

»Ganz gewiss. Wichtiger ist zum Beispiel, ob sich seit gestern etwas Neues ergeben hat im Fall der Toten.«

»Nee. Aber jestern is ja nu och noch nich so lange vorbei.«

Ohne auf Ulitz' Bemerkung einzugehen, fuhr Adler fort. »Ist beispielsweise jemand als vermisst gemeldet worden?«

»Nee, Herr Kommissar.«

»Dann unterstützen Sie mit Ihren Leuten jetzt bitte meinen Kollegen Raade. Der stromert gerade durch die Siedlung der Laubenpieper am Schloss und fragt dort rum, ob jemand die Tote kannte. Möglicherweise stammt sie ja hier aus der Umgebung.«

»Sehr wohl, Herr Kommissar. Wird jemacht.« Er zögerte kurz. »Wobei, wenn det tote Fräulein von hier jewesen wäre, hätte et dann nich schon jemand jesucht?«

»Möglich, Ulitz. Aber vielleicht haben wir ja Glück.«

Ulitz nahm Haltung an, ehe er sich den Tschako wieder aufsetzte.

Unschlüssig blieb Adler vor der Wache stehen. Wäre es nicht angezeigt, sich noch einmal mit Frau Meister zu unterhalten? Dieses Mal allerdings ohne Rudolf. Doch er entschied, dass dafür morgen noch Zeit blieb, wenn die beiden ohnehin ins Präsidium kommen würden. Stattdessen beschloss er, bei Frau Dr. Fischer nachzufragen, was sie bei ihrer Untersuchung der Toten herausgefunden hatte. Adler lächelte. Er gestand sich ein, dass ihm der Sinn ohnehin mehr danach stand, endlich einmal Karin Fischer wiederzusehen.

Auf der kurzen S-Bahn-Fahrt von Pankow zum Stettiner-Bahnhof blitzten Erinnerungsfetzen in Adler auf, als sie den Bahnhof Gesundbrunnen passierten. Selbst kaum älter als ein Kind, hatte er an der Plumpe, wie der Fußballplatz dort im Volksmund hieß, mit Charlotte den überraschenden Erfolg der Japaner gegen die Schweden beim olympischen Fußballturnier miterleben dürfen. Jetzt lag die alte Spielstätte der Hertha in Trümmern, noch kurz vor Kriegsende war die Tribüne abgebrannt. Gleich hinter dem Bahnhof schloss sich der Flakturm am Humboldthain an. Es war wohl bloß eine Frage der Zeit, wann die Alliierten ihn ebenso wie die anderen Berliner Großbunker in der Innenstadt sprengen würden.

Als der Zug den Stettiner Bahnhof erreichte, fühlte sich Adler unbehaglich. Im Frühling hatte er Inspektorenanwärter Volgmann von dort Richtung Bernau verfolgt. Es sollte Volgmanns letzte Fahrt werden. Ob er damals wohl ahnte, dass er nur noch wenige Stunden zu leben hatte? Dass ihn der russische General vor der alten Goebbels-Villa am Bogensee einfach erschießen würde? Vergebens hatte Volgmann versucht, seinen Fehler wieder gutzumachen. Er wollte das Geld zurückbringen, das er so nötig für die Medikamente seiner Mutter benötigt hatte, um den Jungen wieder auszulösen, den er diesem Monster ausgeliefert hatte. Aber es gab Fehler, die sich nicht rückgängig machen ließen. Manchmal wog eine Schuld so schwer, dass sie nicht zu tilgen war.

Nur langsam entließ die Erinnerung Adler wieder ins Hier und Jetzt. Auf einem Grundstück in der Invalidenstraße belud eine Gruppe von Trümmerfrauen eine Lore mit Steinen. Irgendwo würden die alten Ziegel für den Aufbau des neuen Berlins verwendet werden.

Wie tragfähig diese alten Trümmerziegel wohl waren?, fragte sich Adler.

Trotz des blauen Himmels erschien ihm die Stadt grau und farblos. Eine Decke aus Staub hatte sich über das Leben gelegt und drohte, es zu ersticken.

Zehn Minuten später stand er in der Charité vor der Leiche der jungen Frau. Fast friedlich erschien sie, wie sie dort vor ihm auf einer Bahre lag. Die Augen geschlossen, das Gesicht schimmerte wächsern blass. In all ihrer Verletzlichkeit erschien sie Adler mehr als Kind denn als Frau. Den

Rest ihres malträtierten schlanken Körpers umhüllte ein weißes Tuch. Vor dem Fenster zwitscherte eine Amsel. Ansonsten herrschte Stille in der Anatomie in der Hannoverschen Straße.

Fragend blickte Adler zu Frau Dr. Fischer.

»Nichts, was Sie nicht schon selbst gesehen hätten«, erklärte sie, »das Opfer wurde erstochen. Vermutlich ist sie sehr schnell gestorben. Verblutet.« Fischer wies auf die Tote. »Wollen Sie die Details hören?«

Nein. Adler *wollte* keine Details hören. Sie würden fürchterlich klingen. Aber was sollte er tun? Er *musste* die Details ja erfahren. Es war unverzichtbar, genauer zu wissen, wie der Täter vorgegangen war. Also nickte er ihr auffordernd zu.

»Also«, sagte sie und wechselte in einen dozierenden Tonfall, ganz so, als stünde eine Gruppe Studenten vor ihr. »Weiblich, Alter um die zwanzig Jahre, leichtes Untergewicht. Ihre Gesamtkonstitution war ansonsten gut. Der Täter ist mit einer erstaunlichen Brutalität und Präzision vorgegangen.«

Mit ihrem rechten Zeigefinger zeichnete sie in Schwüngen kurz über dem Körper der Toten nach, wie der Mörder das Messer geführt hatte.

»Es wirkt, als habe er die junge Frau regelrecht ausweiden wollen.«

Adler ließ die Beschreibung sacken. »Woher rührt eine solche Brutalität?«

»Vermutlich war bereits der erste Stich in den Unterleib tödlich, der die Bauchschlagader traf. Nach dem Zustand der Leiche denke ich, dass sie einige Stunden am Tatort lag, ehe sie gefunden wurde. Der Tatzeitpunkt war demnach irgendwann zwischen Mitternacht und Morgendämmerung«, schloss Fischer ihre Ausführungen.

»Hat der Täter sich an ihr vergriffen?«

»Das hatte ich zunächst befürchtet, aber nein. Es gibt keine Anzeichen für eine Vergewaltigung. Es war einfach ein Mord.«

Adler blickte verwundert zu Fischer. »Sind Sie sicher?«

»Ich habe keine Zweifel.«

»Also war es kein Lustmord?«

»So ein furchtbarer Begriff«, rief Fischer, »Nein, kein *Lustmord*. Das heißt, es kommt darauf an, was Sie unter dem Begriff verstehen. Zumindest sind äußerlich keine sexuellen Handlungen seitens des Täters am Opfer zu erkennen. Ob ihm der Mord dennoch *Lust* bereitet hat, vermag ich natürlich nicht zu sagen.«

Adler schaute auf das Gesicht der Toten. »Aber weshalb hat der Täter die junge Frau so grausam zugerichtet?«

Fischer schüttelte den Kopf. »Das weiß ich leider auch nicht«, antwortete sie mit leiser Stimme.

Adler spürte schmerzlich, wie sehr ihm in diesem Augenblick der Austausch mit seiner Kollegin Ruth von Dedowsky fehlte. Ihre Intuition. Ihre Weitsicht. Erneut begann die Amsel zu singen, als wolle sie Adler und Fischer daran erinnern, dass vor dem Fenster der Alltag weiterging.

»Vielleicht …«, begann die Rechtsmedizinerin vorsichtig, »war das Motiv nur Wut?«

»Nur Wut?«, wiederholte Adler nachdenklich. »Aber auf was? Wie kann man auf ein zwanzigjähriges Mädchen so wütend werden? Was könnte sie getan haben, das so furchtbar war, damit ein Mensch ihr das antut?«

Sie verließen den Leichenschauraum und wechselten in ihr kleines Büro. Wie befreit atmete Adler auf.

»Ich meine, Wut hat doch immer eine Ursache.«

»Meistens«, bestätigte Fischer, »manchmal staut sich Wut einfach auf und entlädt sich aus nichtigem Anlass.«

»Geradezu zwanghaft?«

»Das wäre denkbar«, antwortete Fischer. »Vielleicht war es alles nur Zufall.«

»Niemand bringt jemanden zufällig so bestialisch um.«

»Das meine ich nicht.« Fischer zögerte. »Was ich sagen will, ist: Was wäre, wenn die Auswahl des Opfers rein zufällig erfolgte? Wenn sich Täter und Opfer gar nicht kannten? Das würde bedeuten, dass sich die Wut des Täters gar nicht gegen dieses Mädchen als Person gerichtet hätte. Wenn sie einfach nur zum falschen Moment am falschen Ort war? Wenn sich die Wut des Täters gegen junge Mädchen, gegen Frauen insgesamt richtet?«

Ohne es zu wollen, musste Adler trotz des fruchtbaren Gedankengangs innerlich lächeln. Fischers Ermittlungsenthusiasmus gefiel ihm.

»Frau Hauptkommissarin Fischer, ich denke, Punkt für Sie. Aber vielleicht auch nicht. Vielleicht war es genau umgekehrt und es handelt sich um eine Beziehungstat?«, übernahm er die Gegenposition. »Der Mörder kannte sein Opfer nur zu gut. Sie hat ihn hingehalten, hat ihn zurückgewiesen oder verärgert. Daraufhin hat sich seine aufgestaute Enttäuschung an ihr entladen.«

»Natürlich«, gab sie zu, »aber denken Sie das wirklich?«

»Ich weiß nicht, was ich im Moment denke. Ich suche nur nach möglichen Motiven. Nach Geschichten, die diese Tat erklären, die auf den ersten Blick nur schwer erklärbar erscheint. Es ist nicht leicht, sich in einen Täter hineinzuversetzen. Also, was sind die nächsten Schritte, die Sie vorschlagen?«

Unsicher erwiderte Fischer Adlers Blick. »Sie sind der Kommissar.«

»Gewiss. Aber was würden Sie vorschlagen, wenn Sie an meiner Stelle wären?«

»Nun, ich denke, wir müssen schleunigst herausbekommen, wer die junge Frau war. Wie sieht ihr Umfeld aus? Sonst bleibt ja alles andere bloße Spekulation. Das kann uns leicht in die Irre führen.«

»Na dann, auf geht's, Frau Doktor«, antwortete Adler, der sich über das »wir« in Fischers Antwort freute.

»Gehen Sie jetzt ins Präsidium rüber?«

Adler nickte. »Mögen Sie mich noch ein paar Schritte begleiten? Das Wetter ist zu schön. Da sollten Sie nicht den ganzen Tag in diesem Totenhaus verbringen«, schlug er ihr vor. Fischer willigte ein. Sie streifte ihren weißen Kittel ab und hängte ihn ordentlich auf einem Bügel an die Rückseite der Zimmertüre.

»Ein paar Schritte an der frischen Luft tun bestimmt gut.«

Schweigend liefen sie Seite an Seite über den Campus der Charité. Jeder war in seinen Gedanken versunken, bis Fischer abrupt stehen blieb.

»Übrigens würde mein Tantchen den berühmten Kommissar Adler gerne einmal kennenlernen. Was denken Sie? Haben Sie am Wochenende Lust auf eine Landpartie an die Rehwiese, um sie zu besuchen?«

»Spricht nichts dagegen. Sehr gerne. Nur das mit dem berühmten Kommissar ...«

Für einen Moment stand Adler verlegen neben Fischer. Dann reichte er ihr förmlich die Hand. »Wann genau?«

»Ich dachte an den Samstagnachmittag. Zum Kaffeetrinken? Treffen wir uns um drei am S-Bahnhof Nikolassee?«

»Fein«, bestätigte Adler, immer noch verlegen. »Vielen Dank für die Einladung.«

Fischer winkte ab. »Vielen Dank, dass Sie sich zum Schauobjekt für Tantchen missbrauchen lassen.«

5

Adler ärgerte sich, dass sein Fahrrad im Präsidium stand. So musste er zu Fuß zurück zur Keibelstraße laufen. Nicht zu ändern. Ebenso blind für die Trümmerstadt um ihn herum wie für den berauschenden Duft der blühenden Linden nutzte er den Weg, um im Geist zu sortieren, was sie bisher wussten. Eine unbekannte Tote. Grausam zugerichtet. Sie kannten weder den Namen, noch wussten sie, wo sie herkam. War die Wahl des Tatorts ein Zufall gewesen? Zwar lag die Ruine der Orangerie etwas abseits im Schlosspark, aber dennoch war sie dicht am Städtchen, wo viele Rotarmisten patrouillierten. War der Täter nicht ein enormes Risiko eingegangen, entdeckt zu werden, wenn sein Opfer dort um Hilfe schrie? Kannten sich Täter und Opfer?

Adler seufzte. Mehr Fragen als Antworten. Mal wieder. Wie immer.

Im Präsidium erwartete ihn bereits Stumm. Ungeduldig drückte der Polizeivizepräsident eine Zigarette auf dem Kopf jenes geschwungenen roten Drachen aus, der kunstvoll die Mitte des großen chinesischen Porzellanaschenbechers auf seinem Schreibtisch zierte. Stumm hatte ihn aus der Roten Burg am Alex gerettet, dem alten Berliner Polizeipräsidium, das im Krieg zerstört worden war.

»Und Adler? Haben Sie schon erste Hinweise auf den Täter?«

»Nein, bisher nicht.«

Stumm musterte ihn missvergnügt. »Markgraf möchte

umgehend mit Ihnen sprechen. Er ist übrigens nicht allein«, ließ ihn Stumm bedeutungsvoll wissen.

»Wissen Sie, wer ...?«

Stumm verdrehte vielsagend die Augen. Lieber nicht zu viel sagen. Im Präsidium hatten die Wände Ohren.

»Erinnern Sie sich an vergleichbare Mordfälle aus den vergangenen Jahren?«, fragte Adler seinen Vorgesetzten. Stumm dachte nach. »Nein. Jedenfalls keine, bei denen der Täter mit vergleichbarer Brutalität vorgegangen wäre. Sie vermuten, dass die junge Frau nicht das erste Opfer des Täters war?«

Adler war sich dessen keineswegs gewiss. Er wollte nur keine Option ausschließen. »Es wäre möglich. Ich weiß es nicht. Aber ich habe ein ... ein seltsames Gefühl bei der Sache.«

»Ihr siebter Sinn?« Stumm blickte Adler forschend an.

»Vielleicht.«

»Ein Mann, eine junge Frau, ihre Begegnung eskaliert«, schlug Stumm vor.

»Derart grausam?« Adler schüttelte den Kopf. »Das kann ich mir nur schwer vorstellen. Selbst wenn wir annehmen, die Situation wäre aus dem Ruder gelaufen. Wieso richtet er sie so zu? Laut Frau Dr. Fischer war bereits der erste Stich tödlich. Wieso hat der Täter weitergemacht? Das klingt für mich nicht nach einem Zufall.«

»Sie vermuten, dass sich Täter und Opfer kannten?«

»Auszuschließen ist das nicht. Was hatte die junge Frau mitten in der Nacht im Schlosspark verloren?«

»Was ist mit dem Mädchen, das die Tote gefunden hat, und ihrem Freund?«, fragte Stumm.

»Sie wissen schon von den beiden?«

»Hat mir Markgraf berichtet. Er ist sich sicher, dass die beiden unmittelbar in den Mordfall verwickelt waren.«

»So ein Unfug«, platzte es aus Adler hervor.

»Sie sind anderer Meinung als der Herr Polizeipräsident?«, fragte Stumm herausfordernd.

Daher wehte also der Wind. Markgraf wollte den Fall schnell gelöst haben, um vor den Genossen glänzen zu können, und da war ihm jeder Verdächtige als Täter recht. Sämtliche Alarmglocken schrillten bei Adler. Er hatte schließlich schon jemanden anderen kennengelernt, der den Täter ebenfalls um jeden Preis so schnell wie möglich überführen wollte: Leutnant Raskow.

»Dann gehe ich mal rüber zum Herrn Präsidenten«, sagte Alder mit gequälter Stimme.

»Machen Sie das, Adler. Viel Erfolg.«

Adler war der Zweifel nicht entgangen, der in Stumms Wunsch mitschwang.

Wie befürchtet, saß Raskow tatsächlich in Markgrafs Büro.

»Herr Polizeipräsident, Sie wollten mich sprechen.«

»Kommen Sie, Adler, kommen Sie. Leutnant Raskow haben Sie ja bereits kennengelernt.«

Adler nahm Haltung an und grüßte den Rotarmisten, der seinen Gruß mit einem lässigen Augenzwinkern erwiderte, ohne sich zu erheben.

»Sie haben den Fall schon gelöst?«, fragte Markgraf provokant.

»Noch nicht, Herr Polizeipräsident. Wir wissen auch noch nicht, um wen es sich bei der Toten handelt.«

»Na, wer soll sie schon gewesen sein? Ein Freudenmädchen, das sich ein paar Mark verdienen wollte. Habe ich recht?«, fragte Markgraf.

Raskow schaute ausdruckslos zu Adler.

»Das wäre natürlich möglich. Aber Genaueres können wir bisher nicht sagen.«, antwortet Adler.

»Aber das ist doch sonnenklar, nicht wahr, Genosse Raskow? Das kleine Tête-à-Tête der beiden ist aus dem Ruder gelaufen. Streit um den Preis. Zack, gab es eine Tote. Kann doch nicht so schwer sein, da den Täter ausfindig zu machen.«

Adler schwieg. Was hätte er auch antworten sollen?

»Nehmen Sie noch mal den Jungen genauer unter die Lupe. Den Freund der Kleinen, die die Tote gefunden hat.«

Raskow hatte Markgraf also von Rudolf berichtet.

»Ich denke nicht, dass …«, setzte er an.

Doch Markgraf unterbrach ihn schroff. »Ich erwarte, dass Sie sich den Jungen sehr genau vornehmen. Genosse Leutnant Raskow von der Roten Armee wird Sie bei Ihren Ermittlungen tatkräftig unterstützen.«

»Vielen Dank, Herr Polizeipräsident, aber …«

»Gerne, Adler, sehr gerne. Leutnant Raskow ist für seine Ermittlungserfolge in Moskau bestens bekannt. Sie können ihm voll vertrauen.«

»Selbstverständlich, Herr Polizeipräsident.«

Adler stand der Schweiß auf der Stirn. Gedanken rasten ihm durch den Kopf. Mit Raskow an seiner Seite konnten die Ermittlungen schnell auch für ihn selbst zu einem Vabanquespiel werden. Ein Mord so nahe am Städtchen war in jedem Fall fatal. Der Russe brauchte unbedingt eine schnelle Aufklärung. Wer als Täter dafür herhalten musste, war da zweitrangig.

»Wir haben Rudolf, so heißt der Junge, und seine Mutter ohnehin für morgen ins Präsidium vorgeladen.«

»Na bitte, Adler. Wusste doch, dass auf Sie Verlass ist«, sagte Markgraf und warf Raskow einen vielsagenden Blick zu.

Der Leutnant erhob sich. »Meine Herren.«

Raskow nickte dem Polizeipräsidenten knapp zu, dann

Adler. Dabei ließ sein Blick keinen Zweifel daran, wer seiner Meinung nach in diesen Ermittlungen das Sagen hatte. Adler lief ein Schauer über den Rücken.

In dicken Schwaden waberte Zigarettenrauch durch den dunklen Raum. Klangfetzen und Gespräche brandeten hoch. In der Badewanne brodelte es. Das war das neue Berlin. Das junge Berlin. Auferstanden aus Ruinen. Adler war gerade rechtzeitig eingetroffen, um Helens Auftritt mitzuerleben. Kaum betrat sie die Bühne, verstummten die Gäste. Es war das immer gleiche Spiel, das zwischen ihr, den Musikern und ihrem Publikum einsetzte. In die Stille hinein wuchsen die Erwartungen der Zuhörer. Sehnsüchte schwebten empor, als leise der Bass einsetzte. Streichend zart gesellte sich das Schlagzeug dazu. Schmeichelnd wurde der Klang immer dichter.

Doch Helen ließ sich Zeit. Fasziniert folgte ihr Adler mit den Blicken. Lässig bewegte sie sich über die Bühne. Für einen Moment blieb sie bei ihren Musikern stehen, legte ihnen die Hand auf den Rücken, musterte sie intensiv, als sähe sie sie heute zum ersten Mal. Dann begann sie sanft zu wippen. Der Rhythmus bemächtigte sich ihres Körpers. Das war ganz Helen, und doch erschien sie Adler verwandelt. Lag es an der eleganten grauen Jacke, die ihre Taille betonte? Oder an der Hose, die ihre schlanken Beine umschmeichelte?

Langsam ging Helen zum Mikrophon. Lächelnd wartete sie noch einen Augenblick, ließ den Blick über ihr Publikum schweifen. Als sie Adler erkannte, grüßte sie ihn mit einem fast unmerklichen Zucken der Augenbraue. Dann ertönte ihre Stimme. Sanft und durchdringend zugleich.

»Was ist von unserer Liebe geblieben, was von den schönen Tagen.«

Adler staunte. Was war das für ein Lied? Und mit einem deutschen Text?

»Ein Foto, ein altes Foto aus meiner Jugend.«

Nach und nach drang der melancholische Gesang bis in sein Herz vor. Nicht ein einziges Foto war ihm von Charlotte geblieben, seiner großen Liebe. Nein, bei ihm klopfte der Wind nicht an die Tür, wie Helen in diesem Moment sang. Und doch dachte er sehr wohl »an die fernen Tage«. Adler schluckte. Verstohlen rieb er sich die Augen. Er bemerkte, dass er nicht der Einzige war, den Helens Gesang berührte. Der Applaus setzte verhalten ein, aber nur, um gleich darauf umso stärker aufzubranden.

»Ein Bier?«, fragte Günther, dem Adlers Zustand nicht verborgen geblieben war. »Oder lieber gleich etwas Stärkeres?«

»Ich bleibe beim Bier. Das löscht den Durst und spült all die trüben Gedanken fort. Was ist das für ein neues Lied?«

»Frag am besten Helen«, antwortete Günther und stellte ihm sein Glas hin.

Adler nippte an seinem Bier, das schal schmeckte, obwohl es frisch gezapft war. Vielleicht lag es an der »Erinnerung, die ihn verfolgte«, wie es in Helens Lied geheißen hatte? Dann riss sich Adler zusammen. Aufmerksam musterte er die Gesichter der Besucher. Etliche waren ihm vertraut. Doch der amerikanische Major Tom Wilkinson, den er hier gelegentlich gesehen hatte, war heute nicht unter ihnen. Auch gut. Adler war sich ohnehin unsicher, wie er sich gegenüber dem Mann verhalten sollte. Wilkinson hatte ihm im Frühjahr geholfen, eine Reihe gefangener Kinder aus den Klauen eines sowjetischen Generals zu befreien. Seitdem tauschte er sich gelegentlich mit dem Amerikaner aus. War Adler deshalb ein amerikanischer Agent? Im Frühsommer hatte er ein paar Tage in einem Camp in Frankfurt zugebracht, wo man ihn ausführlich mit der amerikanischen Sicht auf die Welt und auf Deutschlands Zukunft vertraut gemacht hatte. Adler wusste nicht, was er davon halten sollte. Weder von den Amerikanern noch von den Russen. Das Misstrauen gegenüber allen Autoritäten war zu seinem ständigen Begleiter geworden, er hatte keinen blassen Schimmer, wo er in dieser seltsamen Stadt stand, aus deren Trümmern erste Bäume sprossen.

Wohin würden sich die Dinge entwickeln? Waren sie schon dabei, in die nächste Katastrophe zu schlittern? Wer konnte sicher sein, dass die Russen nicht eines Morgens die Westsektoren der Stadt überrollten? Es war offen, wie die Amerikaner darauf reagieren würden. Würden sie Berlin verteidigen? Einen neuen Krieg riskieren? Würden sie eine Atombombe abwerfen? Zu viele Fragen. Zu viele Zweifel. Sie umwucherten ihn wie die Brombeerhecken die Ruinen im Schlosspark Schönhausen.

»Was ist los, Hans? Du siehst so grässlich missmutig aus.«

Helen legte ihre Hand auf seinen Unterarm. Wie wohlig sich ihre Berührung anfühlte.

»Geht es dir nicht gut?«

»Mit dir an meiner Seite geht es mir wunderbar«, antwortete Adler.

»Du alter Charmeur.«

Adler schob Sorgen und Erinnerungen beiseite. »Was war das heute für ein bezaubernd melancholisches Lied, das du gesungen hast?«

»Hat es dir gefallen?«

»Sehr«, antwortete Adler, »es hat seine Wirkung auf das Publikum nicht verfehlt. Und auch nicht auf mich.«

»Das sehe ich. So bedripst, wie du ausschaust. Dabei solltest du viel öfter lächeln. Du hast so ein schönes Lachen, Hans. Und die Welt ist ohnehin schon traurig genug.«

Gerne hätte Adler jetzt seine linke Hand in vertrauter Geste auf Helens Arm gelegt, doch das ging nicht. Da war kein linker Arm mehr. Der lag irgendwo einsam in Russland verscharrt.

»Hast du das Lied selbst komponiert?«

Helen lachte. »Oh nein. Obwohl. Immerhin habe ich den Text übersetzt. Er stammt von einem französischen Sänger. Charles Trenet.«

»Nie gehört.«

»Eine kleine Pariser Entdeckung aus einem Nachtklub.« Helens Augen funkelten.

»So wie dein schickes Kostüm?«

»Ist es dir aufgefallen?«

»Wie sollte es nicht? Es steht dir ausgezeichnet.«

»Merci beaucoup.«

»Was hat dich nach Paris verschlagen?«

»Ach«, wich Helen aus. »Eine kurze Woche im Sommer.«

»Einfach so nach Paris?«

»Aber ja. Was ist daran so erstaunlich?«

Alles daran war erstaunlich, wollte Adler antworten. Wer kam in dieser Zeit schon aus Berlin heraus und dann sogar bis nach Paris? Und dann nur für eine kurze Woche? Aber er verkniff sich seinen Kommentar.

»Und aus Paris hast du deine neue Robe und melancholische Lieder in unser märkisches Dorf mitgebracht.«

»Chansons, sagt man dort, Hans. Chansons. Du bringst mich mit dem Selber-Schreiben übrigens auf eine gute Idee. Vielleicht sollte ich einmal einen Liedtext dichten? Was meinst du?« Leise begann sie vor sich hin zu summen. »*My clothes are all made by Balmain …*«

»Bravo! Aber was ist Balmain?«

»Balmain«, schwärmte Helen. »Ist einer der wundervollen jungen neuen Couturiers aus Paris.«

»Kann es sein, dass du dein Herz in dieser Woche in Paris verloren hast?«

Helen zog ihre Hand von Adlers Arm zurück. »Ach, Hans«, antwortete sie, ohne auf seine Frage einzugehen.

»Verrätst du mir an wen? An Balmain?«

»Aber nein.« Sie lachte. »Bekomme ich nichts zu trinken?«

»Deine Liebschaft ist nicht hier?«

»Ein Whiskey wäre fein.«

»Lieber einen Pastis?«

»Mhm, ich denke, ich hätte jetzt gerne einen Bourbon.«

Adler wandte sich zu Günther, der den Whiskey bereits einschenkte. Woher Günther seine schier unerschöpflichen Alkoholvorräte bezog, wollte Adler als Polizist ebenso wenig wissen wie die Herkunft von Looses Weinvorräten.

»Tchin-tchin«, hauchte Helen. Mit leichtem Klirren stieß sie ihr Glas gegen sein Bier, nippte an ihrem Getränk und stellte es auf den Tresen.

»Santé.« Erwartungsvoll schaute Adler sie an. »Erzähl mir von Paris.«

»Was willst du hören, Kommissar? Von wilden Nächten in Jazzklubs und Schriftstellern, die zornig über den Krieg, unsere verlorene Unschuld und über das Leben an sich schwadronieren? Vom Ekel und der Fremde und den Ratten? Keine Angst, du würdest auch dort nicht arbeitslos werden. Mord und Totschlag sind auch an der Seine quicklebendig.«

»Aber dort liegt wenigstens nicht alles in Schutt und Asche. Weder die Stadt noch das alltägliche Leben.«

»Nein, das nicht«, antwortete Helen nachdenklich. »Paris ist wundervoll und nicht so ein staubiger Trümmerhaufen wie Berlin. Aber glaub mir, mein Kommissar. Auch wenn du die Wunden dort nicht auf den ersten Blick erkennst, es gibt sie, und sie reichen sehr tief.« Helen griff nach ihrem Glas.

»Meinst du, sie können je wieder verheilen?«, fragte Adler.

»Es werden Narben bleiben. Für sehr lange, vielleicht auch für immer.«

Im Hintergrund umschlangen sich werbend Klavier und Klarinette, als wollten sie Helen zurück auf die Bühne locken.

»Komm, lass die schweren Themen, Hans. Die Zeit …«

»… heilt alle Wunden«, fiel Adler ein. Doch stimmte das überhaupt? Heilte die Zeit wirklich alle Wunden? Oder schüttete sie sie einfach nur zu mit Vergessen?

»Sagt dir der Name Raskow etwas?«, fragte er Helen unvermittelt.

Ihre Gesichtszüge erstarrten.

»Ich wollte …«

Energisch legte sie ihm die Hand auf den Mund. Dann schaute sie sich um und zog ihn aus der Bar auf die Straße. Draußen war es noch immer hell, einer dieser herrlichen Berliner Sommerabende wie vor dem Krieg. Warm und duftend.

»Lass uns ein Stück gehen.«

Sie liefen an der gewellten Fassade des Feminapalastes die Nürnberger Straße hoch.

»So schlimm?«, fragte Adler.

Helen sah ihn ungewohnt ernst an. »Wilkinson hat ihn kürzlich erwähnt. Raskow sei noch nicht lange in Berlin. Obwohl er passabel Deutsch spricht.«

»Fast akzentfrei.«

»Wo bist du auf ihn getroffen?«, fragte Helen erschrocken.

»In unserem aktuellen Fall«, antwortete Adler ausweichend.

Sie erreichten die Tauentzienstraße. Zwei junge Soldaten liefen an ihnen vorbei und pfiffen Helen hinterher. Empört drehte sie sich um, und schnell wendeten die beiden sich wieder ab.

»Diese Kinder glauben wirklich, sie könnten sich gegenüber mir, einer Schwarzen, alles herausnehmen?«

»Was ist mit Raskow?«, beharrte Adler.

»Keine Ahnung«, antwortete Helen.

»Du zerrst mich aus der Badewanne, sobald ich seinen Namen nenne, fragst mich, wo ich ihm begegnet bin, aber dann hast du angeblich keine Ahnung, was mit ihm los ist?«

»Wie gesagt, Wilkinson hat …«

»Was hat er genau gesagt?« Adler legte seine Hand auf ihre Schulter. Sie blieben vor der Ruine der Kaiser-Wilhelm-Gedächtniskirche stehen, deren Steine im letzten Abendlicht schimmerten.

»Herrlich, diese Berliner Sommertage, nicht wahr?« Helen nahm seine Hand und drückte sie sanft. »Komm, lass uns zur Badewanne zurückkehren.«

Doch Adler blieb stehen. »Helen.«

»Sei nicht so streng mit mir, Hans. Was meinst du, vielleicht sollte man das schöne Wetter nutzen, um einen Ausflug an den Wannsee zu unternehmen?«

Adler verstand. Helen würde nicht weiter mit ihm über Raskow reden. Sie hatte ihn vor dem Russen gewarnt, alles Weitere war seine Sache. Oder die von Wilkinson. Und der residierte in einer Villa am Wannsee, deren jüdische Besitzer sich gerade noch rechtzeitig vor den Nazis gerettet hatten.

»Komm, ich muss zurück, Hans«, drängte Helen.

»Noch einmal singen?«

»Was sonst?«

»Deine Koffer packen für Paris?«

»Sei nicht albern. Niemand fährt andauernd nach Paris.«

»Aber an den Wannsee.«

»An den Wannsee kann man eigentlich immer fahren. Aber heute wohl nicht mehr, nicht wahr? Du siehst zu müde aus.«

Vor der Badewanne gab sie Adler einen flüchtigen Kuss auf die Wange. Unschlüssig blieb Adler zurück. Wohin jetzt? Sollte er noch einmal in die Bar gehen? Oder zu Wilkinson nach Wannsee fahren? Stattdessen entschied er sich für seine Laube und schwang sich auf sein Fahrrad. Zügig glitt er durch die Nebenstraßen des Kurfürstendamms. Die Mauern der Häuser strahlten noch die Wärme des Sommertages zurück. Mit energischem Antritt stob er schwitzend den Hohenzollerndamm hinauf, bis ihm das Hemd am Körper klebte. Helen, Raskow, Wilkinson. Die junge Tote. Lene, Rudolf, die unglückliche Frau Meister, Hauswart Müller. Die Dinge standen in einer verqueren Beziehung zueinander, aber noch erkannte Adler nicht die Zusammenhänge, falls es sie überhaupt gab.

Am Fehrbelliner Platz hielt ihn einmal mehr ein Posten der Militärpolizei auf. Müde zeigte er die gewünschten Dokumente vor. Zwanzig Minuten später erreichte er die Schrebergärten auf dem Gelände des alten Gaswerks. Adler seufzte. Die Tür zu seiner Laube stand einen Spalt offen. Das war aber schnell gegangen. Es war Wilkinsons Zeichen, dass er ihn erwartete.

»Kommissar Adler, *nice to meet you*.«

»Dass Sie sich meinetwegen extra hierherbemühen.«

»Well, kein Weg ist uns zu weit, wenn er zur Gerechtigkeit führt.«

»Ist das eine neue Inschrift für amerikanische Gerichtsgebäude?«

Wilkinson lachte auf. *»Why not?«*

In der Dunkelheit war der Major nur schemenhaft neben Adlers Bett zu erkennen.

»Ist es nicht ein bisschen unvorsichtig, einfach bei mir vorbeizukommen, Major Wilkinson?«

»Vermutlich. Aber ich war mir sicher, dass Sie nicht vorhatten, heute noch zu mir rauszufahren.«

»Ist Ihr Anliegen so eilig?«

»Unser Anliegen, Hans. Und ja, ich denke schon. Ich rate Ihnen dringend, Raskow sehr ernst zu nehmen.«

»Das tue ich.«

»Wirklich? Er ist gefährlich.«

»Was meinen Sie damit?«

»Ihm eilt der Ruf voraus, dass er neben seiner Arbeit für die Sowjetische Militäradministration eine eigene Agenda verfolge.«

»Tun das in diesen Zeiten nicht alle, um zu überleben?«

Wilkinson musterte Adler, ehe er antwortete. »Nicht so wie er.«

»Eher so wie General Swatschov?«

»Nein, nicht wie Swatschov. Das war ein Kinderschänder und Mörder. Ein sadistisches Monster. Dafür hat er bezahlt.« Wilkinson war bei dem Gedanken an den sowjetischen General unwillkürlich lauter geworden. »Raskow ist aus anderem Holz geschnitzt«, fuhr er gedämpfter fort.

»Aus welchem denn?«

»Finden Sie es heraus, Adler. Aber beißen Sie sich nicht aus Versehen die Zähne an ihm aus. Raskow gehört zum Stab von General Tjulpanow. Und der ist ganz eng mit der Führungsriege der SED verbandelt.«

Adler gähnte. »Ich habe keine Ahnung, worauf Sie hinauswollen, Major.«

»Wirklich nicht, Hans? Passen Sie auf, dass Raskow Sie nicht überrumpelt.«

»Womit sollte ihm das gelingen? Und aus welchem Grund? Sie sprechen in Rätseln. Ich suche den Mörder einer jungen Frau, wie Sie wahrscheinlich schon wissen.«

»Ich weiß. Sehr richtig.« Wilkinson trat auf Adler zu. »Aber es muss einen Grund geben, wieso die SMAD Ihnen ausgerechnet Raskow vor die Nase setzt.«

»Damit ich nicht wieder aus Versehen einen Russen als Täter entlarve?«

»Möglicherweise.«

»Bin ich in Gefahr?«

Wilkinson stand jetzt so dicht vor Adler, dass er in seinem Atem den Pfefferminzgeruch des Kaugummis wahrnahm. »Das ist durchaus möglich.«

»Na großartig.«

»Ihr Sarkasmus hilft Ihnen leider nicht weiter, Adler.«

»Haben Sie denn irgendeine Idee, worum es Raskow geht, Major? Reicht es ihm nicht, den Mörder der toten jungen Frau zu finden?«

»Vielleicht ist es nur die Nähe des Tatortes zu den Spitzen der Partei im Städtchen, weshalb Raskow in die Ermittlungen einbezogen wurde. Die Russen sind nervös.«

»So, wie Sie das sagen, klingt es, als wären Sie sich sicher, dass mehr dahintersteckt.«

»Das wäre sehr gut möglich, Hans. *Good luck.* Sie sollten jetzt schlafen. Und wie gesagt, passen Sie auf, dass Raskow Sie nicht übertölpelt.«

Adler nickte. »Gute Nacht, Major.«

Schon mit der Hand an der Laubentür, drehte sich Wilkinson noch einmal zu ihm um.

»Übrigens, die Jungs von Ihrem Nachbarn sollten in den nächsten Tagen mit ihren Touren aussetzen und lieber mal die Füße stillhalten.«

6

Adler goss ein wenig Wasser in die Waschschüssel. Dann schäumte er sich das Gesicht ein, um sich mit dem Messer zu rasieren – ein einhändiger Ritt auf der Rasierklinge. Doch dieses Mal gelang es ihm, ohne sich zu schneiden. Während er sich die Wangen mit dem Handtuch abtupfte, dachte er an Wilkinsons Besuch. Was wollte er ihm mit seiner Warnung vor Raskow mitteilen? Adler hatte keine Ahnung, wie die eigene Agenda des Russen aussehen könnte. Möglich, dass Wilkinson mehr wusste, als er ihm sagte. Aber warum?

Erschöpft ließ sich Adler auf sein Bett fallen.

Der Anblick der toten jungen Frau ging ihm nach. Sie würde nie nach Paris fahren, würde keinen Berliner Jazzklub besuchen. Der durchdringende Gesang eines Vogels klang durch die Nacht. Während er auf dem Rücken lag und die nächtliche Sommerwärme genoss, ging er den Fall erneut Schritt für Schritt durch. Die Tote in Pankow, Raskow, Lene, ihre Mutter, Rudolf, die bedrückte Frau Meister …

Dann fielen ihm die Augen zu.

Als Adler wieder aufwachte, war der Morgen längst angebrochen.

Bevor er ins Präsidium aufbrach, klopfte er bei den Looses. Erna Loose schaute betroffen zu Boden, als er ihr Wilkinsons Warnung überbrachte. Der alte Loose nickte nur.

»Wie jut, dat wa die Polizei jleich um die Ecke ham, Herr Kommissar. Und die *Amerikaner* nu och noch! So en feiner Mensch. Da kann ja nichs mehr anbrennen, sar ick immer.«

Adler nickte. So wie Loose Amerikaner betonte, war Wilkinsons nächtlicher Besuch wohl nicht unbemerkt geblieben.

Aufgekratzt stürmte Raade in Adlers Büro. »Wir wissen jetzt, wer die Tote ist. Sie hieß Eva Schreiber.«

»Sehr gut, Raade, dann kennen wir jetzt ihren Namen«, erklärte Adler. »Das wird uns helfen herauszubekommen, wer sie war.«

Raade nickte. Inzwischen war er an derartige Spitzfindigkeiten von Adler gewohnt.

»Ihre Stiefmutter hatte sich Sorgen gemacht, weil sie nicht nach Hause kam, daraufhin hat sie auf der Wache bei Ulitz nachgefragt. Inzwischen hat sie die Tote bereits identifiziert. Kein Zweifel möglich.« Raade stockte. Die Situation ging ihm zu Herzen. »Die alte Dame ist völlig erschüttert. Macht sich die größten Vorwürfe, nicht besser auf das Mädchen aufgepasst zu haben …«

»Haben Sie schon mit ihr gesprochen?«

»Nur kurz. Ulitz hat sie hierher begleitet. Sie wartet unten auf Sie.«

»Sehr gut, Raade«, lobte Adler. »Sind die Meisters auch schon da?«

»Die nu' noch nicht, Herr Kommissar.«

Adler war irritiert. Wieso waren die Meisters noch nicht erschienen? »Na gut, eins nach dem anderen.«

Kerzengrade saß die Stiefmutter der Toten allein im Halbdunkel des Flurs und wartete. Offenbar hatte sich nach dem ersten Gespräch niemand mehr um die Frau gekümmert. Adler sah die rot verweinten Augen, sah, wie sie darum rang, irgendwie die Fassung zu wahren. Ihr schwarzes Kleid erschien ihm unpassend tief ausgeschnitten. Wahrscheinlich war es mehr zum Ausgehen gedacht als für einen Trauerfall, konstatierte er. Aber vermutlich hat sie keine andere schwarze Kleidung. Ihre bloßen Beine steckten in abgelaufenen schwarzen Schuhen, die Arme hatte sie fast im rechten Winkel auf den Oberschenkeln abgelegt. Ihre linke Hand umklammerte ein zerknülltes Taschentuch.

»Frau Schreiber?«

Ausdruckslos blickte die Frau zu Adler auf.

Als »alte Dame« hatte Raade sie bezeichnet, doch die Frau erschien Adler nicht wirklich alt zu sein. Wenn Eva Schreiber Anfang zwanzig gewesen war, mochte ihre Stiefmutter um die fünfzig sein, vielleicht sogar etwas jünger. Und doch verstand er, was Raade zu seinem Urteil bewogen haben mochte. Ihr Gesicht war blass und ausgezehrt, die dünnen Arme faltig. Sie war vor der Zeit gealtert, so wie es derzeit vielen Menschen in Berlin erging.

»Mein herzliches Beileid.«

Sie nickte stumm und erhob sich. Adler schüttelte ihre Hand. Er bemerkte, wie sie kurz den Ärmel der Jacke musterte, in dem sich sein linker Arm befinden sollte. So kurz der Blick war, so eindeutig war seine Botschaft.

»Bitte«, sagte Adler und wies auf die geöffnete Tür zum angrenzenden Zimmer. Wortlos betrat sie den kargen Raum und setzte sich. Es erschien Adler, als wäre der freundliche Sommertag vor dem Fenster eine Fehlbesetzung.

»Sie sind die Stiefmutter der Toten?«

Adler spürte, wie sie ihn erneut musterte, ehe sie mit einem dünnen »Ja« antwortete.

»Lebten Sie beide zusammen in einer Wohnung?«

Wieder ließ sich Frau Schreiber Zeit. Wieder antwortete sie mit dem gleich dünnen: »Ja.«

»Wie alt war Ihre Tochter?«

Sie schluckte. »Eva war einundzwanzig.«

»Was ist mit Evas Vater?«

Adler ahnte die Antwort bereits. Und doch musste er die Frage stellen.

»Er ist gefallen.«

Je weniger sie sprach, desto eher vermochte Frau Schreiber die Fassung zu bewahren. Sie atmete mehrfach tief ein, sodass sich ihre Brust hob und senkte. Wie bei Frau Meister erkannte Adler auch bei ihr, wie ihre Jugend, ihre Schönheit, ihr Lebenswille unter dem Erlebten verschüttet worden waren. Vielleicht hatten es die Männer da einfacher, dachte Adler. Weil sie im Krieg gefallen waren, war ihnen die Verzweiflung des Überlebenmüssens erspart geblieben, die er in Frau Schreibers Blick erkannte. Jene Verzweiflung, die Adler selbst nur zu gut kennengelernt hatte und die ihn immer wieder vereinnahmte. Diese eine Frage: Warum habe ich überlebt? Warum ausgerechnet ich? Manchmal quälte ihn dieser Gedanke die ganze Nacht hindurch. Erst gegen Morgen wurde er dann ruhiger. Mit dem Tageslicht wuchs die Zuversicht. Aber auch neuer Zweifel. Was bildest du dir eigentlich ein, so zu jammern? Du bist zwar verwundet worden, du hast einen Arm verloren, aber du lebst! Immerhin. Ja, er hatte Charlotte verloren. Aber die Frau, die ihm gerade gegenübersaß, hatte nicht nur ihren Mann verloren, sondern nun auch ein Kind.

Adler räusperte sich. »Bitte erzählen Sie mir von Ihrer Tochter Eva.«

Erneut atmete Frau Schreiber tief ein, als fände sie in der Luft die Kraft für ihre Worte. »Eva«, setzte sie an. Doch sie brach sogleich wieder ab und tupfte sich die Augen. Es dauerte einen Moment, ehe sie sich gesammelt hatte, um weiter zu sprechen. »Eva war das Letzte, was mir von Herbert geblieben ist.«

Tränen rannen ihr jetzt über die Wangen. »Bitte entschuldigen Sie, Herr Kommissar.«

Adler stand auf und holte ein Glas Leitungswasser. Schwalben segelten vor dem Fenster durch den Berliner Himmel.

»Danke.«

Geduldig ließ sich Adler wieder auf seinem Stuhl nieder und wartete. »Sie müssen sich nicht entschuldigen, Frau Schreiber. Lassen Sie sich Zeit.«

»Eva wollte Ärztin werden. Studierte Medizin. Sie war ganz begeistert von Professor Böhm. Sie wollte Menschen helfen. So wie ihr Vater.« Ein Beben durchschüttelte den Körper der Frau. »Es ist alles so …«

Beruhigend legte Adler seine Hand auf ihre und drückte sie sanft. »Es tut mir sehr leid.«

Stumm nickte Frau Schreiber.

»Ihr Mann praktizierte auch als Arzt?«

»Er hatte eine Praxis in Wilmersdorf. Vor dem Krieg. Es ging uns gut. Sehr gut sogar. Dieser Krieg. Dieser furchtbare Krieg.«

»Eva war Ihre Stieftochter?«

»Ja, aber sie war wie ein leibliches Kind für mich. Ihre Mutter, sie ist bei Evas Geburt verstorben. Eine Sepsis. Es war … furchtbar für Herbert. Eva war ein Engel. Sie war gut und klug und …« Wieder atmete Schreiber schwer und tupfte sich mit dem Taschentuch die Augen.

»Wissen Sie, warum Ihre Tochter in Pankow war?«

»Sie wollte eine Freundin besuchen. Die Familie ist ausgebombt worden und hatte dort Unterschlupf gefunden.«

»Und deshalb haben Sie in Pankow im Polizeirevier nachgefragt?«, fragte Adler erstaunt.

»Ja, aber erst, nachdem ich bei der Familie von Evas Freundin nachgefragt habe.«

»Aber da war sie nicht mehr?«

»Nein.«

Obwohl sie fast flüsterte, klang das Wort wie ein Schrei.

»War sie denn dort überhaupt eingetroffen?«

Frau Schreiber nickte. »Der Wachtmeister hat mir dann eine Zeichnung des Opfers gezeigt ... das Gesicht.«

Sie schloss die Augen, als könne sie damit Eva zurückholen. Adler beschloss, dass es für den Moment genug war, ließ sich die Adresse von Evas Freundin geben und notierte auch Frau Schreibers. Nassauische Straße. Das war nicht weit entfernt vom Fehrbelliner Platz und seiner Laube. Und er würde mit Frau Fischer über Professor Böhm sprechen.

»Darf ich jetzt gehen?«, fragte sie schüchtern.

»Natürlich«, antwortete Adler und erhob sich.

Was immer sie ihm noch über Eva und ihre Freundin zu erzählen hätte, würde sie ihm auch später berichten können.

»Vielen Dank, und noch einmal mein herzliches Beileid, Frau Schreiber.«

Adler begleitete sie bis zum Ausgang des Präsidiums. Dort drückte er ihr abermals die Hand, sie dankte ihm mit einem traurigen Lächeln. Dann lief sie über das staubige Pflaster in Richtung Alexanderplatz. Allein mit sich und der Last ihrer Erinnerungen.

Auf dem Rückweg zu seinem Büro schaute Adler bei Wachtmeister Hoffmann und Inspektorenanwärter Raade vorbei. Doch keiner von beiden wusste, wo sich die Meisters aufhielten und warum sie nicht ins Präsidium gekommen waren. Misstrauisch geworden, schnappte sich Adler sein Rad. Dem musste er nachgehen, irgendetwas stimmte da nicht. Zwei Tauben stoben auf, als neben ihm eine Straßenbahn ratternd und klingelnd am ZK der SED vorbeifuhr. Wie im Frühjahr war die Fassade noch immer mit einem überlebensgroßen Antlitz von Josef Stalin behängt, dem »Freund des deutschen Volkes. Führer und Lehrer der Menschheit«, wie es auf Bannern zu lesen stand.

Hin- und herschwankend mühte sich Adler die ansteigende Schönhauser Allee hoch. Einmal mehr fluchte er, dass ihm der linke Arm fehlte. Noch vor dem Bahnhof Danziger Straße war er schweißgebadet. Vielleicht hätte er doch lieber in eine der gelben U-Bahnzüge steigen sollen, die dieselbe Strecke mal unter und mal über der Erde nahmen. Oder wenigstens eine schnelle Wurst aus Pferdefleisch an Konnopkes neuem Imbisswagen? Adler verwarf die Gedanken. Schnaufend fuhr er weiter bis Pankow. Vor dem Haus der Meisters stieg er ab, um sein Rad auf den Hof zu schieben. Die Tür zu ihrem Verschlag war lediglich angelehnt. Adlers mulmiges Gefühl schien ihm nur allzu berechtigt zu sein.

Energisch klopfte er an die Tür.

»Frau Meister?«

Keine Antwort.

Vorsichtig schob Adler die Türe auf. Im dämmerigen Raum begegnete ihm nur Leere. Kurz musterte er Tisch und Bett. In einer kleinen Vase ließ eine Margerite ihr Köpfchen hängen, ansonsten erschien der Raum seit gestern unverändert. Vielleicht war ja auch alles gut, machte er sich Mut. Vielleicht hatten sie einander einfach verpasst, und die Meisters waren inzwischen im Präsidium eingetroffen.

Im Hof blieb Adler stehen. Und nun? Zurück aufs Präsidium? Die ganze Anstrengung vergebens. Für einen kurzen Moment ließ sich Adler von dem angenehmen Sommertag umweben. Dann holte ihn die Stimme des Hauswarts zurück in die Gegenwart.

»Wenn Se die Meisters suchen, müssen Se bei die Russen nachfraren«, rief Müller aus dem Fenster des zweiten Stocks.

»Die Russen?« Das verhieß nichts Gutes.

»Ja, der Iwan hat se eenjesammelt.«

»Wissen Sie, wo die beiden hingebracht wurden?«

»Bin ick eene Glaskugel?«

Nein, natürlich nicht. Du bist nur ein mieser Sack, dachte Adler und schwieg.

»Aber ick würde mir an Ihre Stelle mal zu die Kommandantur bejeben.«

Natürlich. Die sowjetische Kommandantur befand sich im alten Pankower Rathaus. Adler bedankte sich und stand keine zehn Minuten später vor dem roten Backsteingebäude. Einige Fenster im Erdgeschoss waren zugemauert. Kriegsschäden, die auf Reparatur warteten. Über dem Haupteingang grüßte ihn erneut ein Transparent mit dem Antlitz Stalins, dieses Mal von drei roten Sternen gerahmt. Adler wollte gerade sein Rad gegen die Hauswand lehnen, als ein Wachsoldat mit energischen Bewegungen auf ihn zustürmte.

»*Njet!*«, rief er energisch.

»Ich bin von der Berliner Polizei.«

»*Njet!*«, schrie der Russe erneut und richtete sein Gewehr auf Adler.

Das kann ja heiter werden, dachte er. Also stellte er das Fahrrad an einem gusseisernen Laternenmast ab, dem die bekrönende Laterne verloren gegangen war. Dann trat er auf den Russen zu, und das Spiel aus »Njet« und dem bedrohlich auf ihn gerichteten Gewehr wiederholte sich.

»Ich möchte bitte zu Leutnant Raskow«, beharrte Adler.

»*Njet.*«

»Wir ermitteln gemeinsam in einem Mordfall.«

»*Njet.*«

»Verdammt noch mal, kann ich bitte endlich zu Leutnant Raskow?«

Ein weiterer Rotarmist war aufmerksam geworden und kam auf Adler zu. »Wieso schreien Sie so herum?«, herrschte er ihn in holprigem Deutsch an.

Also noch mal von vorn. »Mein Name ist Kommissar Hans Adler. Ich bin von der Berliner Polizei. Ich möchte bitte mit Leutnant Raskow sprechen.«

Doch vergebens. Auch der zweite Russe ließ ihn nicht in die Kommandantur vor. Adler hatte schlechte Karten. Mit funkelnden Augen verfolgten die beiden Russen, wie Adler vor der Kommandantur auf dem Gehweg stehen blieb. Einige Passanten, die die Szene verstohlen beobachtet hatten, murmelten einander etwas zu. Doch sobald sie der Blick eines der Russen traf, machten sie, dass sie schleunigst weiterkamen. Schließlich wollte niemand in die Fänge der Roten Armee geraten. Nach zwanzig Minuten vergeblichen Wartens gab Adler auf, es war aussichtslos: Er würde Raskow heute ebenso wenig wie die Meisters sprechen können. Die Kooperation mit dem Vertreter der ruhmreichen Roten Armee, von der der Polizeipräsident geschwärmt hatte, existierte nur in dessen Phantasie. Zumindest aus Adlers Sicht.

Nachdenklich fuhr Adler zurück ins Polizeipräsidium. Wenigstens war die Rückfahrt bergab weniger anstrengend.

In der Keibelstraße fand sich ebenfalls keine Spur von den Meisters. Stattdessen erwartete ihn Stumm in seinem Büro. Auf der Stirn des Berliner Polizeivizepräsidenten standen Schweißperlen. Kurz schilderte Adler sein Erlebnis in Pankow.

»Was will Raskow erreichen? Wieso arbeitet er nicht mit der Berliner Polizei zusammen?«, schloss er seinen Bericht.

»Erwarten Sie von mir darauf eine Antwort, Adler?«

Nein. Natürlich nicht, dachte Adler. Darauf wusste vermutlich nur Markgraf eine Antwort, und die würde wie aus dem Parteitagsprogramm der SED klingen. Die beiden Männer verfielen in nachdenkliches Schweigen. Eine Mücke nutzte die Stille, um surrend Stumms Büro zu erkunden. Auf dem goldenen Rahmen eines mächtigen Gemäldes mit einer märkischen Havellandschaft ließ sie sich nieder. Vielleicht hielt sie die Malerei für echt? Adler stöhnte. Er fühlte sich machtlos. Und das gefiel ihm nicht. Aus seiner Jackentasche friemelte er ein Taschentuch und tupfte sich die Stirn trocken. Auch ihm setzte die Hitze zu. Allen setzte die Hitze zu.

»Eine Garbáty?«, fragte Stumm und hielt Adler eine Packung Zigaretten hin.

Wie bei Günther schienen auch Stumms Vorräte unerschöpflich zu sein. Adler, der Nichtraucher war, nahm dankend zwei Zigaretten und steckte sie in die Brusttasche. Stumms Angebot war nicht nur eine freundliche Geste, es war eine stille Subvention an seine Mitarbeiter für den Berliner Schwarzmarkt, dessen wichtigste Währung nach wie vor nicht aus Bargeld bestand, sondern aus Zigaretten.

»Kommen Sie, Adler. Ein paar Schritte an der frischen Luft werden uns guttun, um die Gedanken neu zu ordnen.«

Adler zog die Stirn kraus. Dann verstand er. Stumm wollte in den Räumen des Präsidiums nicht über Raskow reden. Gut möglich, dass ihr Gespräch belauscht wurde. Die Atmosphäre im Präsidium war ohnehin vergiftet, denn unter der Leitung von Markgraf entwickelte sich die Berliner Polizei zunehmend zu einem Vollstreckungsorgan nach Diktat der Partei. Und die tat, was ihr aus Moskau befohlen wurde. So wuchsen die polizeiinternen Spannungen stetig weiter an. Darin erwies sich die Berliner Polizei als getreues Abbild der Situation in ganz Berlin. Schließlich knirschte es nicht nur unter den Kollegen. Auch die vier Besatzungsmächte, unter deren Verwaltung Berlin seit zwei Jahren stand, waren sich schon länger nicht mehr grün. Die Unsicherheit über die Zukunft der Stadt war groß. Würden die Russen versuchen, die ganze Stadt einzunehmen? Wie würden die Amerikaner darauf reagieren, die ihre besetzten Gebiete in Westdeutschland mit den Engländern im Januar zur Bizone vereinigt hatten? Dazu traten die ganz alltäglichen Sorgen. Über zu geringe Lebensmittelrationen, das Hamstern von Lebensmitteln im Berliner Umland. Besonders im sowjetischen Sektor der Stadt wuchs die Angst, seine Meinung laut zu sagen. Immer wieder hatte man von Leuten gehört, die von der Straße weg in Gefängnissen und Lagern verschwanden. Erst im Frühjahr war Adler selbst nur wie durch ein Wunder aus einem der russischen Militärgefängnisse freigekommen. Trotz der Hitze überkam es ihn bei der Erinnerung an sein Rendezvous mit dem Tod eiskalt.

Adler lief neben Stumm dieselbe Strecke, die er vorhin mit dem Fahrrad die Schönhauser entlanggefahren war. Kurz hinter dem Senefelderplatz lenkte Stumm ihn zwischen die Ruinen der zerstörten Halle auf dem alten jüdischen Friedhof. Lediglich ein Bogen des Backsteinbauwerks war bei den Bombardements und dem folgenden Endkampf um Berlin stehengeblieben. Hohe Brandwände und Ruinen fassten den Friedhof ein. Zahlreiche Grabsteine waren umgeworfen worden. Nach und nach holte sich die Natur den Friedhof zurück. Essigbäume und Holunderbüsche wuchsen auf den Wegen, kniehoch überwucherte das Unkraut die Gräber. Grabräuber hatten alles Metall geklaut und eingeschmolzen. Vor dem Grabmal von Leopold Ullstein blieben sie stehen.

»Was macht eigentlich Ihr Freund beim Tagesspiegel?«

»Schreiben«, antworte Adler frech.

Stumm zog die Stirn kraus.

»Und die Dedowsky?«

»Bleibt verschwunden. Erich ist verzweifelt. Immer noch. Er hat sich hinter Büchern und seiner Arbeit vergraben.«

Nur einmal hatte Adler seine alte Kollegin Ruth von Dedowsky noch getroffen, nachdem sie untergetaucht war. Am Krematorium Wedding hatte sie ihn nachdrücklich aufgefordert, nicht nach ihr zu forschen, um weder sich noch sie in Gefahr zu bringen. Daher hatte Adler auch niemandem von der Begegnung berichtet. Ruth lebte. Und er würde sie eines Tages wiedersehen, dessen war er gewiss. Jeder trug in dieser Zeit seine Geheimnisse mit sich. Manche waren größer, manche kleiner. Und manche konnten schnell gefährlich werden.

»Raskow wird um jeden Preis versuchen, so schnell wie möglich einen Schuldigen für den Tod von Eva Schreiber zu präsentieren«, setzte Stumm erneut an. »Markgraf steht gehörig unter Druck. Wie immer.«

»Allerdings behindert Raskow eine ordentliche Ermittlung durch die Berliner Polizei«, beklagte sich Adler.

»Ich weiß.«

»Was sollen wir machen?«

Resigniert blickte der Polizeivizepräsident über den stillen Friedhof und schüttelte den Kopf. »Wir können im Moment nur einfach weiter unsere Arbeit machen. Raskow hin, Markgraf her. Glauben Sie, dass der Junge etwas mit dem Mord zu tun hat?«

»Ach was«, winkte Adler ab.

»Eben.«

»Glaubt Markgraf das denn ernsthaft?«

»Vermutlich glaubt selbst er das nicht. Aber am Ende ist das nicht ausschlaggebend. Hauptsache, er kann einen Täter vorweisen. Ende. Der Junge schwebt vermutlich in großer Gefahr, Adler. Finden Sie ihn. Möglichst schnell.«

Das unregelmäßige Klopfen eines Spechts hallte über den Friedhof. Adler spürte, wie müde er war. Wie leer. Was gab ihm überhaupt noch die Kraft, weiter zu ermitteln?

Sie gingen weiter, bis Stumm vor einer Mauer im rückwärtigen Teil des Friedhofs stehen blieb.

»Hier muss das Grab von Max Liebermann sein«, erklärte er mit ernstem Blick.

Adler mochte Liebermanns Bilder. Seine Landschaften und die wunderbaren Gartenbilder. Wenn man von Wilkinson quer über den Wannsee guckte, konnte man bis zum Garten von Liebermanns ehemaliger Villa sehen.

»Von seinem Atelier am Pariser Platz neben dem Brandenburger Tor ist nichts mehr übrig geblieben«, sagte Stumm nachdenklich. »Wenigstens seine Bilder sind gerettet. Wussten Sie, dass sich seine Frau Martha nur durch Selbstmord vor Deportation und Ermordung durch die Nazis entziehen konnte?« Die Empörung in Stumms Stimme war unverkennbar. »Sie war eine alte, ehrwürdige Frau, Adler. Jemand, dem man Respekt zollt. Bestien waren das.«

Stumm bückte sich und schob das Efeu zur Seite, das sich üppig über dem Grab ausgebreitet hatte. Und tatsächlich, darunter kam die schwarze Grabplatte Max Liebermanns zum Vorschein. In Gedanken versunken gingen sie zurück zum Friedhofsausgang an der Schönhauser Allee.

»Ick gloobe, Sie sollten ma runterkommen, Herr Kommissar.«

Der alte Kunert wartete bedächtig im Türrahmen von Adlers Büro.

»Was gibt es denn? Sie gucken ja so bedripst.«

»Ja, det is nun mal och nich schön, wenn eine junge Frau jarnich mehr nich sprechen kann, weil se so viel heult.«

Adler fuhr ein Schreck in die Glieder. Bitte nicht, dachte er. »Frau Meister?«

Kunert nickte. »So isses.«

»Ich komme.«

Kurz schloss Adler die Augen, als könne er so Kraft finden, dann folgte er Wachtmeister Kunert. Frau Meister saß auf derselben Bank, auf der schon Frau Schreiber gewartet hatte. Doch der Unterschied zwischen beiden Frauen hätte kaum größer sein können. Hatte die eine darum gerungen, die Contenance zu wahren, so war die andere völlig aufgelöst.

»Rudolf«, stieß sie verzweifelt den Namen ihres Sohnes hervor.

»Kommen Sie.« Behutsam führte er Frau Meister in das kleine Verhörzimmer. Unter Tränen berichtete sie, was Adler bereits befürchtet hatte. Raskow hatte Rudolf und seine Mutter stundenlang in einem abgedunkelten Raum in der Kommandantur warten lassen, ehe sie vernommen wurden. Adler mochte sich die bedrückende Situation für Mutter und Sohn nicht vorstellen. Die Enge des Raumes, die stickige Luft, die wachsende Verzweiflung.

»Und jetzt?«, fragte er. Er spürte, wie absurd es war, dass er als ermittelnder Polizist diese Frage stellte.

»Sie haben ihn dabehalten. Meinen Rudolf. Er ist ein guter Junge«, antwortet Frau Meister mit verquollen Augen.

Adler entschuldigte sich und vermochte nur mühsam seinen Zorn zu besänftigen, als er zu Markgrafs Büro stürmte.

»Ist der Herr Polizeipräsident zu sprechen?«, fragte er die Sekretärin mit bebender Stimme, die kein Nein zuließ.

»Adler, was verschafft mir die Ehre Ihres Besuches«, gab sich Markgraf jovial.

Dieses Mal saß Raskow nicht im Raum. Dennoch war er im Gespräch anwesend.

»Leutnant Raskow hat einen Verdächtigen im Mordfall Eva Schreiber inhaftiert. Ich bitte Sie, dafür zu sorgen, dass der Verdächtige Rudolf Meister umgehend der Berliner Polizei übergeben wird. Wir müssen ihn verhören, damit wir unsere Ermittlung fortsetzen können.«

Adlers Anliegen war trotz der höflichen Wortwahl so impertinent, dass es Markgraf kurz die Sprache verschlug. Wie konnte er es wagen, die Kompetenz und Macht der SMAD anzuzweifeln? Adler war darauf gefasst, dass ihn der rote Markgraf niederbrüllen würde, doch stattdessen blieb der Polizeipräsident vollkommen ruhig. Scharf musterte er sein Gegenüber.

»Kommissar Adler, ich versichere Ihnen, dass die Sowjetische Militäradministration und im Besonderen Leutnant Raskow stets im Sinne der Berliner Polizei handeln. Sie können ihm vollständig vertrauen. Leutnant Raskows einziges Anliegen ist es, dieses scheußliche Verbrechen zügig aufzuklären, damit der Täter seiner gerechten Strafe zugeführt wird, und so die Sicherheit der Berliner Bevölkerung wiederherzustellen. Auf diesem Wege will er das Vertrauen in die Rote Armee als Freund des deutschen Volkes weiter stärken.«

Adler nickte, jede weitere Nachfrage erübrigte sich. Das Gespräch war beendet. Raskow war unantastbar, und das galt nicht nur für ihn, sondern auch für Markgraf. Immerhin hatte Adler es versucht, aber er hatte verloren. Mehr konnte er im Moment nicht für Rudolf tun. Sein Schicksal lag in Raskows Händen.

Mit gesenktem Kopf kehrte Adler zurück zu Frau Meister. Den Kopf aufgestützt, saß sie noch immer so im Verhörzimmer, wie er sie zurückgelassen hatte.

»Kommen Sie, ich begleite Sie zum Ausgang«, sagte er leise.

»Und Rudolf?«, flüsterte sie. Adler sah ihren Schmerz, sah die Verzweiflung in ihrem Blick, doch er war selbst vollkommen hilflos.

Weder die singenden Amseln noch die kecken Meisen vor dem Präsidium konnten Adlers düstere Stimmung aufhellen. Kaum war er zurück in seinem Büro, warf er gleich wieder sein Sakko über die Schulter. Er musste hier raus. Sofort.

»Wohin?«, fragte Rita eilig, als er grußlos an ihr vorbeistürmen wollte. »Nur, damit ich weiß, was ich sagen soll, falls jemand Sie sprechen möchte«, schob sie freundlich nach.

Adler schaute auf. »Entschuldigung, Rita. Es ist alles so …«, stammelte er.

Aufmunternd schaute sie ihn an. »Natürlich, Kommissar Adler«, antwortete sie verständnisvoll. »In die Charité?«, fragte sie.

»Woher wissen Sie das?«

Statt einer Antwort lächelte seine Sekretärin verstohlen.

7

Kennen Sie einen Professor Böhm?«, fragte Adler.

»Natürlich. Ein hervorragender Arzt. Warum fragen Sie?«, antwortete Frau Dr. Fischer.

»Die Tote aus Pankow, Eva Schreiber, war wohl eine Studentin bei ihm.«

»Oh.« Die Gerichtsmedizinerin schaute betroffen zu Adler, »eine angehende Kollegin also ... Wir könnten zusammen rüber zum Universitätsklinikum gehen und schauen, ob Professor Böhm einen Moment Zeit für uns findet.«

Adler zögerte kurz. Was würde der viel beschäftigte Mediziner schon über die junge Studentin sagen können? Vermutlich hatte er das Mädchen nicht einmal wahrgenommen. Aber vielleicht hatten sie auch Glück und er erinnerte sich. Gemeinsam schlenderten sie zur Friedrichstraße vor, vorbei an der alten »Tropfsteinhöhle« des Großen Schauspielhauses. Nahe dem Bahnhof Friedrichstraße beherrschten Ruinen das Stadtbild, aber immerhin gab es dort auch Grundstücke, die bereits enttrümmert waren. Adler schob sein Rad. Es fühlte sich fast vertraut an, so neben Fischer zu laufen. Langsam kehrte seine innere Ruhe zurück. Verstohlen musterte Adler, wie ihr der geblümte Rock bei jedem Schritt um die Beine tänzelte.

»Die meisten Gebäude der Charité sind kaputt. Wenigstens ist die Universitätsklinik noch nutzbar«, erklärte Fischer. »Wollen wir noch kurz vor zur Weidendammer Brücke laufen und aufs Wasser schauen?«

Adler nickte. Ja, ein Blick auf die Spree wäre jetzt fein.

Es grenzte an ein Wunder, dass ausgerechnet diese Brücke nicht zerstört worden war. Sie blieben nebeneinander stehen und lehnten sich gegen den preußischen Adler, der mit seinen mächtigen Schwingen das Geländer verzierte. Unter ihnen floss die Spree in Richtung des zerschossenen Reichstags, dessen dunkle Silhouette sich gegen den lichten Sommerhimmel abzeichnete.

»Was für eine Art Mensch ist Böhm?«, fragte Adler, während sie die wenigen Schritte zurück zur Ziegelstraße schlenderten. Über dem Eingang des Hauses aus gelbem und rotem Klinker prangte der Schriftzug *Universitätsklinikum*.

»Das kann ich gar nicht genau sagen. Wir kennen uns nur flüchtig. Unter Kollegen halt. Wie gesagt, er gilt als Kapazität.«

»Ein zweiter Sauerbruch?«

»Den gibt's nur einmal. So wie den Kommissar Adler«, sagte Fischer und lächelte ihn an.

»Vielen Dank für die Blumen.«

In den Gängen der Klinik roch es streng nach Desinfektionsmittel. Schlagartig überkam Adler die Erinnerung an die furchtbaren Wochen, die er mit seinem eiternden Armstumpf in einer bayrischen Klinik verbracht hatte. Unvermittelt zuckte es schmerzhaft in seinem Körper, dort, wo eigentlich sein Arm hätte sein müssen. Adler verzog das Gesicht.

»So schlimm?«, fragte Fischer mitfühlend. »Immer noch?«

»Es wird besser«, antwortete Adler mit blassem Gesicht.

Doch er wusste, dass es für diesen Schmerz keine Heilung gab. Er würde ihn sein Leben lang mit sich herumtragen. Dazu gehörten die schlaflosen Nächte, die sich mit Albträumen abwechselten, ebenso wie die stets wiederkehrenden Phantomschmerzen. Die Wut über den Verlust seines

Armes und die Traurigkeit. Noch immer mühte er sich ab, sich mit seinem Schicksal zu arrangieren. Keine einfache Aufgabe. Immer wieder gab es Rückfälle, überkam ihn eine bleierne Schwermut. Dafür reichte bereits ein unvermitteltes Geräusch aus, ein trüber Gedanke, der Geruch eines Krankenhauses.

Es erschien Adler seltsam still in den dunklen Gängen des Klinikums. Doch was hatte Adler erwartet? Vor Schmerzen und Verzweiflung schreiende Patienten, wie er sie aus seiner Zeit im Lazarett kannte? Der Krieg war vorbei. Es wurden nicht mehr täglich mehrere Dutzend Verletzte angekarrt, die versorgt werden mussten. Keine Verwundeten, denen die Gliedmaßen amputiert werden mussten, um sie vor Wundbrand zu retten, weil sie sonst einen langsamen qualvollen Tod gestorben wären. Er hatte Kameraden erlebt, die im Nebenbett regelrecht verfaulten, blutend, eiternd. Morphium war Mangelware. Allzu oft rangen die Ärzte und Schwestern vergebens um das Leben ihrer Patienten, kämpften so lange, bis sie selbst am Ende ihrer Kräfte waren.

Mit dem Frieden war auch der Tod langsam zum Alltag zurückgekehrt.

Vor Böhms Zimmer blieb Frau Fischer stehen und klopfte.

»Herein!«

»Professor Böhm«, begrüßte sie den Mediziner.

»Ah, die junge Kollegin aus der Gerichtsmedizin. Sind Ihnen die Leichen ausgegangen?«

»Leider nein, Tote gibt es immer noch viel zu viele.«

Böhm legte die Papiere zur Seite, in denen er gelesen hatte, und kam seinen Besuchern entgegen. Kraftvoll schüttelte er ihnen die Hände.

»Was kann ich für Sie tun, Frau Dr. Fischer? Oder wollten Sie einfach mal nachschauen, wie wir hier trotz Mangel und Elend versuchen, unsere Patienten wieder gesund zu bekommen?«

»Darf ich vorstellen: Kommissar Adler. Er ermittelt in einem Mordfall und hat ein paar Fragen. Vielleicht hätten Sie kurz Zeit für uns?«

»Freut mich, Herr Kommissar. Kann es sein, dass ich schon einmal von Ihnen gehört habe? Die Sache mit den entführten Kindern?«

»Sie sind gut informiert, Professor.«

Böhm mustere ihn wohlwollend und schaute auf den leeren Ärmel seines Sakkos.

»Übrigens, falls Sie mit ihrer Amputation einmal Probleme haben, dann kommen Sie gerne direkt zu mir. Es gibt im thüringischen Königstein ein Unternehmen, das inzwischen ganz vorzügliche Prothesen fertigt.« Böhm winkte ab. »Aber deshalb sind Sie nicht zu mir gekommen. Wie kann ich helfen?«

»Sagt Ihnen der Name Eva Schreiber etwas?«, fragte Adler.

Böhm legte seine hohe Stirn in Falten. »Sollte er?«

»Möglicherweise. Sie hat an der Berliner Universität Medizin studiert.«

Böhm atmete geräuschvoll aus. »Die junge Frau, die bei Ihnen auf dem Tisch gelandet ist, Frau Kollegin?«

»Leider.«

Er schüttelte den Kopf. »Furchtbar. Wer macht so etwas? Ich verstehe die Menschen immer weniger. Wir ringen hier mit all den wenigen Mitteln der medizinischen Kunst, die uns derzeit zur Verfügung stehen, sie gesund zu bekommen, und dann so etwas …«

Es klopfte an der Tür.

»Herein.«

»Professor Böhm …« Ein grauhaariger Mann mit weißem Kittel betrat den Raum, ließ den Satz aber unvollendet. »Oh, Sie haben Besuch, Professor, dann komme ich später …«, sagte er mit leiser Stimme.

»Was gibt es denn, Busse?«

»Die Frau auf Zimmer 18 …«

»Ich komme. Es tut mir sehr leid, ich muss los. Um Ihre Frage kurz zu beantworten, Kommissar Adler, leider kann ich mich nicht an die junge Frau erinnern.« Er wandte sich seinem Assistenten zu. »Aber vielleicht sagt Ihnen der Name etwas, Busse?«

»Um wen geht es denn?«

Aufmerksam musterte der stämmige Mann die beiden Besucher Böhms.

»Eine Eva Schreiber. Sie studierte bei uns Medizin. Sie haben ja bestimmt davon gehört, sie war das Opfer dieses furchtbaren Mordfalls oben in Pankow.«

»Oh.« Busses Augen weiteten sich. Mit seinen großen, weichen Händen fuhr er sich an den Mund. »Ermordet«, wiederholte er erschrocken.

Das Gesicht des Mannes rief bei Adler eine Erinnerung wach. Nur an wen? Wo hatte er ihn gesehen? Im Lazarett in Bayern? Immer wieder passierte es Adler, dass sich Bruchstücke aus seinen Erinnerungen überlagerten und ineinander verhakten, obgleich sie eigentlich nicht zusammengehörten.

»Eva … wie war bitte noch einmal der Name?«, fragte Busse mit seiner sanften Stimme.

»Eva Schreiber«, wiederholte Adler.

»Schreiber?« Er schüttelte betrübt den Kopf. »Leider nein. Der Name sagt mir nichts.«

»Eine hübsche junge Frau. Anfang zwanzig, blond, schulterlange Haare.«

»Ja, so sehen viele junge Frauen hier aus«, antwortete Busse entschuldigend.

»Vielen Dank. Hätte ja sein können.«

Böhm verabschiedete sich freundlich, dann verschwand er mit Busse in Zimmer 18. Adler war froh, die Klinik wieder verlassen zu können. Unschlüssig blieb er neben Frau Fischer am Schauspielhaus stehen. Viel schöner als der Besuch gerade im Klinikum war die Erinnerung an das gemeinsame Konzert der Staatskapelle, das sie im Frühjahr im nahen Admiralspalast gehört hatten. Gustav Mahler. Mitfühlend legte ihm Frau Fischer die Hand auf die Schulter.

»Geht es wieder?«, fragte sie leise.

»Aber ja.«

»Und es bleibt bei unserer Verabredung?«

Adler strahlte sie an. »Ich freue mich sehr darauf.«

Nebeneinander gingen sie zur Friedrichstraße vor.

»Na dann«, sagte Fischer. Kurz bevor sie in die Hannoversche Straße zur Gerichtsmedizin abbog, winkte sie Adler noch einmal zu.

Und jetzt?, überlegte Adler. Noch einmal zurück ins Präsidium fahren? Was sollte das bringen? Er war sich sicher, dass er Rudolf dort nicht antreffen würde. Rudolf. Der Gedanke an den Jungen legte sich bleischwer auf seinen Magen. Er war ratlos, wie er in diesem Fall verfahren konnte. Wie sollte er an Raskow herankommen? Adler schwang sich auf sein Rad und rollte gemächlich die Friedrichstraße entlang in Richtung Landwehrkanal. Auf dem Heimweg würde er kurz bei Erich Wellhausen vorbeischauen.

Der Journalist saß in dem kleinen Garten seines Hauses und genoss den milden Sommerabend.

»Bist du hungrig, Hans?«, fragte er zur Begrüßung.

»Sieht man mir das an?«

Wellhausen schmunzelte. »Ehrlich gestanden, ja.« Aus

der Küche holte er zwei Teller, Brot, etwas Dauerwurst und ein Messer.

»Köstlich«, befand Adler und biss genüsslich in die Stulle.

»Seitdem dich Ruth nicht mehr regelmäßig mit Leberwurstbroten füttert, bist du ganz spack um die Wangen geworden«, spottete Wellhausen.

»Ehrlich?«, fragte Adler betroffen.

Wellhausen musterte ihn kurz. »Ja. Du isst zu wenig und wahrscheinlich zu unregelmäßig.«

»Na, da bin ich derzeit in Berlin wohl nicht der Einzige.«

Noch immer war die Versorgung mit Lebensmitteln in der Stadt schwierig, Unterernährung war weit verbreitet. Ein Schmaus, wie ihn Wellhausen hier servierte, war Adler daher mehr als recht.

»Hast du etwas von Ruth gehört?«, fragte er mit gesenkter Stimme.

Wellhausen zog die Stirn kraus. »Nein. Du?«, fragte er leise zurück, doch Adler verneinte.

»Dafür hatte ich Besuch aus dem Rheinland.«

»Ach ja?«

»Herr von Dedowsky ist extra nach Berlin geflogen, um nach seiner Tochter zu suchen. Mit dem Interzonenzug wollte er lieber nicht durch die sowjetische Zone reisen. Er muss gute Verbindungen zu den Alliierten haben.«

»Ich glaub, nicht nur zu denen. War er nicht mit dem ehemaligen Kölner Oberbürgermeister befreundet, diesem Adenauer? Egal. War Herr von Dedowsky erfolgreich bei seiner Suche?«

»Wo denkst du hin. Ruth ist nicht aufzufinden.«

Adler erschien Wellhausens Stimmung seltsam zufrieden. Hatte er insgeheim doch noch Kontakt zu seiner Verlobten? Vielleicht wollte oder durfte Erich davon auch nicht sprechen, nicht einmal gegenüber ihrem ehemaligen Kollegen. Wenn es in Berlin so viel Dauerwurst gegeben hätte wie Geheimnisse, hätte niemand in der Stadt hungern müssen.

Eine Truppe Spatzen balgte sich lautstark tschilpend auf dem vertrockneten Rasen um die Brotkrumen, die zu Boden gefallen waren. Belustigt beobachteten die beiden Männer die Vögel.

»Etwas ganz anderes, Erich. Du hast von dem aufgeschlitzten Mädchen in Pankow gehört?«

»Selbstverständlich. Dein Fall?«

»Hm. Er macht mir Sorgen.«

»Warum?«

Adler musterte Wellhausen. Wie viel durfte er dem Freund erzählen? Was sollte er lieber verschweigen, damit es nicht ganz Berlin im *Tagesspiegel* las?

»Wir können ganz inoffiziell sprechen, Hans«, versicherte ihm Wellhausen, der Adlers Zwänge kannte. So wenig er als Journalist von der Berliner Polizei instrumentalisiert werden wollte, so wenig wollte er die Berliner Polizei für die Berichterstattung seiner Zeitung instrumentalisieren.

»Sagt dir Leutnant Raskow etwas?«

»Den Namen habe ich schon einmal gehört, aber ich hatte noch nicht mit ihm zu tun. Wieso?«

Adler zögerte erneut, ehe er fortfuhr. »Raskow gehört zur SMAD. Er wurde Markgraf und mir quasi vor die Nase gesetzt.«

»Verstehe. Und damit hast du ein Problem.«

»Ein gewaltiges.«

»Warum arbeitet ihr nicht einfach zusammen? Es könnte doch sehr hilfreich sein, mit einem Russen zusammenzuarbeiten. Vielleicht wissen die Sowjets mehr als die Berliner Polizei.«

»Du meinst, weil sie überall ihre Spitzel haben? Das wäre unter Umständen sogar eine gute Idee«, antwortete Adler,

»zumindest, wenn Raskow darauf aus wäre, mit mir zusammenzuarbeiten. Leider ist aber das Gegenteil der Fall.«

»Was meinst du damit?«

»Ich werde das Gefühl nicht los, dass ich in diesem Fall kaltgestellt worden bin. Heute stand ich beispielsweise vor der sowjetischen Kommandantur in Pankow und wollte zu Raskow, der dort einen Verdächtigen verhörte. Aber man hat mich nicht zu ihm vorgelassen.«

»Lass mich raten. Markgraf ist dir dabei auch keine Hilfe.«

Adler lächelte schief. »Im Gegenteil.«

»Da hilft nur Abwarten und Teetrinken«, befand Wellhausen.

»Das ist es ja gerade. Das hilft dieses Mal nicht. Raskow hat sich einen jungen Kerl geschnappt. Er war bei der Toten. Und ich fürchte, dass er versuchen wird, ihm den Mord unterzuschieben.«

»Warum sollte er das tun? Du hegst Zweifel, dass der Bursche der Täter ist?«

»Ich bin mir ziemlich sicher, dass er es nicht war.«

Wellhausen erhob sich, und die Spatzen stoben schimpfend auf. »Du meinst, dass die Sowjets ein Exempel statuieren wollen. Seht her. Wir finden die Täter schnell. Mit uns ist Berlin sicher. So in etwa?«

»Du kennst dich ja blendend aus mit unserer sowjetischen Schutzmacht, Erich.«

»Glaubst du tatsächlich, die anderen drei sind auch nur einen Deut besser? Die drehen auch nur ihr eigenes Rad. Und was gedenkst du jetzt zu tun?«

»Ich will den Jungen da rausholen. Aber ich weiß nicht, wie mir das gelingen kann. Es ist zum Aus-der-Haut-Fahren.«

»Und da dachtest du, wir Journalisten vom *Tagesspiegel* …«

Wellhausens Stimme oszillierte zwischen Amüsement und Verärgerung. Erst im Frühling hatte er sich scharf dagegen verwehrt, die Berliner Polizei zu unterstützen. Die vollständige Unabhängigkeit der Presse war ihm nach den furchtbaren Erfahrungen der Gleichschaltung unter den Nationalsozialisten heilig.

»Das wäre tatsächlich fein. Aber ich denke, ihr hättet kaum bessere Chancen als wir von der Polizei.«

»Ich werde trotzdem Bölling morgen mal auf den Fall ansetzen. Vielleicht findet er ja etwas über Raskow heraus, das dir weiterhilft.«

»Das ist nett von dir. Aber da ist noch etwas anderes.«

Neugierig schaute Wellhausen zu Adler. »Mach's nicht so spannend.«

»Ich frage mich, warum Raskow den Fall mit der Brechstange aufklären will und versucht, einen Mörder dingfest zu machen, der wahrscheinlich gar kein Mörder ist?«

»Ist das so schwer zu verstehen, Hans? Wie gesagt, die Russen wollen als Saubermänner auftreten.«

Adler betrachtete die Spatzen, die sich in Sichtweite auf einer Birke niedergelassen hatten. »Du meinst, mehr steckt da nicht hinter?«

»Ich denke, nein. In Pankow, sagst du, hat sich der Mord abgespielt? Das ist gleich um die Ecke vom Wohnsitz ihrer Nomenklatura und ein weiterer Grund, den Fall möglichst zügig zu klären. Dann kommt dort keine Unruhe auf. Manchmal erweist sich die Welt als weitaus simpler, als man es vermutet. Manchmal denken wir einfach zu oft um die Ecke. Dabei steckt hinter der Sache nichts weiter als sie selbst«, sagte Wellhausen.

Adler musterte ihn intensiv. Er hoffte, der Freund würde recht behalten. Doch etwas in ihm begehrte gegen diese simple Lösung auf.

8

Adler trat aus dem dunklen Bahnhofsdurchgang in Nikolassee in das helle Licht des Sommernachmittags. Geblendet blinzelte er. Karin Fischer wartete schon auf der anderen Straßenseite auf ihn. Gepunktetes Kleid, adrett frisiert, geputzte Schuhe, registrierte Adler, als er auf sie zustakste, in der Hand einen Strauß mit Sommerblumen.

»Für mich?«

Adler sank das Herz in die Hose. »Ähm«, stotterte er. »Eigentlich …«

»… ist der für meine Tante. Ich weiß doch. Aus Looses Garten?«

»Tatsächlich.«

Adler fühlte sich von ihrer forschen Art überrumpelt.

»Na, dann wollen wir mal. Sie ist schon ganz neugierig auf den großen Kommissar Adler.«

»Hoffentlich ist die Enttäuschung nicht zu groß.«

»Papperlapapp«, winkte Fischer ab.

»Gibt es hier irgendwo einen Tennisplatz?«

In die nachmittägliche Stille ploppte immer wieder das typische Geräusch der Ballwechsel hinein. Dazu ein entferntes Lachen. Gesprächsfetzen.

»Gleich hinter dem Bahnhof sind neben den Gleisen ein paar Plätze für die Amerikaner. Aber Berliner dürfen dort hin und wieder auch spielen. Kannst du Tennis spielen?«

Das Du hatte sie so herausgeplappert. Sie lief knallrot an.

»Ich meine natürlich …«

»Schon recht, Karin. Nur kann ich dir gerade nicht die

Hand geben. Wegen der Blumen. Also …«, verholperte sich nun auch Adler. »Ich habe früher ab und an ein paar Bälle übers Netz geschlagen. Eigentlich ganz schön. Aber ein Gottfried von Cramm bin ich nicht.«

Langsam kehrte Adler wieder auf sichereres Terrain zurück.

»Von Cramm ist ein feiner Kerl«, sagte Fischer.

»Kennst du ihn etwa persönlich?«

»Bewahre. Aber ich habe ihn einmal bei Rot-Weiß spielen sehen. Wenn du magst, kann ich gerne einmal Tantchen fragen, ob wir bei den Amerikanern spielen dürften. Ich glaube, sie kennt jemanden vom Tennisplatz.«

»Mit einem Arm spielen?«, fragte Adler skeptisch.

Fischer winkte ab. »Das geht schon. Sonst spiele halt ich die Bälle ein.«

Vorbei an großzügigen Villen unter hohen Bäumen führte Fischer ihn auf einer schattigen Straße mit Kopfsteinpflaster an einen Grünzug.

»Darf ich präsentieren: Die Rehwiese«, erklärte Fischer mit theatralischer Geste. Allerdings vermittelte der Name ein falsches Bild, handelte es sich bei dem Grünzug doch keineswegs um eine typische Wiese. Vielmehr schlängelte sich der Park wie ein Tal durch die Landschaft, gesäumt von hohen Bäumen und noch mehr Villen, die hinter einer gewundenen Straße an die Hänge gebaut worden waren.

»Sehr fein hier«, sagte Adler.

Fischer schob ein rostiges Eisentor auf, das einen knarzenden Ton von sich gab, und unter ihren knirschenden Schritten gingen sie die sandige Auffahrt hinauf. Vier Stufen hoch, dann klingelte Fischer unter einem hölzernen Vordach. Surrend öffnete sich die Tür. Sie wurden erwartet.

»So nobel wohnt deine Tante?«

Fischer winkte erneut ab. »Sie hat hier bloß ein Zimmer unter dem Dachjuchhe. Böhm wohnt übrigens auch ganz in der Nähe. Aber der hat natürlich eine eigene Villa.«

Doch so richtig beruhigt war Adler angesichts des großbürgerlichen Ambientes nicht. Die Villa aus roten Ziegeln und Fachwerk erinnerte ihn an Wilkinsons Residenz ganz in der Nähe. Sie durchquerten eine menschenleere hohe Halle. An der einen Wand hingen Geweihe, an der anderen das überdimensionierte Bild eines Jägers mit Hund. Der ehemalige Besitzer, vermutete Adler. Dem repräsentativen Treppenhaus schloss sich hinter einer unscheinbaren Tür eine schmale steile Treppe zum Dachgeschoss an.

Ihre Tante begrüßte sie mit einem schüchternen Lächeln und bedankte sich für die Blumen. »Simone Taenzer. Freut mich, Herr Kommissar.«

»Ihre Nichte hat mir schon von Ihren Fotografien vorgeschwärmt.«

»Ach so?«, verlegen schaute sie zu Boden. »Na ja, wir können nachher bestimmt auch eine kleine Führung durch das Atelier meiner Nachbarn machen. Ich hoffe, es stört sie nicht, wenn die beiden dabei sind? Konrad und Susanne Kriee.«

»Überhaupt nicht«, behauptete Adler, der sich in der Villa und zwischen Künstlern völlig fehl am Platz fühlte. Der Nachmittag drohte ihn zu überfordern. Zusammen mit den Kriees herrschte in der Dachstube bedrückende Enge. Die Luft war stickig. Adler schwitzte. Der gelblich schimmernde Kräutertee, den Konrad Kriee aus einer bauchigen Kanne mit blau-weißem Streifendekor eingoss, schmeckte so furchtbar, wie er roch. Und der Kuchen, den Fischers Tante anbot, war auch nicht besser.

»Aus Buchweizenmehl«, erklärte sie. »In Brandenburg selbst gesammelt und gemahlen.«

Artig lobte Adler den staubtrockenen Kuchen und spülte den Bissen mit einem Schluck Tee hinunter.

»Und Sie sind einem Lustmörder auf der Spur?«, platzte Susanne Kriee mit lauter Stimme hervor. Die junge Frau mochte im selben Alter wie die Tote aus Pankow sein. Ihr Mann Konrad war deutlich älter. Genervt blickte Adler zu Fischer. Der Nachmittag drohte wirklich ungemütlich zu werden.

»Nein«, antwortete er knapp. Die Enttäuschung stand Kriee ins Gesicht geschrieben.

»Sondern?«, fragte sie begierig.

»Wir ermitteln noch …«

Über den aktuellen Fall würde er heute kein Wort verlieren.

»Sie müssen sich ja denken, wir sind völlig verrückt«, mischte sich Konrad Kriee leise ein. »Dabei handelt es sich nur um ein rein berufliches Interesse.«

»Berufliches Interesse beim Mord an einer jungen Frau?«, fragte Adler entgeistert. »Sind Sie etwa auch Polizisten?«

»Aber nein. Wir sind schon Künstler«, bestätigte Kriee. Er griff nach einer Mappe, die er aus ihrem Atelier mitgebracht hatte. »Ich dachte mir, dass Sie diese Arbeiten vielleicht interessieren.«

Kriee legte die Mappe auf den Boden und zog behutsam eine Reihe von Blättern heraus. Adler verschlug es die Sprache. Auf einem der Bilder war eine Frau zu sehen, die auf dem Bett lag. Beine und Arme hingen hinab, ihr Körper war fürchterlich massakriert. Die Augen waren entstellt, der Bauch aufgeschlitzt. Zwischen ihren gespreizten Beinen floss Blut aus ihrem Geschlecht. Obwohl das Blatt lediglich mit wenigen, krakeligen Strichen in Schwarz-Weiß gezeichnet war, glühte es für Adler blutig rot. Er sah die tote Eva Schreiber vor sich.

»Das Bild passt nicht so richtig zu unserem gemütlichen Kaffeeklatsch, Konrad«, merkte Frau Taenzer trocken an.

»Nein«, bestätigte Adler, doch seine Neugier war geweckt. »Was ist das für eine Arbeit?«

»Ein Kupferstich aus dem Jahr 1922 von Otto Dix. *Der Lustmord.*«

Ein zweites Blatt war noch reduzierter in seiner Linienführung. Wieder war eine halb nackte Frau zu sehen. Wieder erkannte Adler das in dichten Strichen dargestellte Blut. Dieses Mal lag die Frau mit ihrem voluminösen Körper jedoch auf der Seite, ein Bein hatte sie angewinkelt. Zwar war keine Wunde im Bauch zu sehen, stattdessen fehlte der Kopf der Toten. Auf dem Bett lag an seiner Stelle eine Axt. Im Hintergrund wusch sich ein verschämt blickender, dicker Mann die Hände. Den Kopf zwischen den Schultern eingezogen, hingen ihm seine Hosenträger bis zu den Knien herab.

»Das ist …«, setzte Adler an.

Doch er wusste nicht, wie er den Satz beenden sollte. Kriee half ihm. »Das Blatt stammt von George Grosz. *Lustmord in der Ackerstraße.* Es ist ein Jahr später als die Arbeit von Otto entstanden«, erklärte er.

»Otto? Sie kennen den Künstler?«

»Ein wenig. Aus gemeinsamen Dresdner Tagen. Ist eine lange Geschichte.«

Seine junge Frau sah ihn liebevoll an. Offenbar war sie ein Teil dieser Erinnerungen an Dresden.

»Wir dachten, vielleicht könnte das für Ihren Fall interessant sein«, sagte er fast schüchtern. Das Selbstbewusstsein, mit dem er Adler die Graphik präsentiert hatte, schien verpufft.

»Ja«, antwortete Adler ratlos. »Vielleicht. Ich weiß es noch nicht.«

Kriee holte ein schmales Bändchen hervor. Darauf stand der Namenszug des Künstlers Otto Dix. Auf dem Vorsatzblatt entdeckte Adler eine Widmung. »Für Konrad.«

»Wir haben Glück gehabt, dass die Arbeiten nicht entdeckt wurden. Solche Kunstwerke zu besitzen, war die letzten Jahre ja nicht ungefährlich. Entartet. Wir hatten sie vorsichtshalber bis zum Kriegsende unter den Dielen unserer Wohnung versteckt.«

Vorsichtig blätterte Adler die Seiten des Buches durch. Bei jedem Blatt wurde er blasser. Verstümmelte Soldaten. Blut, Stacheldraht, Gasmasken, Fratzen, Tote, Selbstmörder. Eine Bordellszene. Überall begegnete ihm der Tod. Adler schlug das Buch zu und reichte es Kriee zurück.

»Danke.«

Mehr konnte er nicht sagen. Otto Dix, Dresden. In seinen Bildern aus dem Ersten Weltkrieg hatte der Maler bereits das dargestellt, was Adler fünfundzwanzig Jahre später selbst erlebt hatte. Er spürte das Pochen in seinem verlorenen Arm, spürte den Phantomschmerz in seiner Hand, quälte sich aber dennoch ein Lächeln hervor.

»Der Kuchen war köstlich. Und der Tee. Vielen Dank. Aber ich glaube, ich brauche jetzt etwas frische Luft.«

Betroffen schaute die kleine Gesellschaft zu ihm.

»Es tut mir leid«, sagte Kriee. »Ich wollte Sie mit den Arbeiten nicht verstören.«

»Sie haben mich nicht verstört, Herr Kriee. Überhaupt nicht. Ich würde sehr gerne auch Ihre Werke sehen. Und die Ihrer Frau. Es ist nur so …«, begann Adler und brach ab und erhob sich. »Vielleicht darf ich mir Ihre Fotografien ein andermal ansehen, Frau Taenzer?«

Taenzer, die sich ebenfalls erhoben hatte, sah in mitfühlend an. Dann legte sie ihre beiden Hände um seine rechte Hand und drückte sanft.

»Ich verstehe Sie gut. Besser, als Sie sich vorstellen können. Keine Angst, Kommissar Adler, die Fotos laufen nicht weg. Die sind ja jetzt in Sicherheit und können nicht mehr weggebombt werden. Kommen Sie herzlich gerne wieder vorbei.« Sie begleitete ihn zur Wohnungstür. »Oder kommen Sie nächste Woche zu meiner Ausstellungseröffnung. Am Kurfürstendamm. Karin meinte, Sie schauten gelegentlich in der Badewanne vorbei. Die Ausstellung findet gleich um die Ecke statt.«

»Mit Vergnügen«, antwortete Adler, dessen Anspannung sich langsam löste.

»Entschuldigung«, flüsterte Kriee.

Adler legte ihm die Hand auf die Schulter. Er lächelte ihm freundlich zu. Dann ging er die Treppe der Villa hinab. Schlagartig fühlte er sich uralt. Fischer folgte ihm mit behänden Schritten. Vor der Haustüre schloss sie zu ihm auf.

»Hans, warte. Komm, wir laufen ein paar Schritte durch die Rehwiese. Magst du?«

Adler nickte. Frische Luft und ein Spaziergang in der Natur würden ihm wohltun.

Links und rechts der Rehwiese blitzten zwischen den Bäumen die herrschaftlichen Häuser auf. Hier gab es nur wenige Ruinen. Auf den ersten Blick hätte man meinen können, der Krieg sei am südlichen Berlin vorbeigezogen. Doch das war falsch, seine Spuren traten dort nur nicht so offensichtlich zutage.

Gemächlich schlenderten Fischer und Adler auf einem Trampelpfad durch das vertrocknete gelbe Gras. Es duftete nach warmer Erde, nach Sommer. Zwischen den Blättern blinzelte die Sonne hindurch. Es dauerte eine Weile, bis Adlers innere Ruhe zurückkehrte. Schließlich wurde der Weg schmaler, rechts und links von Büschen gerahmt. Sie unterquerten die AVUS und liefen auf den Nikolassee zu. Am Ufer setzten sie sich auf eine umgestürzte Erle.

»Bitte entschuldige meinen abrupten Aufbruch bei deiner Tante. Sie wird ja jetzt weiß Gott was von mir denken.«

»Das glaube ich nicht, Hans. Sei ganz beruhigt.«

»Kennst du die Kriees schon länger?«

»Nein, erst seitdem meine Tante hier wohnt. Eigentlich sind sie Tänzer. Und Maler. Künstler halt.«

»Und was hat es mit Dresden auf sich?«

»Kennst du Dresden ein bisschen? So wie es war?«

Ein einziges Mal war Adler mit Charlotte dort gewesen. Sie hatten eine Flussfahrt auf der Elbe unternommen, das Grüne Gewölbe besucht, Eierschecke gegessen und Wein vom Elbhang getrunken. In einer Pension nahe dem Bahnhof hatten sie in einem muffigen Zimmer, das nach Mottenkugeln roch, eine sehr schöne Nacht miteinander verbracht. Eigentlich hatte Adler noch einen Ausflug nach Schloss Pillnitz unternehmen wollen und weiter ins Elbsandsteingebirge. Doch sie verpassten den Bus und setzten sich stattdessen in die Elbwiesen.

»Flüchtig«, antwortete er.

»Letzten Winter hat mir Konrad vom Februar fünfundvierzig erzählt. Wie die Stadt zu seinen Füßen dalag und lichterloh brannte. Das wunderschöne Dresden. Kurz vor knapp vollkommen zerstört.«

»Und Dix?«, hakte Adler nach.

»Der hatte in der Stadt sein Atelier, bis ihn die Nazis verjagt haben. Zum Glück befand es sich nicht in der Altstadt. Sonst wäre nichts davon übrig geblieben.«

»Wieso hat er diese furchtbaren Dinge gemalt?«

»Das musst du ihn fragen, Hans. Oder frag Konrad. Ich kann es dir nicht sagen.«

Ein Reiher ließ sich in sicherer Entfernung von ihnen vor dem Schilfsaum nieder.

»Vielleicht hat er sie gemalt, weil es sie gibt?«, fügte Fischer nach einer Weile hinzu. »Weil er sie erlebt hat. Vielleicht musste er sie deshalb malen.«

Adler warf einen Kiesel in den See. Ungerührt blieb der Reiher stehen und fixierte das Wasser vor sich. Das orangefarbene Licht umspülte den schattigen See.

»Möglich«, antwortete Adler nachdenklich.

Auf ihrem Rückweg zum Bahnhof kamen sie an einer Kirche vorbei, die malerisch über der Rehwiese thronte.

»Schön hier«, bemerkte Adler.

»Ja, hier könnte man gut leben und alles andere vergessen.«

»Leben ja. Aber vergessen? Das sollten wir lieber nicht so schnell tun. Im Gegenteil. Wir müssen unsere Erinnerung wachhalten. So wie die Kriees und Dix.«

»Du hast recht«, bestätigte Fischer. »Aber es tut auch sehr gut, einfach nur hier zu sein.«

Gemeinsam warteten sie auf die S-Bahn aus Potsdam, die Adler zurück in die Stadt bringen würde. Fischer wollte noch einmal zurück zu ihrer Tante gehen. Adler bedankte sich für den Nachmittag. Doch so schön der gemeinsame Ausflug zur Rehwiese gewesen war, das Bild der toten Frau auf Dix' Kupferstich setzte ihm immer noch zu.

Sie verabschiedeten sich, er stieg ein, und der Zug rollte neben der leeren AVUS durch den Grunewald. In der Nachmittagssonne warfen die märkischen Kiefern lange Schatten. Während er in Halensee umstieg und auf seinen Anschluss wartete, musste er erneut über die Bilder nachdenken. Die verstümmelten Soldaten, die wie Karikaturen gezeichneten Bankiers mit Pfeife, Schmiss an der Wange und Zylinder. Dazu der Lustmord. Was für eine Mischung!

Als er seine Laube erreichte, stand dort im Schatten ein wassergefüllter Emailleeimer mit zwei Bierflaschen darin.

»Det warn mal Eisblocks, Herr Kommissar. Nun sind se in die Wärme wegjeschmolzen. Aber det Bier schmeckt trotzdem, kann ick Sie versichern«, erklärte Loose.

»Vielen Dank. Wie komme ich dazu?«

»Wie soll ick det saren. Een klenet Dankschön von meene Jungs wejen die Warnung neulich.«

»Zwei Flaschen. Was meinen Sie, Loose, eine für Sie, eine für mich?«

»Nee, lassen Se mal jut sein, Herr Kommissar. Die sind beede für Ihna.«

»Nun sein Sie mal nicht so bescheiden, Loose, und lassen Sie uns auf diesen Sommer anstoßen. Sonst werde ich ganz betrunken von so viel Bier.«

»Ja, wenn Se det so sehen wolln. Ick meene, der nächste Winter kommt bestimmt. Da sollten wa uns übern Sommer schon wat freun.«

Adler reichte Loose eine Flasche, klemmte sich seine zwischen die Beine und öffnete den Bügelverschluss mit seinem Daumen. Es ploppte fast gleichzeitig.

»Zum Wohl.«

»Prost, Herr Kommissar.«

Das Bier war tatsächlich noch angenehm kühl.

»Was sagen denn Ihre Jungs so über den Schwarzmarkt?«

»Ach, die saren mir ejentlich jar nichts. Zu fülle reden, det is jefährlich.«

Plötzlich kam Adler eine Idee. »Haben Ihre Jungs denn auch mit Kunst zu tun?«

»Wie meenen Se denn det, Herr Kommissar?«

»Na, wird ihnen gelegentlich auch mal ein Kunstwerk angeboten?«

Loose lachte wiehernd auf. »Und ick dachte mir schon,

Sie wollen ma uffn Arm nehmen und von de Kunst det Schwarzhandels schwadronieren.«

Adler lächelte über das Missverständnis.

»Ne, det kann ick Sie jar nich so janz jenau nich saren. Aber ick kann se mal fragen. Suchen Se denn wat Bestimmtet?«

Adler dachte kurz nach. »Eher moderne Kunst.«

»Ah«, antwortete Loose ratlos. »Und wat wäre det?«

»Werke von Otto Dix beispielsweise?«

»Otto wer?«

»Dix mit einem X.«

»Nie jehört. Aber ick frach mal nach.«

»Danke, Loose«, sagte Adler und stieß mit seinem Nachbarn an.

9

Ohne anzuklopfen, riss Rita die Tür zu Adlers Büro auf und stürmte hinein. Knallend flog das offene Fenster zu, sodass die kostbaren Glasscheiben bedenklich klirrten. Auf dem Weg zum Präsidium war Adler an der ausgebrannten Kirche am Hohenzollernplatz vorbeigeradelt. Einst ein Kleinod des Expressionismus, war die Kirche nun kaum mehr als ein Haufen Backsteine. Adler musste an Frau Schreiber denken. Irgendwo hinter der Kirche saß sie in ihrer Wohnung in der Nassauischen Straße und weinte um ihre Tochter.

Als er gut zwanzig Minuten später im Präsidium eintraf, war er durchgeschwitzt. Trotz der frühen Stunde brannte die Sonne bereits unbarmherzig auf die Stadt. Wer konnte, der suchte sich einen schattigen Platz oder Abkühlung an einem der Berliner Seen. Der Sommer schien beweisen zu wollen, dass er so wie der letzte Winter dazu fähig war, zu Hochform aufzulaufen. Das Gejammer der Berliner war ihm egal.

»Stumm möchte Sie sprechen.«

Irritiert schaute Adler auf. »Was gibt's denn wieder?«

Rita atmete schwer.

»Pankow«, stieß sie atemlos hervor. Adler nahm den Schuhlöffel, den er unter seinem Schreibtisch deponiert hatte, um in seine Schuhe zu schlüpfen. Schnürsenkel zu binden, war für Einarmige eine Herkulesaufgabe. Enge Schuhe bei dieser Temperatur allerdings auch. Zum Flur hin standen im Präsidium etliche Bürotüren offen, die von einem Stuhl gehalten wurden, damit sie beim Durchzug nicht zuknallten. Mit dem kühlenden Luftzug drang zugleich etwas Sommer bis in das Innerste der Berliner Polizei vor. Im Büro von Stumm war das Fenster hingegen geschlossen, die Luft war stickig.

»Es gibt wieder einen Toten. Dieses Mal ist es ein junger Mann«, begrüßte ihn Stumm.

Adler befürchtete das Schlimmste. Durchdringend sah Stumm ihn an.

»Ulitz hat anrufen lassen. Derselbe Tatort. Raskow ist schon an der Ruine der Orangerie in Pankow. Sie kommen zu spät, Adler«, sagte Stumm. Doch es klang nicht vorwurfsvoll, sondern lediglich ernüchtert.

»Manchmal ...«, Stumm machte eine lange Pause.

Er hielt die Hände im Rücken verschränkt, schaute aus dem Fenster auf die Stadt. Adlers Unbehagen wuchs.

»Was ist denn passiert? Hat derselbe Mörder wieder zugeschlagen? Ein Serientäter?«

Stumm drehte sich um. »Nein. Wenigstens das nicht. Noch nicht. Ich ...« Erneut unterbrach sich der Polizeivizepräsident. Er rang sichtlich um Fassung. »Manchmal habe ich es einfach satt. Diese Spielchen. Diese gottverdammten Lügen und Zwänge, die zwischen den Systemen und Ideologien keinerlei Rücksicht mehr auf die Menschen nehmen.«

Fragend schaute Adler seinen Vorgesetzten an. Stumm zog ein Taschentuch aus seinem Sakko, tupfte sich die Augen und schnäuzte sich. So erschüttert hatte Adler ihn noch nie erlebt.

»Es hilft nichts. Fahren Sie nach Pankow. Schauen Sie sich alles an. Machen können wir ohnehin nichts mehr«, sagte Stumm resigniert. Und dann brummelte er etwas, das Adler nicht genau verstand. Es klang aber sehr nach »wegen dieser verflixten Russen«.

Langsam gewöhnte sich Adler an die Fahrt nach Pankow, nur dass er dieses Mal nicht mit dem Rad Richtung Schloss Schönhausen fahren musste. Stattdessen saß er im Einsatzwagen. Ein Vergnügen war das allerdings auch nicht. Eng aneinandergequetscht jagte er mit dem Fahrer sowie den Wachtmeistern Hoffmann und Kunert in nördliche Richtung. Raade hatte sich am Morgen krankgemeldet. Sommergrippe.

Wieder war der Schlosspark abgesperrt. Doch dieses Mal stellte es kein Problem für die Polizisten dar, zur Ruine vorzudringen. Die Rotarmisten ließen Adler und seine Begleiter passieren. Vorbei an vertrockneten Brombeerhecken und Trümmerteilen gelangten sie zu der Stelle, an der Eva Schreiber gelegen hatte. Der Tatort lag diesmal in einer Nische, die sich dahinter anschloss.

»Verdammt noch mal«, fluchte Hoffmann leise. Adler hingegen verlor die Beherrschung.

»Holt ihn da runter«, brüllte er die Russen an, die teilnahmslos neben dem leblosen Körper des jungen Mannes standen. Die Fußspitzen nur wenige Zentimeter über der Erde, hing er an einem dicken Strick, der an einem Holzbalken befestigt war.

»Oh Jott, oh Jott«, schluchzte der alte Kunert. »Det is doch noch een Kind.«

»Was soll das, Raskow?«, schnauzte Adler den russischen Leutnant wütend an, der bei seinen Kameraden stand. Es schien, als habe er nur auf Adler gewartet. Adler kochte vor Wut. Und vor Hilflosigkeit. Raskow warf ihm einen verächtlichen Blick zu. Dann reichte er einem der Rotarmisten ein Messer. Der Soldat stieg auf eine herumstehende Blumenkiste und schnitt das Seil durch. Obwohl einer seiner Kameraden versuchte, den Toten zu halten, fiel er polternd auf den Boden.

Vorsichtshalber legte Kunert seine Hand auf Adlers Schulter. Leise murmelte er ihm ein »ruhig« zu. Der alte Wachtmeister hatte gespürt, dass Adler kurz davor war, auf Raskow loszugehen.

Die Hose durchnässt, die Zunge grotesk aus dem Mund gestreckt, lag er da. Mit leeren Augen, die er im Moment des Todes vor Entsetzen weit aufgerissen hatte, blickte der tote Rudolf Meister in den lichten Sommerhimmel, der zwischen Dachbalken der Ruine hervorlugte. Die Männer standen um den Jungen und schwiegen. Was hätten sie auch sagen sollen? Dass sie im Krieg schon zu viele Menschen gesehen hatten, die einfach aufgeknüpft worden waren? Die sich selbst erhängt hatten? Dass sie diese Bilder einfach nicht mehr ertrugen? Sie am liebsten vergessen wollten? Doch es war unmöglich, diese Bilder aus dem Gedächtnis zu streichen. Zu tief hatten sie sich in die Erinnerung eingebrannt.

Adlers erster Zorn war einer tiefen Leere gewichen.

Er hatte geahnt, dass der Junge in Gefahr schwebte. Aber er hatte nichts von dem verhindern können, was immer hier genau vorgefallen war.

Adler hockte sich neben Rudolf. Er erinnerte sich daran, wie er patzig, wie jeder Jugendliche, neben seiner verzweifelten Mutter stand. Adler hätte ihn anders behandeln sollen, statt wie ein Polizist aufzutreten. Eher wie jener Vater, den Rudolf nicht mehr hatte. Fürsorglicher. Er hätte ihm gleich bei der ersten Begegnung klarmachen müssen, dass er besser verschwinden solle. Rübermachen in den Westen, weit weg aus Raskows Fängen. Dann würde Rudolf jetzt wahrscheinlich noch leben. Er hätte nicht als Polizist handeln dürfen, sondern als Mensch. Heiße Verzweiflung brandete in Adler auf. Er hatte versagt. Auf der ganzen Linie. Er hatte Rudolfs Tod nicht verschuldet, aber er hatte ihn auch nicht verhindern können. Mühsam schob Adler seine Gedanken beiseite. Das Einzige, was er jetzt tun konnte, war, auch diesen Fall aufzuklären. Er zweifelte, dass er Raskow zur Verantwortung ziehen konnte. Für Adler stand fest, dass Rudolf nie im Leben Eva Schreiber umgebracht hatte. Hinter alldem, was mit Rudolf geschehen war, musste Raskow stecken. Adler war sich sicher. Aber warum? Welchen Sinn sollte das ergeben?

Aufmerksam musterte Adler den Tatort.

»Haben Sie hier schon etwas verändert?«

Raskow schaute Adler ausdruckslos an.

»Wir haben mit allem gewartet, bis die zuständige Berliner Polizei anrückt«, sagte der Russe mit einem süffisanten Unterton.

»Wer hat die Leiche entdeckt?«

Raskow zeigte auf einen der Rotarmisten. »Er war auf Patrouille.«

»Hier?« Adler gab sich erstaunt.

»Erhöhte Sicherheitsmaßnahmen nach dem Mord. Wir sind schließlich für die Sicherheit der Berliner und der Bewohner im Städtchen zuständig.«

»Und ansonsten ist alles so, wie Sie es vorgefunden haben?«, fragte Adler erneut.

»Selbstverständlich, Kommissar Adler. Wir arbeiten eng mit der Berliner Polizei zusammen. Das habe ich Polizeipräsident Markgraf ausdrücklich versichert.«

»Haben Sie schon seine Mutter verständigt?«

»Gehört das nicht zu den Aufgaben der Berliner Polizei? Aber wir können das gerne für Sie übernehmen, wenn Sie es wünschen, Kommissar Adler.«

Die beiden Männer blickten einander an. Beide wussten, was Sie voneinander hielten.

Für Raskow war er ein verweichlichter einarmiger Polizist, dachte Adler. So machtlos wie naiv. Sich selbst verstand

Raskow als raffinierten Macher. Knallhart und linientreu. Adler vermutete hinter dieser Maske allerdings einen hochgradig verdorbenen Charakter, einen Teufel im Gewand der Roten Armee.

Adler schickte Hoffmann zurück ins Präsidium. Dann machte er sich mit Kunert auf den schweren Weg zu Frau Meister.

»Danke, Kunert«, sagte Adler, als sie den Schlosspark verließen.

»Wat meenen Se denn damit, Herr Kommissar?«

»Dass Sie mich von einem groben Unfug abgehalten haben.«

»Na, een jrober Unfug wäre det wohl wirklich jewesen, wenn Se den Herrn Leutnant an die Jurgel jejangen wären. Aber vastehn können hätte ick det schon.«

»Sie meinen, Raskow ist nicht zu trauen?«

Ohne zu antworten, zog Kunert die Augenbrauen hoch. Dann blieb er stehen.

»Herr Kommissar.«

»Ja?«, fragte Adler überrascht und blieb ebenfalls stehen. Linker Hand von ihnen zweigte die alte Allee nach Oranienburg ab, an die die weit ausladenden Bäume erinnerten. Preußische Reminiszenzen. Erinnerung an eine untergegangene Welt.

»Ick wollte Ihnen nur saren, det ick wegen die Frau Meester en janz janz unjutet Jefühl habe.«

»Und was sagt Ihnen Ihr Gefühl?«

»Det ick mir jroße Sorjen mache.«

»Die mache ich mir auch. Verraten Sie mir auch warum?«

»Det wissen Se doch janz jenau, Herr Kommissar.«

Fragend schaute Adler auf den alten Mann.

»Meene Frau hätte mir jesacht, nu stell dir mal nich dööfer als de bist, Arthur.«

Adler musste grinsen.

»Ne, det is nich lustich nich. Det is doch Ihnen och klar, det sich der Junge nich umjebracht hat.«

Adler schluckte. Ja, das sah er genauso. Rudolf hätte sich nicht umgebracht. Adler vermutete, dass man ihn aufgeknüpft hatte. Aber wie sollte er das beweisen? Kunert sprach aus, was er selbst dachte. Und doch war Adler bestürzt, als er es jetzt so klar vor Augen geführt bekam. Rudolfs Tod war auch eine Warnung an ihn. Misch dich nicht ein, komm mir nicht zu nahe!

»Und Sie meinen, bei Frau Meister …«

Adler stockte. Kunert hatte weitergedacht als er. Kalte Schauer fuhren über seinen Rücken.

»Dann sollten wir uns besser beeilen, nicht wahr?«

»Ick gloobe, det wird nu och nichts mehr helfen«, antwortete Kunert. Und er behielt recht. Mit knallrotem Kopf saß Müller in der brüllenden Hitze auf dem Baumstumpf im Hof. Er starrte ihnen entgegen, als erwarte er sie bereits, doch er schien gar nicht wirklich anwesend zu sein. Schweiß rann ihm in Strömen von der Stirn. Sein Unterhemd war fleckig und nass. Adler wies Kunert an, den Mann in seine Wohnung zu begleiten.

»Zweiter Stock.«

Die Tür zum Verschlag der Meisters stand halb offen. Es herrschte noch immer dasselbe Zwielicht wie bei seinem letzten Besuch, die gleichen Staubflocken wirbelten umher. Der gleiche modrige Geruch. Wieder brauchte Adler einen Moment, bis er sich an das Licht gewöhnt hatte. Auf dem Tisch, an dem sie doch gerade erst gesessen hatten, lag ein Brief. Darunter ein Umschlag. Frau Meister lag auf dem Bett, die Pulsadern bis kurz unter die Ellenbogen aufgeschlitzt. Fliegen umschwirrten den stillen Körper. Adler rief nach Kunert, schaute sich hektisch um, fand zwei Lappen.

Mit Hand und Mund Knoten formend, band er mühsam die Arme ab. Dann rannte er auf den Hof und rief erneut nach Kunert. Der Wachtmeister schaute besorgt aus dem zweiten Stock.

»Einen Arzt, schnell«, rief Adler, auch wenn er befürchtete, dass der nichts mehr würde ausrichten können. Ein Arm der Frau war heruntergerutscht. Dickflüssiges Blut lief in feinem Rinnsal über die Innenfläche ihrer Hand, staute sich an einem schlichten Ring und tropfte dann von der Spitze des Fingers auf den Boden. Für einen Moment schaute Adler gebannt, wie zart und schlank ihre Finger waren. Hände, die gehalten hatten, die gespielt und gestreichelt hatten. Adler hielt der Frau seinen Zeige- und Mittelfinger an den Hals. Suchte einen Puls. Doch er fand keinen. Kurz darauf kam ein Mann mit Tasche in den Raum und nickte Adler zu. Er begutachtete den Verband, nahm ein Stethoskop aus der Tasche. Kurz darauf schüttelte er den Kopf. Die Stille im Raum dehnte sich schmerzhaft. Frau Meister war tot.

Adler ließ sich erschöpft an dem Tisch nieder und griff nach dem aufgefalteten Zettel. Rudolfs Abschiedsbrief. Die Handschrift war krakelig, kindlich, von Rechtschreibfehlern durchsetzt. Er habe Eva umgebracht, schrieb Rudolf. Ihn schmerze diese Schuld, er könne sie nicht mehr ertragen. *Bitte verzeih, Muttilein. Ich habe solche Angst.*

Adler schwankte zwischen Zorn und Trauer. Die letzte Zeile des Briefes war die einzige, der Adler Glauben schenkte. Muttilein, ich habe solche Angst. Alles andere war vermutlich unter Gewalt erzwungen worden. Adler sah den verängstigten Buben vor sich. Statt die Welt zu entdecken, die Liebe mit Lene zu leben, war er durch einen dummen, dummen Zufall in eine tödliche Falle getappt, aus der es für ihn keinen Ausweg gab. Ein Opfer der Willkür.

Die Hitze lastete über der Stadt. Auch das weit geöffnete Fenster in Markgrafs Büro bot keine Linderung. Vielleicht würde es abends ein Gewitter geben.

»Marschall Sokolowski hat mich ausdrücklich gebeten, Ihnen persönlich seinen Dank zu übermitteln. Er ist sehr glücklich, dass die Berliner Polizei den Fall des Pankower Schlitzers so zügig gelöst hat. Endlich wieder die Sicherheit der Berliner zu gewährleisten, ist nach den Jahren des faschistischen Terrors ein ganz besonderes Anliegen der ruhmreichen Roten Armee. Kurz und knapp, gute Arbeit, Adler.«

Markgraf strahlte ihn an, während Adler fassungslos war.

»Nun freuen Sie sich doch auch mal«, bohrte Markgraf mit Genuss in Adlers Wunde.

»Ich sehe keinen Grund zur Freude, bei so vielen Toten«, beschied Adler knapp.

»Nun ja. Verstehe. Der Täter hat sich selbst gerichtet. Sie hätten ihn gewiss lieber der Justiz überstellt. Aber in diesem Fall geht das nun leider nicht mehr.«

»Nein, wohl nicht«, antwortete Adler knapp. Nur mühsam wahrte er die Haltung.

»Auch von Leutnant Raskow soll ich Ihnen seinen ausdrücklichen Dank für die gute Zusammenarbeit mit den sowjetischen Streitkräften und der Militäradministration übermitteln. Er ist leider verhindert, sonst hätte er Ihnen das sicher gerne selbst gesagt. Ich persönlich sehe darin einen guten Ansatz für die künftige vertrauensvolle und erfolgreiche Zusammenarbeit mit unserem sozialistischen Brudervolk.«

Adler trat der Schweiß auf die Stirn. Er musste hier schnell raus, sonst würde er explodieren. Meinte Markgraf tatsächlich, was er da sagte? Oder war er einfach nur der verlogene kleine Scherge der Sowjets? »Wenn es sonst nichts mehr gibt, Herr Polizeipräsident.«

»Weiter so, Adler. Weiter so. Eine Sache gibt es tatsächlich noch. Sie können ja sehr froh sein, dass Ihnen Leutnant Raskow so hilfreich zur Seite gestanden hat. Dafür müssen Sie sich unbedingt offiziell in Karlshorst bedanken. Legen Sie mir morgen früh Ihr Schreiben vor. Ich sorge dafür, dass es umgehend an Marschall Sokolowski weitergeleitet wird.«

10

»Verrenn dich nicht, Hans«, sagte Erich Wellhausen und nippte an seiner Apfelschorle. Für einen Moment gab er sich dem bunten Treiben auf dem Trottoir des Kurfürstendamms hin. Obwohl die meisten Gebäude an Berlins Prachtboulevard in Schutt und Asche lagen, hatte im Café Wien gleich nach Kriegsende wieder der Ausschank begonnen. Im dazugehörigen Kino liefen die neusten Filme. Der Zigeunerkeller unter dem Café stand allerdings noch unter Wasser.

Adler musste schmunzeln.

»Du klingst ja fast schon wie Ruth.«

»Na ja, wo sie recht hat, hat sie recht. Du neigst dazu, dich in deinen Schlussfolgerungen zu übereilen, anstatt auch jene Spuren zu verfolgen, die dir nicht genehm sind.«

»Erwägst du, vom Journalismus zur Polizeiarbeit zu wechseln? Es ist für mich eindeutig, dass der Junge keinen Selbstmord verübt hat.«

»Möglich, aber was ist, wenn du dich irrst? Wer sollte den Burschen denn umbringen? Das ist doch Irrsinn.«

»Stimmt. Das ist vollkommener Irrsinn. Aber dieser Irrsinn steht seit Jahren auf unserer Tagesordnung«, bestätigte Adler.

Wellhausen machte eine wegwischende Handbewegung. Der alte Kutschera, der die Geste gesehen hatte, kam an ihren Tisch und fragte, ob noch alles recht sei.

»Alles in Ordnung«, bestätigte Adler dem Wirt mit einem freundlichen Lächeln.

»Nimm Kutschera«, fuhr er fort, sobald sich der Mann wieder entfernt hatte. »Er ist der beste Beweis für den Irrsinn, den wir für unseren Alltag halten. Man hat ihm sein Kaffeehaus weggenommen, die Nazis haben ihn und seine Familie ins KZ verschleppt, wo seine beiden Kinder ermordet wurden. Und trotzdem findet er die Kraft und fängt nach dem Krieg an alter Stelle wieder von vorne an.«

Nachdenklich rückte Wellhausen sein Glas auf dem Kaffeehaustisch zur Seite. Mit den Fingerspitzen fuhr er über die Karos der Tischdecke.

»Gehen wir es noch einmal durch, Hans. Nehmen wir an, Rudolf hätte die junge Frau getötet. Warum auch immer. Anschließend wird er verdächtigt und von dir vernommen. Er hält dem moralischen Druck einfach nicht stand, schuldig zu sein, und erschrickt vor sich selbst. Er hat einen Mord begangen! In allergrößter Verzweiflung wählt er den einzigen Ausweg, den er sieht, und richtet sich selbst, denn er kann mit dieser Schuld einfach nicht weiterleben.«

»Möglich«, konstatierte Adler ohne Überzeugung. »Aber in meinen Augen sehr unwahrscheinlich. Was ist denn, wenn der Junge Eva Schreiber nicht umgebracht hat? Warum sollte er sich dann aufhängen?«

»Dann wird die Sache natürlich schwieriger«, gestand Wellhausen. »Aber du weißt ja nicht, was bei dem Verhör mit Raskow geschehen ist. Kannst du in das Innere von Rudolf sehen, wie aufgewühlt er war? Du hast die Situation doch selbst erlebt, als du in die Fänge von General Swatschov geraten warst. Der Druck, die Angst, die Demütigung, die Verzweiflung. Ist es nicht denkbar, dass sich ein junger Mensch all dem nicht gewachsen fühlt?«

Adler blickte den Journalisten nachdenklich an. Ohne Frage war etwas an dem dran, was Wellhausen sagte. Er erinnerte sich an die eigene Angst im Untersuchungsgefängnis der Russen. Wie musste das erst auf einen weniger stabilen Jugendlichen gewirkt haben?

»Du hältst das für wahrscheinlich?«, fragte Adler.

»Aber ja«, beharrte Wellhausen, »zumindest halte ich es für eine Möglichkeit.«

»Im Kern läuft es für mich auf zwei einfache Fragen hinaus. Erstens: Hat Rudolf Eva Schreiber ermordet oder nicht? Für mich ist klar: Nein, hat er nicht. Daraus leitet sich die zweite Frage ab, nämlich ob sich Rudolf Meister selbst umgebracht hat oder er ebenfalls ermordet wurde.«

»Und warum hätte das passieren sollen?«, hakte Wellhausen ein.

»Siehst du, das ist die nächste Frage, die mich umtreibt. Es will mir nicht in den Sinn, dass es wirklich nur um einen schnellen Fahndungserfolg für die Russen geht. Schaut her, wie haben den Täter. Leider hat er sich selber gerichtet. Das klingt wie ein Aufklärungserfolg mit Schönheitsfehler.«

»Für die Russen? Geht es dir nicht in erster Linie um diesen Raskow?«

Adler nippte ebenfalls an seiner Schorle. Viel Wasser. Kaum Apfelsaft. »Ja, es geht um Raskow«, bestätigte er. »Du wolltest doch Bölling mal auf ihn ansetzen.«

»Habe ich auch, aber ohne Erfolg. Bisher zumindest. Wie auch immer, pass auf, dass du die Sache mit Raskow nicht zu persönlich nimmst, nur weil er dich bei Markgraf ausgestochen hat.«

»Raskow.« Adlers Stimme klang nachdenklich. »Ich mag ihn nicht. Aber schlau werde ich auch nicht aus ihm.«

»Wart's ab, vielleicht siehst du ja bald klarer. Übrigens, stellst du mir gleich deine Frau Fischer vor.«

Adler wurde rot.

»Also das ...«

»… ist nicht *deine* Frau Fischer. Ich weiß. Aber, dass du in sie verliebt bist, das sieht man dir an der Nasenspitze an.«

»Tatsächlich?«

Wellhausen grinste breit. »Manchmal frage ich mich, wie du es überhaupt zum Ermittler gebracht hast, wenn man dich so leicht aufs Glatteis führen kann. Lass gut sein, Hans. Heute bezahle ich.«

Damit zog er sein Portemonnaie und winkte Kutschera heran.

Schräg gegenüber dem Café Wien befand sich die Galerie, in der Karin Fischers Tante am Kurfürstendamm ihre Ausstellungseröffnung hatte. Trotz des sommerlichen Wetters waren die Räume gut besucht. Adler freute sich für Frau Taenzer über diesen Erfolg. Fast genauso groß wie der Hunger auf etwas Essbares schien bei den Berlinern nach dem Krieg der Hunger auf Kultur zu sein. Auf all das, was sie während des »Tausendjährigen Reichs« hatten entbehren müssen. Vor allem im Westen der Stadt, wo die Bomben weniger Verheerungen angerichtet hatten als im Osten, schossen etliche Theater und Kabaretts aus dem Boden. Fast täglich erschienen mit Erlaubnis der Alliierten neue Zeitungen und Zeitschriften. Auf dem ebenso raren wie holzhaltigen Papier, das schnell vergilbte, wurden neue Romane gedruckt, und die alten waren wieder in den Buchläden zu finden: Feuchtwanger, Werfel, Mann. Aber eben auch neue Autoren betraten die literarische Weltbühne: Wolfgang Borchert, George Orwell, aber vor allem junge Franzosen wie Jean-Paul Sartre und Albert Camus. Der Hunger der Berliner nach Kultur war unersättlich, die Veranstaltungen wurden förmlich überrannt. Und ihre Neugier auf die junge Malerei war riesengroß. Endlich konnte man sehen, was bei den Nazis als entartet gebrandmarkt worden war. Die internationalen Künstler wie Picasso, Braque oder Matisse ebenso wie die deutschen. Statt der peinlichen Schamhaarpoesie und der unerträglichen Blut-und-Boden-Malerei der Nazis bekam man nun ganz andere Positionen zu Gesicht. Bilder, die die Gegenwart einfingen und dabei zugleich das Grauen des Krieges nicht verschwiegen. Adler musste an die Werke denken, die Kriee ihm gezeigt hatte.

Simone Taenzer war von Ausstellungsbesuchern umlagert. Mit rotem Gesicht und Schweißperlen auf der Oberlippe winkte sie Adler flüchtig zu. Dann gab sie weiter konzentriert all jene Auskünfte, die man von ihr wünschte. Mit Bleistift und Block ausgerüstet, huschte Wellhausen zu der Fotografin, um sie zu interviewen. Susanne und Konrad Kriee standen dicht neben ihr. Nach Karin Fischer hielt Adler allerdings vergebens Ausschau. Sie würde schon noch auftauchen. Also widmete sich Adler den ausgestellten Arbeiten. Den Fotografien von Taenzer waren Gemälde gegenübergestellt. Während die Fotos die Zerstörung der Stadt und den Berliner Alltag der letzten beiden Jahre in erschütternd nüchternen Szenen dokumentierten, verwandelten die Gemälde Berlin in eine fast abstrakte Gestalt. Adler erkannte die vertrauten Brandwände, die Ruinen und Trümmerberge. Die Menschen dazwischen waren jedoch höchstens schemenhaft dargestellt, kaum mehr als Kürzel oder Kreise. Der Einzelne verlor sich in der Masse. Diese Bilder waren so ganz anders als das, was Kriee ihm vorgestellt hatte.

Als ihm jemand eine Hand auf die Schulter legte, zuckte Adler zusammen.

»Keine Angst, Hans. Ich bin's nur.«

»Von nur kann ja keine Rede sein«, antwortete Adler freundlich und strahlte Helen an.

»Großartig, oder?«, rief sie begeistert aus.

»Was denn? Die Malerei oder die Fotografie?«

»Beides natürlich.«

»Übrigens kenne ich die Fotografin«, sagte Hans und wies auf Simone Taenzer.

»Ach ja? Und ich kenne den Maler. Komm, ich stelle dich vor. Vielleicht hast du ihn auch schon mal in der Badewanne getroffen, er kommt nämlich gelegentlich vorbei. Wenn er gerade mal ein bisschen Geld hat.«

Zigarettenqualm hüllte den stickigen Raum ein. Zielsicher lotste sie Adler durch die dicht gedrängt stehende Besucherschar und blieb vor einem melancholisch dreinblickenden Mann mit hoher Stirn stehen.

»Werner, das ist Kommissar Hans Adler. Und das ist der mindestens ebenso berühmte Maler Werner Heldt.«

»Freut mich sehr«, sagte Adler und schüttelte Heldt die Hand.

»Und, wie gefällt es Ihnen?«, fragte Heldt höflich.

»Großartig.«

»Tatsächlich?« Heldt klang skeptisch. »Nicht nur Geschmiere und Rinnsteinkunst?«

Adler war irritiert. »Überhaupt nicht. So sieht Berlin aus. Ganz genau so.«

»Sie meinen, wie auf den Fotografien.«

»Ja, wie auf den Fotografien. Aber auch wie auf Ihren Bildern.«

Heldt erlaubte sich ein zurückhaltendes Lächeln. »Dann gefällt Ihnen die Ausstellung also wirklich?«

»Aber ja.«

Die Zigarette im Mundwinkel, hakte sich Heldt bei ihm unter. »Dann würde ich mich sogar bereit erklären, Ihnen eines meiner neuen Bilder zu verkaufen. Die bekommt schließlich nicht jeder.«

»Das ist ausgesprochen freundlich, dass Sie mich für würdig erachten, eines Ihrer Bilder zu erwerben. Allein, ich fürchte, das kann ich mir von meinem Polizistengehalt überhaupt nicht leisten.«

»Papperlapapp«, winkte Heldt ab und zog Adler zu einem Gemälde. Darauf war ein Segelboot vor einer Ansammlung von Großstadthäusern zu erkennen.

»Es heißt *Berlin am Meer*«, erklärte Heldt verträumt.

»Und ich dachte immer, Berlin liege am grünen Strand der Spree«, sagte Helen.

»Weil es dir an Phantasie fehlt«, antwortete Heldt.

»Ach so?«, erwiderte Helen, pikiert über Heldts Kommentar. »Wie gut, dass es dir als Maler im Gegensatz zu mir nicht an der notwendigen Phantasie für die Kunst mangelt«, setzte sie nach. Doch anstelle einer Antwort hatte sich Heldt bereits einem hoffentlich zahlungskräftigeren Kunden als Adler zugewandt, um ihn für eines seiner Bilder zu begeistern.

»Ein eigentümlicher Mensch«, sagte Adler.

»Ja. Aber vor allem ist Werner tief traurig«, antwortete Helen verständnisvoll. »Vor fast zwanzig Jahren ist seine Freundin bei einem Ausflug mit seinem Nebenbuhler tödlich auf dem Motorrad verunglückt. Das hat ihn völlig aus der Bahn geworfen. Schon davor war Werner ein Eigenbrötler, aber seitdem … Und doch ist er ein wunderbarer Künstler.«

»Wie schaffst du es eigentlich, in allem und in allen das Gute zu sehen?«, fragte Adler.

»Tue ich das?«

»Aber ja.«

»Vielleicht, weil das Leben sonst viel zu verdrießlich wäre?«

»Vielleicht.«

»Werner gehörte zwar nicht zu den Künstlern, die unter den Nazis als entartet galten. Aber es war trotzdem keine leichte Zeit für jemanden wie ihn.« Sie sah Heldt mitleidig nach. »Übrigens, bei diesen Verbrechern schaffe selbst ich es nicht, auch nur das allerkleinste bisschen zu finden, das gut war. Überhaupt nichts.« Helens Augen funkelten zornig. Waren doch die Nazis schuld am Tod ihrer Mutter in London, die im *Blitz* umgekommen war. »Von diesem Aderlass, den sie der Kunst angetan haben, wird sich Deutschland nie mehr erholen. Es ist eine Schande«, fügte sie hinzu. Selten hatte Adler Helen so wütend gesehen wie in diesem Moment. Doch es verflog so rasch, wie es gekommen war.

»Umso wichtiger ist es, dass es wieder solche Orte wie diesen hier gibt, Kommissar. Findest du nicht?«

»Unbedingt«, antwortete Adler.

»Zwei Jahre ist der Krieg jetzt vorbei. Zwei lange, mühsame Jahre. Und noch immer sitzt er uns allen in den Knochen. Was meinst du? Wie lange brauchen die Wunden, die er geschlagen hat, um zu verheilen?«, fragte Helen, während sie den verbissen gegen seine Verzweiflung ankämpfenden Heldt beobachtete.

Adler schaute sie liebevoll an. »Wie lange es dauert? Ich habe keine Ahnung. Manchmal fürchte ich, diese Wunden können überhaupt nicht mehr heilen.«

»Ich muss los«, verkündete Helen abrupt. »Kommst du nachher noch rüber in die Nürnberger Straße?«

Adler winkte ab. Sein Tag war übervoll gewesen, er freute sich auf seine Hütte. Auch wenn es dort drin ebenfalls stickig und heiß sein würde. Vielleicht würde er lieber an der frischen Luft schlafen, nichts weiter über sich als das Himmelszelt. Der Gedanke gefiel ihm. Kurz nickte er Wellhausen und Taenzer zum Abschied zu, die noch immer ins

Gespräch vertieft waren. Zu seiner Überraschung erkannte er Busse neben ihnen, der sich mit Heldt unterhielt. Was machte denn Böhms Assistent hier? Doch es war Adler egal. Er wollte endlich raus aus dem Gewühl der Galerie kommen. Zurück auf der Straße, atmete er erleichtert auf und spürte zugleich einen Stich der Enttäuschung, dass Karin Fischer nicht aufgetaucht war. Wie seltsam, dachte er. Weshalb sie wohl verhindert war?

11

Gemächlich schob er sein Fahrrad den Kurfürstendamm hoch in Richtung Halensee bis zum ehemaligen Lunapark. Zwischen den Ruinen waren erste flache Ersatzbauten für neue Geschäfte entstanden. Die warme Abendsonne im Gesicht, schien ihm die Wilmersdorfer Ruinenlandschaft auf einmal genauso auszusehen, wie Werner Heldt sie gemalte hatte. Vielleicht sollte er doch eine der Arbeiten dieses seltsamen Kauzes kaufen?

Adler war gerade in Richtung Hohenzollerndamm abgebogen, als neben ihm ein Jeep hielt.

»*Ya want a lift?*«

Adler erkannte einen der GIs wieder, die ihn im Frühjahr zu Wilkinson nach Wannsee gebracht hatten.

»*Come on.* Steigen Sie ein, Kommissar«, forderte er ihn eindringlich auf, als er sah, dass Adler zögerte.

»Es ist doch gar nicht mehr so weit bis zu meiner Laube.«

»Nein, aber dahin, wo wir hinfahren, dauert es etwas länger.«

»Na dann«, gab sich Adler geschlagen.

Mit einem Blick über die Schulter, ob er von Passanten beobachtet wird, schwang sich Adler in den Jeep, während der GI das Rad auf die Ladefläche hievte. Seine ruhige Nacht unter dem Sternenzelt vor der Laube würde noch eine Weile auf ihn warten müssen.

Adler war mulmig zumute. Zu tief saß die Erinnerung an seine unfreiwilligen Fahrten im Frühjahr. Einmal waren es die Amerikaner gewesen, die ihn abgeholt hatten. Einmal die Russen. Beide Male hatte er eingequetscht zwischen Soldaten um sein Leben gefürchtet. Tatsächlich wäre sein Ausflug nach Potsdam beinah tödlich für ihn verlaufen. Auch dieses Mal fuhren sie wieder in den Süden der Stadt. Der Jeep passierte die amerikanische Kommandantur, von dort ging es weiter in Richtung des Grunewalds. Eigentlich hatte Adler erwartet, dass man ihn zu der herrschaftlichen Villa bringen würde, in der Wilkinson mit seinem Stab residierte. Stattdessen überquerte der Jeep die schmale Stelle, die den Kleinen vom Großen Wannsee trennte.

Adler fuhr der Schreck in die Glieder. »Wohin fahren wir?«, fragte er seinen Chauffeur.

Im selben Moment bogen sie nach rechts ab auf die Uferstraße des Wannsees, immer weiter durch die Villenkolonie Alsen. Die Häuser waren nicht minder prächtig als Wilkinsons Domizil. Als sie Max Liebermanns Villa passierten, die man jetzt zu einem Krankenhaus umfunktioniert hatte, musste Adler an seinen Spaziergang mit Stumm denken. Kurz dahinter hielt der Jeep neben dem Flensburger Löwen in Heckeshorn.

»Here we are«, verkündete der Fahrer. Adler schaute sich verwundert um und stieg aus. Sofort gab der GI Gas und brauste mit Adlers Fahrrad davon. Niemand außer ihm schien um diese Uhrzeit an der Aussichtsterrasse zu Füßen des Denkmals zu sein. Im späten Abendlicht schimmerte die Havel golden. Seltsam. Adler beschloss, den milden Sommerabend trotz seiner inneren Unruhe zu genießen und das Beste zu hoffen. Er wartete. Fünf Minuten. Zehn Minuten. Am Ufer gegenüber gingen auf Schwanenwerder die Lichter an. Dort hatte für kurze Zeit die Geliebte von Goebbels gewohnt. Jener Goebbels, in dessen ehemaliger Villa am Bogensee der kleine Fritz gefangen gehalten worden war, den er mit Wilkinsons Hilfe im vergangenen Win-

ter befreit hatte. Schmerzhaft durchzuckte Adler die Erinnerung an Volgmanns Tod vor der Villa.

»Sehr romantisch hier, nicht wahr, Hans?«

Er hatte Wilkinson nicht einmal kommen hören.

»Wollen wir einen kleinen Spaziergang machen?«, forderte ihn der Amerikaner auf.

Schweigend liefen sie eine Weile auf dem Uferweg entlang in Richtung Pfaueninsel. Unter den Bäumen war es schon fast dunkel. Nach einer Weile bog Wilkinson links ab, und sie erklommen die steil hinaufführende Böschung. Er hatte es offenbar nicht eilig, Adler mitzuteilen, weshalb er ihn hatte hierher bringen lassen.

»Sie müssen ein bisschen wachsamer werden, Hans.«

»Weil ich nicht bemerkt habe, dass Sie sich an mich angeschlichen haben?«

»Dabei habe ich mich nicht einmal angeschlichen. Aber Sie haben vor sich hin geträumt. Darf ich fragen, wovon? Egal. Aber Sie werden auch von den Russen beschattet.«

»Ach ja?«

»Haben Sie bei Ihrer Schulung in Frankfurt wirklich nichts gelernt?«

»Da gab es nichts, was ich gerne hätte lernen wollen. Und alles andere habe ich schon vorher gewusst.«

»Eine gefährliche Einstellung, Hans. Und dumm.«

»Wieso?«, fragte Adler. Doch Wilkinson ging nicht auf seine Frage ein.

»Und wer genau beschattet mich?«, fragte Adler.

»Wie gesagt, die Russen.«

»Ja schon, aber wer genau?«

»Oh, sie machen das sehr gut. Sie sind in wechselnden Besetzungen unterwegs.«

»Und die Amerikaner beschatten die Russen, die mich beschatten?«

Wilkinson schwieg.

»Und was, wenn die Russen Ihre Leute beschatten, wie sie meine Beschatter beschatten?«

»Tun sie nicht.«

»Wieso sind Sie sich da so sicher?«

»Well«, antwortete Wilkinson. *»'cause we are much smarter than they are.«*

»Hochmut kommt vor dem Fall.«

»Goethe?«

»Fast. Meine Großmutter.«

»Eine weise Frau, Ihre Großmutter. Aber im Ernst. Seien Sie künftig achtsamer, Hans.«

»Und jetzt? Folgt uns jetzt niemand?«

»Natürlich werden wir beobachtet.«

Adler blieb abrupt stehen und drehte sich einmal um sich selber.

»Stop it!«, zischte ihm Wilkinson zu.

»Ich sehe niemanden.«

Trotz der zunehmenden Dunkelheit konnte Adler erkennen, wie Wilkinson verärgert sein Gesicht verzog.

»Ich habe es ja schon immer geahnt, Adler. Sie sind zwar ein moralischer Mensch, aber ansonsten ein völlig hoffnungsloser Fall. Vielleicht auch, weil Sie ein Moralist sind. *By the way*, es sind meine Leute, die uns beobachten.«

»Dann können wir doch ganz entspannt sein. Wir gehen hier doch nicht abends zwischen Wildschweinen und Eichhörnchen spazieren, weil Sie mir sagen wollen, ich solle besser auf mich achtgeben. Oder?«

»Das ist korrekt. Aber ich wollte die Gelegenheit nicht ungenutzt verstreichen lassen, um Sie zu warnen. Also noch mal, Hans: *Watch out!*«

Erneut bog Wilkinson tiefer in den Wald ein. Adler verlor langsam die Orientierung.

»Und verschwinden lassen wollen Sie mich auch nicht, oder?«

»Höre ich da eine gewisse Furchtsamkeit aus Ihren Worten? Sehr gut. Sie machen schnell Fortschritte.«

An einem frisch errichteten Hochstand hielten sie an. Wilkinson wies Adler an, die aus Stämmen grob zusammengezimmerte Leiter hinaufzuklettern. Als Adler durch die Bodenöffnung der kleinen Hütte schlüpfte, musste er einen Aufschrei mühsam unterdrücken. Auf einer Bank an der Außenwand saß Ruth von Dedowsky. Verschmitzt lächelte sie ihn an.

»Hans, endlich, da seid ihr ja.« Sie stand auf und umarmte ihren überraschten Kollegen.

»Das habe ich nicht erwartet …«, stammelte er. »Was machst du denn hier?«

»Auf dich warten. Was sonst. Mach die Bodenklappe bitte zu.«

»Kommt Wilkinson nicht mit hinauf?«

»Ach, das wird mir zu eng hier oben«, antwortete sie vieldeutig.

»Wie geht es dir?«

»Gut«, antwortete von Dedowsky. »Es gibt nicht mehr so viele Leberwurstbrote wie früher. Und ich hätte auch nicht erwartet, wie sehr mir der Austausch mit dir fehlen würde. Und mit Erich. Aber sonst …«

Adler musterte im Halbdunkeln ihr Gesicht. »Was machst du?«

»Na, was schon, Hans? Aber schnell jetzt. Wir haben nicht viel Zeit.« Dedowsky hatte ihren Tonfall von vertraulich zu geschäftsmäßig umgestellt. »Eines vorweg. Es gilt das Gleiche wie bei unserem letzten Treffen im Krematorium. Wir haben uns nie gesehen. Kein Wort zu niemandem. Verstanden?«

Adler nickte.

»Raskow«, sagte von Dedowsky vieldeutig.

»Was ist mit ihm?«

»Ich fürchte, du hast völlig recht mit deiner Vermutung. Er hat dafür gesorgt, dass Rudolf einen Abschiedsbrief geschrieben hat, und dann haben ihn seine Leute aufgeknüpft. Der Junge ist ein Bauernopfer.«

»So weit bin ich auch schon, ich kann es nur nicht beweisen. Aber warum hat er das gemacht? Nur, um vor General Tjulpanow und der SMAD zu glänzen, dass er in der Lage war, den Fall so zügig zu lösen?«

»Unwahrscheinlich«, sagte Dedowsky. »Wusstest du schon, dass unsere Kontaktleute Raskow kürzlich in Zürich gesehen haben wollen?«

Adler verzichtete darauf zu fragen, wer diese Kontaktleute waren. Er wusste nur zu gut, dass Ruth darauf nicht antworten würde.

»In Zürich? Was wollte er denn dort?«

»Siehst du, Hans, das wissen wir auch nicht. Zumindest nicht so genau.«

»Deshalb darf ich jetzt nach Zürich fahren, um dort eine feine Bootspartie vor Alpenpanorama zu unternehmen?«

»Ich muss dich leider enttäuschen.«

»Wie schade.«

»Wenn es um die Schweiz geht, kann es sich nur um drei Dinge handeln: um Gold, um Waffen oder um Kunst«, fuhr von Dedowsky mit ernstem Tonfall fort.

»Oder um alles zusammen«, warf Adler ein.

»Genauso sieht es aus«, bestätigte sie.

»Aber was hat das mit Rudolf zu tun?«

»Wahrscheinlich hat es nur indirekt mit Rudolf zu tun. Vermutlich hängt es eher mit dem Tatort zusammen.«

»Weil der so dicht beim sowjetischen Städtchen liegt?«

»Natürlich. So dicht am Wohnsitz der Führungselite der Partei wollen die Russen nichts anbrennen lassen.« Von Dedowsky zögerte. »Allerdings glaube ich, dass es für Raskow noch einen weiteren Grund gibt, warum er das Verbrechen schnell aufklären wollte.«

»Spann mich nicht auf die Folter.«

Von unten klopfte es gegen die Klapptüre im Boden.

»Beeilt euch«, raunzte Wilkinson.

»Wusstest du, dass die Nazis in Schloss Schönhausen jene Bilder aufbewahrt haben, die sie zuvor in der Ausstellung *Entartete Kunst* gezeigt hatten?«

Wie seltsam, dachte Adler. Über entartete Kunst hatte er doch eben erst mit Helen gesprochen.

»Nein.«

»Die Frage, die wir uns stellen, lautet: Wo sind all diese Bilder geblieben? Wir wissen, dass einige nach dem Krieg nach Wiesbaden in den Collecting Point der Amerikaner gelangt sind. Wir wissen auch, dass Goebbels einige der Bilder in den Keller seines Ministeriums hat bringen lassen. Nicht zu vergessen jene Bilder, die die Nazis verkauft haben.«

»Wie bitte?« Adler war verwirrt. »Die Nazis haben mit den Bildern Geld gemacht, die sie vorher selbst verboten hatten zu zeigen?«

»Pecunia non olet. Es ist sogar noch perfider. Etliche dieser Bilder wurden jüdischen Sammlern geklaut, und nicht wenige von ihnen wurden später in den Konzentrationslagern ermordet.«

Adler schluckte bedrückt. »Gibt es eine Liste, auf der all diese Bilder verzeichnet sind?«

»Du meinst, die deutsche Bürokratie ist selbst dann Weltmeister im Listenerstellen, wenn es um unsere Verbrechen geht? Mag sein, dass eine solche Liste erstellt wurde. Ich kenne sie allerdings nicht. Und selbst wenn: Wer kann schon überprüfen, wie viel Dichtung und wie viel Wahrheit darauf verzeichnet wurde?«

Erneut klopfte Wilkinson ungeduldig. »Los jetzt!«, drängelte er.

Von Dedowsky nahm Adler in den Arm. Dann beugte sie sich hinunter und öffnete die Klappe.

»Und welche Rolle spielt Raskow dabei?«

Von Dedowsky war schon halb aus dem Hochsitz geklettert. Sie hielt inne und blickte noch einmal zu Adler hoch. »Sagt dir der Name Kennan etwas?«

Adler schüttelte den Kopf.

»Kennan ist ein amerikanischer Diplomat mit großem Einfluss auf Präsident Truman und seine außenpolitische Sichtweise. Erst kürzlich hat Kennan unter Pseudonym einen Text veröffentlicht. Einen erstaunlichen Text. Darin bringt er sehr klar zum Ausdruck, dass die westlichen Alliierten den Russen nicht trauen können, weil die Amerikaner von den Russen nicht als Verbündete angesehen werden, sondern als Feinde. Sie fühlen sich im Krieg gegen den Westen, auch wenn sie es nicht so bezeichnen. Das bedeutet eine andauernde Gefahr, vor allem für Berlin. Wir liegen an vorderster Front dieses nicht erklärten Krieges. Umzingelt von einem ehemaligen Alliierten, der uns für einen Feind hält.«

Das klang wenig verheißungsvoll, überraschte Adler aber auch nicht sonderlich. Auf einem Pulverfass zu sitzen, war so lange ungefährlich, bis jemand die Lunte anzündete. »Was hat das mit Raskow zu tun?«

»Vielleicht gar nichts. Vielleicht aber doch. Möglich, dass er ein Teil im Puzzle ist. Oder er gehört in ein anderes Spiel. Ich weiß es nicht.«

Wilkinson zischte etwas Unverständliches.

»Ich muss los, Hans. Die Nähe des Tatortes zum Städtchen und zum Schloss Schönhausen erscheint mir ... sagen wir irritierend. Und dann taucht Raskow auch noch in Zürich auf. Etliche Kunstwerke wurden bei den Nazis über die neutrale Schweiz verkauft. Vielleicht ist das alles nur ein Zufall. Pass in jedem Fall gut auf dich auf, Hans. Und denk daran: Wir haben uns nie getroffen.«

Als Adler wieder auf dem weichen Waldboden stand, war von Dedowsky bereits im Schutz der Dunkelheit verschwunden.

»Wir geben ihr noch ein bisschen Vorsprung, ehe wir zurückgehen«, erklärte Wilkinson.

»Wem?«

Im Halbdunkel erahnte Adler das Lächeln auf Wilkinsons Lippen mehr, als dass er es erkennen konnte.

»Sie sind ja doch in der Lage, etwas zu lernen, Adler.«

Ein paar Minuten später brachen sie in Richtung Havelufer auf. Es war mittlerweile stockdunkel, sodass Adler mehrfach über das Wurzelwerk der Kiefern stolperte.

»Das wird jetzt gleich ein etwas längerer Spaziergang für Sie werden«, sagte Wilkinson, als sie den Uferweg wieder erreicht hatten.

»Na fein, aber so etwas hatte ich schon befürchtet. Und mein Fahrrad?«

»Wird vom Löwen wohlbewacht.«

Adler hörte Motorengeräusche.

»Also passen Sie in Zukunft ein bisschen besser auf. Auf sich und ihre Umgebung. Ich meine das sehr ernst, Hans. Und noch etwas. Sperren Sie Ohren und Augen auf, was Raskow betrifft.«

Ein Jeep hielt neben ihnen.

»Und Sie können mich wirklich nicht ein Stückchen ...«

»Stellen Sie sich nicht so an, Adler.«

Hungrig lief Adler durch die Nacht. Sehnsuchtsvoll dachte er an das Budweiser und die Sandwiches, die er bei seiner ersten Begegnung mit Wilkinson serviert bekommen hatte. Das wäre es jetzt!

Am gegenüberliegenden Ufer der Havel flimmerten ein paar verlorene Lichter. Gatow. Dort drüben hatten die Briten ihren Flughafen eingerichtet, dorthin hatte man die Kriegsverbrecher geflogen, die jetzt in Spandau einsaßen. Der Gesang einer Amsel ließ Adler innehalten. Er lauschte in die Dunkelheit und versuchte, seine Gedanken zu sortieren. Wenn jeder jeden beschattete, wurde er dann jetzt auch beschattet? Und welche Rolle spielte Ruth? Hoffentlich ermahnte sie nicht nur ihn zur Vorsicht. Hoffentlich war sie selbst ebenso vorsichtig, wie er es sein sollte. Dieser Frieden fühlte sich seltsam an. Nicht wirklich friedlich. Wo immer man hintrat, überall schien es zu brodeln. Jeder schien sein eigenes Spiel zu spielen, seinen eigenen Vorteil zu suchen. Aber vielleicht war das normal in einer solchen Zeit, in der die Karten neu gemischt wurden? Das Alte lag in Trümmern und schien unendlich weit weg zu sein. Wie ein fernes Rauschen, das die Melodie des Neuen untermalte. Jeder klaubte sich etwas heraus, von dem er glaubte, dass er es gebrauchen könne. Looses Söhne, Markgraf, Raskow – keiner war besser als der andere. Und dann gab es all diejenigen, die stumm ertrugen, was ihnen die neue Zeit an neuem Leid aufbürdete.

Entartete Kunst also. Vielleicht wusste Kriee mehr darüber zu erzählen? Er würde Karin fragen. Morgen vielleicht. Ob sie noch in der Ausstellung ihrer Tante aufgetaucht war?

Adlers Schritte wurden immer schwerer. Eine knappe halbe Stunde später erreichte er endlich den Löwen. Gähnend schaute er sich in der Dunkelheit um. Tatsächlich, da lehnte sein Fahrrad am Denkmal. Noch einmal eine gute Stunde später endete seine wacklige Fahrt im funzeligen Licht des Dynamos vor seiner aufgeheizten Laube. Unangenehm stickig schlug ihm daraus die Luft entgegen, die roch, als hätten die alten Holzbretter den ganzen Tag über die staubige Sommerhitze eingeatmet, um sie für Adler aufzubewahren. Doch er war jetzt viel zu müde, um sein Bett noch in den Garten zu verlegen. Er schaffte es kaum mehr, seine Kleider ordentlich über den Stuhl zu legen, dann ließ er sich auf das Bett fallen. Binnen Sekunden glitt er erschöpft in einen tiefen, traumlosen Schlaf.

12

Schweißgebadet und wie gerädert wachte Adler am nächsten Morgen auf. Die Hitze hielt die Stadt weiter in ihrem Griff, doch vor seiner Laube leuchtete der Sommermorgen verheißungsvoll. Die Sonnenblumen waren die letzten Tage kräftig gewachsen. Mangold leuchtete grün und rot. Nur das Kartoffelkraut bei Looses war vor der Zeit vertrocknet.

Adler blinzelte in die Sonne.

»Se sehn ma janz so aus, als wäre ’ne ordentliche Tasse echter Bohnenkaffee det Einzije, wat Ihnen die Aujen wieda öffnet, Herr Kommissar.«

Loose stand am Zaun, als habe er ihn bereits erwartet, in der Hand einen Emaillebecher mit Kaffee, den er ihm entgegenstreckte.

»Was würde ich nur …«

»Lassen Se ma jut sein. Jeder, wie er jerade kann, sar ick immer.«

Die schwarze Flüssigkeit war heiß und stark, der Kaffee weckte tatsächlich seine Lebensgeister.

»War ja man wohl wieder spät jestern bei Sie. Wären Se nicht bei die Polizei, dann würde man ja wohl nen unsoliden Lebenswandel vermuten.« Loose lachte jovial.

»Ich sag’s Ihnen, Loose. Sie können sich gar nicht vorstellen, wie schön ein solides Leben wäre.«

»Det denk ick mir och imma. Aber wie sachte meen oller Pfarrer, der mir konfirmiert hat: Der Mensch denkt, der Herrjott lenkt. Soll ick Ihnen noch mal wat nachschenken?«

Obwohl es Adler unangenehm war, nickte er dankbar Loose zu. »Sehr gerne.«

Mit schlurfenden Schritten verschwand sein Nachbar in der Laube und kehrte mit einer Kanne zurück. Sie war nicht aus Emaille, sondern aus echtem Meissner Porzellan. Dekor Koralle. Adler verkniff sich eine Nachfrage, aus welchen Beständen die wohl stammte, und reichte die Tasse über den Zaun.

»Det wird heute schon wida janz schön heiß werden. Da werd ick man lieber Ihr Jemüse gleich mit jießen, damit det nich einjeht. Wär ja doch een Jammer. Weil der nächste Winter kommt bestimmt, und allet, wat wa dann an Jemüse ham, det wird uns juttun.«

»Danke, Loose.«

»Übrigens wejen die Kunst, wat Se mir jefracht haben. Meene Jungs haben noch nix jefunden. Aber se bleiben dran.«

Erneut bedankte sich Adler und reichte den Becher zurück. »Nun muss ich mich aber sputen.«

Er spürte noch die Beine von seiner nächtlichen Radtour. Daher entschied er sich, heute anstatt mit dem Rad lieber mit der S-Bahn ins Präsidium zu fahren. Verträumt schaute er aus dem Waggon auf die Stadt, sodass er in Westkreuz fast verpasst hätte umzusteigen. Wäre es nicht schön, ein paar Tage freizunehmen? Er könnte an die Ostsee fahren. Im Meer schwimmen. In der Sonne liegen. Vielleicht würde Karin Fischer mitkommen? Sie könnten auf dem Darß zelten. Er wusste, dass Charlotte dort einmal mit ihren Eltern hingefahren war. Vielleicht fanden sie sogar bei einem der Fischer ein Zimmer, in dem sie unterkämen. Sie würden frischen Fisch essen, gebratene Ostseeflunder in goldbrauner Butter. Am Strand spazieren. Allein bei der Vorstellung hob sich Adlers Laune beträchtlich. Statt bis zum Alex zu fahren, stieg er bereits am Lehrter Bahnhof aus. Warum lange warten? Er könnte ihr doch gleich von seiner Idee berichten. Wer wusste es schon? Vielleicht würden sie wirklich fahren?

Er lief die Invalidenstraße bis zur Charité hoch. Mittlerweile kannte ihn der Pförtner, der ihn knapp grüßte.

»Zu Frau Doktor. Ick weeß schon. Se kenn sich ja aus, Herr Kommissar.«

Fischer beugte sich über die Leiche einer älteren Frau, als Adler an den Türrahmen klopfte.

»Hans! Wie schön. Was verschafft mir das Vergnügen? Warte kurz. Ich bin gleich fertig.«

Adler ließ sich in ihrem Büro nieder. Ein kleiner Raum mit Schreibtisch und Aktenschrank. Zwei Stühle. Mehr Platz gab es nicht. Die Wände waren bis in Schulterhöhe mit speckiger Ölfarbe in einem ungemütlichen Beige gestrichen. Darüber hing ein kleines Bild, das eine abstrahierte Figur vor grauem Hintergrund zeigte, deren kariertes Kostüm Adler an einen Clown erinnerte. Er schaute auf die Signatur: KK, Konrad Kriee, vermutete er.

»Ich habe dich gestern bei der Ausstellung deiner Tante vermisst.«

Fischer hatte ihren weißen Kittel aufgeknöpft, sodass er um sie herum wehte.

»Als ich kam, musst du schon weg gewesen sein. Ich hatte hier noch zu tun«, entschuldigte sie sich.

»Dann haben wir uns verpasst. Erich hätte dich gerne kennengelernt.«

»Ein andermal«, antwortete sie.

Adler stutzte. Sie erschien ihm seltsam wortkarg. »Ist alles in Ordnung bei dir?«

»Aber ja.«

Doch ihr müder Blick besagte etwas anderes. Vielleicht

ging ihr die Tote nach, die sie gerade obduziert hatte. Vielleicht gab es auch einen anderen Grund. Jedenfalls beschloss Adler, seine Idee mit der Spritztour an die Ostsee heute lieber für sich zu behalten.

»Ich wollte nur kurz bei dir vorbeischauen, weil ich dich gestern nicht gesehen habe.«

»Das ist nett, Hans.« Sie stand auf. Langsam knöpfte sie ihren Kittel wieder zu. »Aber ich habe im Moment furchtbar viel Arbeit.«

Adler erhob sich ebenfalls. »Ja, dann …«

»Auf Wiedersehen, Hans.«

»Auf Wiedersehen, Karin.«

Bedrückt schlich Adler am Pförtner vorbei, seine euphorische Stimmung war verflogen. Was war nur los mit Karin Fischer? Er konnte sich nicht erinnern, sie je so reserviert erlebt zu haben. Verbarg sie etwas vor ihm? Oder hatte er einen Fehler gemacht? Zu allem Überfluss erschien Adler die Luft zunehmend drückend. Möglich, dass es im Lauf des Tages ein Gewitter geben würde. Grübelnd lief er durch die Straßen und schlüpfte kurz darauf in das Polizeipräsidium. Am Eingang fing ihn Kunert ab.

»Juten Morjen, Herr Kommissar.«

»Guten Morgen, Wachtmeister Kunert. Was gibt es?«

»Der Polizeipräsident möchte Sie sprechen. Aber zuvor möchte der Vizepolizeipräsident unbedingt mit Sie sprechen.«

»Aber das weiß der Herr Präsident nicht.«

»So isses.«

Spielchen. Mal wieder. Adler war dieses Getue leid. Doch es half nichts. Also auf, in Stumms Büro. Der Gedanke an die Ostsee rückte in noch weitere Ferne. Vielleicht war dieser Wunsch auch allzu vermessen gewesen.

»Spaziergang?«, fragte Adler anstelle einer formellen Begrüßung.

Stumm brummte nur etwas Unverständliches. Noch jemand mit schlechter Laune, trotz des Sommerwetters. Schlug das sich ankündigende Gewitter allen aufs Gemüt?

»Sie werden gleich eine Einladung erhalten.«

»Fein.«

»Ja, sehr fein sogar«, sagte Stumm mit einem Gesichtsausdruck, der das genaue Gegenteil besagte.

»Wer lädt denn ein? Und warum?«

»Zur Feier des schnellen Fahndungserfolgs in der Mordsache Eva Schreiber gibt sich der Vorsitzende der Sozialistischen Einheitspartei Deutschlands Otto Grotewohl die Ehre, Sie gemeinsam mit dem Polizeipräsidenten zu einem privaten Abendessen in sein Haus einzuladen.«

Überrascht schaute Adler Stumm an. »Mich?«, platzte er heraus.

»Sozusagen als Dankeschön.«

»Als Dankeschön dafür, dass …«, setzte Adler mit lauter Stimme an.

»Und genau deshalb wollte ich, dass Sie zunächst einmal zu mir kommen und erst anschließend zu Markgraf gehen«, unterbrach ihn Stumm. »Also. Als Erstes beruhigen Sie sich wieder. Zweitens behalten Sie das, was Sie gerade denken, um Himmels willen für sich. Und zwar mindestens die nächsten vierundzwanzig Stunden. Haben wir uns verstanden? Das ist ein dienstlicher Befehl.«

Adler schluckte. »Jawohl.«

»Drittens werden Sie gar nicht erst versuchen, irgendwelche Ausreden zu erfinden, um nicht mit Markgraf bei Grotewohl aufzuschlagen. Heute gibt es weder Kunstausstellungen noch Badewanne für Sie.«

Adler blickte Stumm mit großen Augen an. Woher wusste

der Polizeivizepräsident das mit der Ausstellung? Ließ er ihm nachspionieren?

»Viertens werden Sie heute Abend ein Ausbund an Freundlichkeit sein, Adler. Und Sie werden vor allem das sein, was Ihnen am allerwenigsten liegt: *diplomatisch*. Haben wir uns verstanden?«

Adler schwieg einen Moment, ehe er antwortete. Keine Frage. Stumm meinte es ernst. »Wie Sie wünschen.«

»Ihnen ist klar, dass dieser Termin heikel ist, nicht nur für Sie. Sie vertreten dort die gesamte Berliner Polizei.«

»Dann sollte doch lieber Leutnant Raskow an meiner Stelle den Herrn Polizeipräsidenten begleiten. Ihm haben wir diesen blendenden Fahndungserfolg doch im besonderen Maße zu verdanken«, sagte Adler, ohne sich den ironischen Unterton verkneifen zu können.

»Um was hatte ich Sie gebeten, Adler? Darum, dass Sie gar nicht erst versuchen, sich aus der Sache herauszuwinden! Und was machen Sie als Erstes, kaum dass ich es ausgesprochen habe?«

»Entschuldigung, Herr Polizeivizepräsident«, antwortete Adler bedripst. »Allerdings wäre es doch gewiss viel besser, wenn Sie …«

»Adler«, donnerte Stumm.

»Ich meine nur …«

»Sie meinen jetzt mal gar nichts, sondern machen, was ich Ihnen sage. Haben Sie mich jetzt verstanden?«

»Selbstverständlich.«

»Zigarette?«

Ohne Adlers Antwort abzuwarten, legte Stumm ein ganzes Päckchen Lucky Strike auf den Schreibtisch. Adler zog die Augenbrauen hoch. Die Botschaft mit den Zigaretten war eindeutig, die Frage nach den Garbáty verkniff er sich. Seine Mission heute Abend war offenbar im Vorfeld mit dem amerikanischen Stadtkommandanten, Brigadegeneral Ryan, abgestimmt worden. Wusste Stumm daher von Adlers Besuch bei der Kunstausstellung und dem nachfolgenden Treffen?

»Vielen Dank.«

Adler schaute zu Stumm, der ihm die Packung zuschob und zwinkerte. Also steckte Adler die Zigaretten ein. Er würde sie in seinem Schreibtisch deponieren. Bei Herrn Grotewohl sollte er sie wohl lieber nicht dabeihaben.

»Und Raskow …«

»Ich dachte, das hätten wir geklärt«, fuhr Stumm ihn unwirsch an.

»… wird heute Abend nicht dabei sein?«, vollendete Adler den Satz.

»Ach so. Nein, soweit ich weiß nicht. Wer weiß, vielleicht erholt er sich etwas.«

An der Ostsee, schoss es Adler durch den Kopf. Oder nein, wohl eher am Zürichsee. »Wird uns noch jemand begleiten?«

»Ich vermute nein, Adler.«

»Na, dann sehe ich mal zu, dass ich meinen besten Anzug aufbügele.«

»Natürlich wissen Sie von nichts, wenn Sie gleich mit Markgraf sprechen«, zischte Stumm.

Schon wieder sollte er nichts gesehen und gehört haben. Das wurde ja langsam zum neuen Alltag.

»Selbstverständlich.«

»Viel Erfolg.«

»Wobei?«

»Raus!«, zischte Stumm erneut. Doch dieses Mal meinte Adler zu hören, dass ein Lächeln in der Stimme des Polizeivizepräsidenten mitschwang.

Stumm hatte recht, Diplomatie war noch nie seine Stärke gewesen, gestand sich Adler ein. Deshalb war ihm auch nicht wohl bei dem Gedanken an den offiziellen Besuchstermin bei Grotewohl. Der Kontakt mit einem zentralen Vertreter der politischen Führungsriege der SED und damit des sowjetischen Sektors war ihm unbehaglich. Er würde sehr genau aufpassen müssen, was er sagte. Über den Fall. Über Rudolf. Über die Berliner Polizei. Und vor allem über Raskow und seine Zusammenarbeit mit ihm. Oder vielmehr seine Nicht-Zusammenarbeit. Für Adler war klar, dass der sowjetische Leutnant nicht ohne Einwilligung von oben so mit Rudolf hatte umgehen können. Möglicherweise erhielt er von der SMAD sogar direkte Anweisungen. Offen blieb, wie viel die deutschen Politiker von dem wussten, was hinter den Kulissen bei den Russen vorging. Selbst wenn sie informiert waren, Einfluss hatten sie darauf vermutlich keinen, dachte Adler. Er musste an das nächtliche Gespräch mit Ruth von Dedowsky denken. Sie alle tapsten wie Schatten durch die Stadt, selbst bei strahlendem Sonnenschein. Die Verhältnisse hatten sich in der Stadt seit dem Kriegsende wieder verschärft. Nach wie vor hatten die Alliierten das Sagen, und die Deutschen mussten ihren Anweisungen Folge leisten. Doch es war nicht zu übersehen, dass sich der Graben zwischen den Russen und den drei westlichen Alliierten zusehends vertiefte. Waren die Russen daran schuld? Oder die Amis? Oder am Ende beide?

Adler wusste so wenig eine Antwort darauf, wie ihm klar war, wie er sich zwischen den unterschiedlichen Interessen bewegen sollte. Er vertraute drauf, dass seine eigenen Maßstäbe stimmten. Dass er zwischen richtig und falsch unterscheiden konnte. Die Frage war nur, ob man ihn so arbeiten ließ und was er machen würde, wenn diese Form der Arbeit bei der Berliner Polizei nicht mehr möglich wäre.

Missmutig und mit einem Grummeln in der Magengrube fand sich Adler am frühen Abend an der Passierstelle zum Städtchen ein, unweit von Schloss Schönhausen. Von der schriftlichen Einladung, die ihm Markgraf mit großer Geste überreicht hatte, ließen sich die wachhabenden Rotarmisten ebenso wenig beeindrucken wie von seinem Polizeiausweis. Im Gegenteil. Es schien Adler, als würden sie sich ein Vergnügen daraus machen, ihn besonders ausdauernd zu filzen. Anschließend wartete er über zwanzig Minuten auf einem unbequemen Stuhl, ehe er seine Dokumente zurückerhielt und man ihm einen Passierschein aushändigte. Auf dem *Propusk* stand die eigenhändige Unterschrift des sowjetischen Kommandanten des Städtchens. Dann erst öffnete sich der Schlagbaum, und Adler erhielt Zugang in den innersten Kreis der Macht der sowjetischen Besatzungszone. Er hatte das Gefühl, jeder seiner Schritte würde hier überwacht werden. Vermutlich lag er damit auch richtig. Vom Kontrollpunkt benötigte es keine fünf Minuten Fußweg, um zur Stillen Straße zu kommen, in der Grotewohl seit Kurzem wohnte. In dem Villenquartier, in dem einst Unternehmer und Künstler ihr Domizil hatten, lebten nun hohe sowjetische Militärs und führende Vertreter der jungen SED, abgesondert und geschützt vor den Normalsterblichen.

Adler war überrascht, als ihm auf sein Klingeln hin Grotewohl persönlich öffnete. Der Mit-Parteivorsitzende der SED stand unter den hellen Säulen des Portikus und begrüßte den Kommissar mit einem jovialen Lächeln.

»Schön, dass Sie es einrichten konnten, Kommissar Adler.«

Was hatte Adler auch erwartet? Einen beflissenen Dienstboten im Frack? Der ehemalige Sozialdemokrat, der jetzt gemeinsam mit dem Kommunisten Wilhelm Pieck der SED vorstand, sah genauso aus wie auf den Fotos, die Adler von ihm gesehen hatte. Hohe Stirn. Kantige Brille. Anzug mit Weste und Krawatte. Auch die Stimme mit dem markanten »s« hörte sich im wahren Leben genauso an wie in Radioübertragungen. Nur ohne das beiläufige Rauschen des Äthers.

Grotewohl begleitete seinen Gast ins Esszimmer, wo Markgraf bereits am Tisch saß. Hinter ihm stand eine Kommode, über der ein Landschaftsaquarell hing. Die andere Seite des Zimmers nahm ein vollgestelltes Bücherregal ein. Imposant, befand Adler, und dachte an die wenigen Bücher, die sich in seiner Laube neben dem Ofen stapelten. Die meisten stammten noch von Ruth von Dedowsky. Doch Adler blieb keine Zeit, die Titel auf den Buchrücken zu studieren.

»Da sind Sie ja endlich, Adler.« Markgraf erhob sich. »Der Genosse Vorsitzende und ich wollten schon ohne Sie anfangen«, polterte sein Vorgesetzter. Grotewohl zog die Augenbrauen hoch. Markgrafs forscher Ton schien ihm nicht zu behagen.

»Kommen Sie, Herr Kommissar Adler. Nehmen Sie bitte Platz. Ein Glas Wein?«

»Sehr freundlich«, antwortete Adler, unsicher, mit welcher Bezeichnung er seinen Gastgeber ansprechen sollte.

»Saale-Unstrut. Stammt noch aus den Vorkriegsjahren«, erklärte Grotewohl, während er Adler einschenkte. Das Abendlicht ließ den Wein im Glas goldgelb schimmern. Durch die offene Terrassentür wehte eine leise Brise. Keine Vögel waren zu hören. Die abgeschiedene Stille in Pankow schien vollkommen. Vielleicht würde es tatsächlich noch ein Gewitter geben, dachte sich Adler. Zurückhaltend musterte er den Raum.

So wohnen also Sozialisten, konstatierte er für sich.

Auf jeden Fall weitaus komfortabler als die meisten Berliner, ihn selbst eingeschlossen. Alles im Haus atmete den Charakter einer wohligen Großbürgerlichkeit, wie sie hier schon in der Vorkriegszeit geherrscht haben mochte. Das Pankower Städtchen kam ihm vor wie eine fremde Welt, nichts schien hier an das kaputte Nachkriegsberlin mit gestapelten Trümmerziegeln, Kriegswaisen und Flüchtlingen zu erinnern. Und doch war genau das die neue Berliner Wirklichkeit. Er saß mit zwei der entscheidenden Persönlichkeiten in einem Raum, die derzeit die Geschicke seiner Stadt lenkten. Die Situation erschien ihm unwirklich. Gesteigert wurde dieser Eindruck durch die Köchin mit weißer Schürze und Häubchen, die kurz darauf Forellenfilets als Vorspeise auftrug. Zum Hauptgang folgten frische Pfifferlinge mit Kotelett und Salzkartoffeln. Ein Festmahl. Wann hatte Adler das letzte Mal so üppig und so gut gegessen? Beim Wein hielt sich Adler bewusst zurück. Ihm lag sehr daran, einen klaren Kopf zu behalten. Markgraf dagegen ließ sich gerne nachschenken, während er sich mit Grotewohl über die Personalstärke der Berliner Polizei austauschte. Wie viel Mann mehr notwendig wären, um auch in »schwierigen« Situationen Ruhe und Ordnung aufrechtzuerhalten. Was meinten die beiden mit schwierig? Doch sie vertieften das Thema nicht weiter. Stattdessen wandte sich Grotewohl Adler zu.

»Sie haben mit der zügigen Aufklärung des Mordfalls an der armen jungen Frau der Berliner Bevölkerung einen großen Dienst erwiesen«, sagte er und erhob sein Glas. »Die Angst vor einem Frauenmörder ist das Allerletzte, was unsere Stadt in dieser schweren Zeit braucht. Danke und zum Wohl.«

Mit hellem Klingen stießen die dünnwandigen Gläser aneinander. Adler musste antworten. Er räusperte sich. Weder wollte er Raskows Rolle erwähnen, noch wollte er auf den armen Rudolf eingehen. Vergebens suchte er nach einer passenden Formulierung.

»Vielen Dank, Herr Grotewohl«, sagte er nur und schob ein schüchternes Lächeln nach. Grotewohl nickte ihm zu. Doch ehe sich betretenes Schweigen über der kleinen Tischgesellschaft ausbreiten konnte, ergriff der Vorsitzende der SED gewandt erneut das Wort.

»Und, Kommissar Adler, wie ist Ihre Sicht auf die Berliner Polizei?«

»Heiß«, antwortete Adler, der sich wieder gefasst hatte.

»Ach ja?«, Grotewohl schaute seinen Gast überrascht an. Markgraf drohten die Gesichtszüge zu entgleiten.

»Obwohl alle Fenster und Türen offen sind, ist die Hitze im Präsidium derzeit fast unerträglich.«

Grotewohl lachte wohlwollend über Adlers Versuch, sich elegant aus der Affäre zu ziehen, ohne konkret auf die angespannte politische Situation bei der Berliner Polizei einzugehen.

»Verstehe. Frischer Wind ist immer gut.«

»So ist es, Herr Grotewohl.«

»Aber ganz im Ernst. Woran fehlt es Ihnen denn am meisten?«

»Darf ich ehrlich sein?«

»Ich bitte darum.«

»Es fehlt an allem. An Ausrüstung. An Personal. An Zeit. Aber das gilt wohl für die ganze Stadt, da bildet die Berliner Polizei keine Ausnahme. Immerhin, wir kommen unserem Auftrag so gut als möglich nach, damit sich die Berliner sicher fühlen können.«

»Ja, es sind schwere Zeiten, Adler«, pflichtete Grotewohl nachdenklich bei. »Aber es liegt auch eine gewaltige Chance darin, beim Neuaufbau unserer Stadt und unseres Landes nach dem Hitlerfaschismus mitwirken zu dürfen.

Lassen Sie es den Herrn Polizeipräsidenten oder mich persönlich jederzeit wissen, wenn wir Sie bei Ihrer verantwortungsvollen Aufbauarbeit unterstützen können.«

Zu Adlers Erleichterung war das heikle Thema damit erledigt. Wie leicht hätte er sich in politischen Fallstricken verfangen können. Von fern war erstes Donnergrollen zu hören. Das Gewitter rückte näher.

»Sie sind kriegsversehrt, wie ich sehe?«

»Richtig«, antwortete Adler, »an der Ostfront. Letzten Endes habe ich wohl Glück im Unglück gehabt.« Er strich mit der rechten Hand an seinem leeren Hemdsärmel entlang.

»Meinen Respekt, Adler, wenn Sie das so sehen können. Das zeichnet Sie vor manchen anderen Kameraden aus. Gleichwohl, wir haben alle viel zu viel unter dem Hitlerfaschismus gelitten. Durch den verbrecherischen Krieg, der gegen das friedliebende russische Volk angezettelt wurde.«

Damit stand Grotewohl auf und öffnete die oberste Schublade der Kommode hinter sich. Behutsam zog er eine Pappmappe hervor.

»Kommen Sie doch bitte beide einmal herüber.«

Adler und Markgraf stellten sich neben Grotewohl. Aus der Mappe zog er einige Bleistiftskizzen hervor. Ein Gewehr, das am Schützengraben drapiert war. Ein mit schnellen Strichen skizzierter Soldat mit triefender Nase und überquellendem Tornister. Darunter stand: »Am Ende eines Gewaltmarsches in Russland«. Ein weiteres Blatt zeigte ebenfalls Soldaten in Uniform mit Pickelhaube: »Am Grab des Kameraden«. Grotewohls Gesichtsausdruck war ernst.

»Sie wissen, dass ich während des Hitlerfaschismus untertauchen musste? Freunde haben mir damals das Leben gerettet. Geprägt haben mich aber auch die Erlebnisse im Krieg 1914. So wie sie meine ganze Generation geprägt haben.« Er schaute Adler an. »Das Gleiche gilt natürlich für Ihre Generation. Für den letzten Krieg. Lassen Sie uns hoffen, dass es wirklich der letzte Krieg war. Dass nie wieder Krieg von deutschem Boden ausgeht.«

Adler schwieg. Grotewohl hatte recht. Er würde die Bilder aus dem Feld nie vergessen. Bilder, die weit weniger friedlich aussahen als jene Skizzen, die ihm der SED-Vorsitzende gerade präsentierte. Die viel mehr jenen glichen, die Dix geschaffen hatte.

»Sie zeichnen häufig?«

»Hin und wieder. Früher öfters. Vielleicht hätte ich unter anderen Umständen auch einen anderen Lebensweg eingeschlagen, wer weiß das schon. An einer Kunsthochschule.« In Grotewohls Stimme schwangen Zweifel und Stolz gleichermaßen mit. »Aber die politische Verantwortung …«

»Das Landschaftsaquarell ist ebenfalls von Ihnen?«, hakte Adler nach und wies mit dem Kopf auf die Berglandschaft über der Kommode.

»Ja, ja«, antwortete Grotewohl versonnen.

»Sehr schön«, sagte Adler und meinte es auch so. Grotewohl war weder ein Dix noch ein Heldt oder ein Kriee. Aber zeichnen konnte er dennoch.

»Vielen Dank.«

Markgraf stand zunehmend gelangweilt neben ihnen. Kunst war nicht sein Thema. Adler beschloss, die Situation zu nutzen.

»Erst kürzlich habe ich erfahren, dass in Schloss Schönhausen jene Bilder eingelagert worden waren, die die Nationalsozialisten zuvor in der Ausstellung Entartete Kunst gezeigt hatten. Stimmt das?«

Grotewohl zog die Stirn kraus. »Ach ja?«

Erste Regentropfen klatschten gegen die Scheiben. Unvermittelt fegten Böen durch die Bäume.

»Meinen Sie, es sind dort noch Werke eingelagert?«

Grotewohl schloss die Terrassentür. »Das denke ich nicht. Und selbst wenn: Wir müssen für den Neuaufbau in Deutschland eine eigene Kunst finden. Eine deutsche Kunst, die sich nicht im Formalismus verliert. Da kann uns das Vorbild der Sowjetunion helfen. Eine Kunst, die die Werktätigen feiert, die Arbeiter und Bauern, dank derer Hände Arbeit wir die furchtbaren Folgen des Hitlerfaschismus überwinden.«

Unversehens war Grotewohl aus der Rolle des jovialen Gastgebers und Hobbymalers in die des Parteivorsitzenden gewechselt, der eine Rede hält. Adler verstand. Das Schloss war eine Tabuzone, ebenso wie die Entartete Kunst. Schade. Hier würde er nicht mehr erfahren. Andererseits machte es das für ihn nur noch interessanter. Zu gerne hätte er erfahren, ob sich noch Kunstwerke im Schloss befanden. Der Regen prasselte mittlerweile wie aus Kübeln gegen die Fensterscheiben. Blitze zuckten über Berlin.

»Die Herren, noch einen Kaffee?«, fragte Grotewohl und schob die Mappe zurück in die Kommode.

Zum Nachtisch servierte Grotewohls Köchin einen warmen Apfelkuchen mit einer Kugel Vanilleeis. Dazu wurde ein Cognac gereicht.

Das Gewitter war so schnell vorüber, wie es aufgezogen war. Auf dem ausgetrockneten Boden hatte der Regen große Pfützen hinterlassen. Blätter und kleinere Äste bedeckten die Straßen, aus den Gärten stieg ein zarter Nebel auf. Schlagartig war die Temperatur um zehn Grad gefallen. Obgleich es noch immer warm war, fröstelte Adler, als er sich von Grotewohl und Markgraf verabschiedete. Kurz darauf brauste der Polizeipräsident in seinem Wagen am Kontrollposten des Städtchens vorbei. Adler schauten die

Wachen hingegen misstrauisch hinterher. Es schien ihm, als habe sich der Polizeipräsident ein anderes Ergebnis von dem Abend erwartet. Adler selbst war hingegen zufrieden. Er hatte ausgezeichnet gegessen und sogar etwas über das Schloss erfahren: Es war für Grotewohl offenbar eine Tabuzone. Vor allem aber hatte er den heiklen Abend ohne Misstöne hinter sich gebracht. Das erschien ihm kein geringer Erfolg.

Immer noch beäugten ihn die Rotarmisten misstrauisch. Sie hatten ja recht. Er gehörte nicht hierher. Langsam schlenderte er los. In weitem Bogen folgte er der Mauer, die das Sperrgebiet des Städtchens einfasste. Mehrfach begegneten ihm patrouillierende Rotarmisten. Obwohl er hier zu Gast gewesen war, wurde er weiter genauestens überwacht. Doch davon ließ Adler sich nicht stören. Er genoss die frische Luft. Der Himmel war aufgerissen, die letzten Wolkenfetzen des Gewitters verzogen sich. Ein leuchtendes Dunkelblau breitete sich aus, das langsam verdämmerte. Erste Sterne begannen zu funkeln. Lächelnd dachte Adler an das Bühnenbild von Mozarts *Zauberflöte*, das er einmal in der Staatsoper Unter den Linden gesehen hatte. Wie herrlich wäre es, diese Oper noch einmal zu hören. Zusammen mit Karin Fischer an seiner Seite. »Dies Bildnis ist bezaubernd schön, wie noch kein Auge je gesehn«, sang er leise, während er begann, über seine unterschiedlichen Begegnungen mit der Kunst in den letzten Tagen nachzudenken. Dix' drastische Darstellungen von Lustmorden und Selbstmördern, Heldts abstrakte Stadtbilder, Grotewohls gutmütige Skizzen. Dieses zeichnerische Talent hatte er bei dem SED-Vorsitzenden nicht vermutet. Es berührte ihn, dass in solchen Momenten hinter einem Politiker, den alle zu kennen meinten, eine andere Facette zum Vorschein kam. Ein menschlicher Moment, der sich auch im Austausch mit

Grotewohl über die erschütternden Kriegserlebnisse gezeigt hatte. Wie seltsam, dass Markgraf, der in Stalingrad gekämpft hatte, dazu nichts zu sagen gewusst hatte.

Derart in Gedanken versunken, stand er plötzlich vor der Friedenskirche.

Adler schaute sich um.

Zwar waren in Pankow viel weniger Häuser zerstört als in Mitte, doch auch hier gab es enttrümmerte Grundstücke, streckten sich Ruinen verloren zum Himmel. Werner Heldt würden die Motive nicht so schnell ausgehen. Es war an der Zeit, zurück zu seiner Laube aufzubrechen. Langsam stieg über dem Horizont ein orangerot leuchtender Mond auf. Blutmond. Adler entschloss sich, den Weg vorbei am Schloss zum Bahnhof zu wählen. Er ließ seinen Gedanken freien Lauf. Die Wände aus Werner Heldts Bildern blitzten auf, der Sternenhimmel aus Mozarts Zauberflöte, das Aquarell über der Kommode in Grotewohls Haus im Städtchen. Darunter mischten sich Bilder der toten Eva Schreiber und von Rudolf Meister in der Orangerie.

Die Geschehnisse ließen Adler keine Ruhe. Sie schienen sich zu verdichten. Wie in einem schweren Traum, in dem man nicht recht von der Stelle kam, hakten sich seine Gedanken fest. Was konnte er tun, um wieder Klarheit zu gewinnen?

Adler entschloss sich, am nächsten Morgen noch einmal mit Ulitz zu sprechen. Vielleicht hatte der Wachtmeister einen Hinweis für ihn. In diesem Moment flog neben ihm ein Schwarm Krähen lärmend empor. Überrascht zuckte Adler zusammen. Seine Schreckhaftigkeit war ihm aus dem Krieg geblieben. Damals hatte er gelernt: Vorsichtshalber lieber schnell Deckung suchen. Während sich die Vögel auf dem nächsten Baum niederließen, mischte sich unter ihren Lärm noch ein anderer Laut.

Adler spitzte die Ohren.

War das ein Hilfeschrei gewesen? Aus Richtung der Orangerie? Er beschleunigte seine Schritte. Schwarz stand jetzt das Schloss vor ihm. Er lauschte erneut. Nichts. Hatte er sich den Schrei nur eingebildet? Doch es trieb ihn unwillkürlich weiter zur Ruine. Unter den hohen Bäumen des Parks war es inzwischen fast vollständig dunkel geworden, nur gelegentlich tropfte ein wenig Mondlicht auf den Weg. Adler stolperte, doch konnte sich abfangen, lief weiter. Als schwarzes Schattengebilde bauten sich links vor ihm die Überreste der Orangerie auf.

Adler blieb stehen und lauschte in die Nacht.

Doch da war nichts. Nicht einmal das leise Flüstern der Panke, die durch den Schlosspark floss, war hier zu vernehmen. Er suchte sich einen Weg durch das Gestrüpp und betrat vorsichtig das zerstörte Gebäude. Tastend schob er sich Schritt um Schritt voran. Doch sosehr er sich bemühte, leise aufzutreten, unter seinen Sohlen knarzte es, war der Boden doch bedeckt mit Glas, Mörtel und Dreck. Auf einmal war ihm, als würde er ein Rasseln hören. Ein Gurgeln. Doch sobald er stehen blieb, um zu erkennen, woher das Geräusch stammte, war es schon wieder verstummt. Erneut zuckte Adler zusammen: Vom himmeloffenen Dachgebälk war ihm ein Tropfen Wasser auf die Stirn geplatscht.

Weiter gehen. Vorsichtig. Dort links hatte Eva Schreiber gelegen. Im Raum dahinter hatten sie den toten Rudolf gefunden. Verdammt. In der Dunkelheit konnte er kaum etwas erkennen. Erneut stolperte Adler. Doch diesmal gelang es ihm nicht, den Sturz abzufangen. Er verlor die Balance. Mit seiner rechten Hand versuchte er sich reflexartig abzustützen, doch vergeblich. Ein stechender Schmerz fuhr ihm in den Handballen. Ein Splitter? Ein Nagel? Was auch immer er sich da eingerissen hatte, es tat scheußlich weh.

Adler unterdrückte ein Fluchen. Energisch saugte er stattdessen an der Wunde, vielleicht konnte er sie ja dadurch einigermaßen desinfizieren. Die Mischung aus warmem Blut und Dreck spuckte er angewidert aus. Mit dem ekelhaften Geschmack umspülten ihn erneut Kriegsbilder. Der Geruch des Todes. Die Angst. Die Ungewissheit. Er bemühte sich, die Gedanken zur Seite zu schieben. Mit zusammengekniffenen Augen suchte er jenen Bereich ab, in dem das tote Mädchen gelegen hatte. Was hätte er jetzt für eine Grubenlampe gegeben! Sollte er umkehren und Ulitz holen? Doch die Wache lag fast zwei Kilometer entfernt Richtung Schönholz, und die Rotarmisten, die näher an der Orangerie waren, würden ihre Posten seinetwegen nicht verlassen. Weder die am Städtchen noch jene an der Kommandantur. Wieso auch? Er wusste ja gar nicht, ob hier überhaupt etwas war. Ob er nicht nur ein Opfer seiner überreizten Sinne war.

Adler lauschte. Doch, da war wieder ein Geräusch. Ganz dicht jetzt. Vielleicht nur ein Tier? Ein Igel auf nächtlicher Tour? Eine der wilden Katzen, die zwischen den Trümmern streunten?

Adler drehte sich um und verließ den Bereich, in dem Eva Schreiber ermordet worden war. Schritt für Schritt tastete er sich vorsichtig voran. Erneut saugte er an der Wunde am Handballen. Spukte Blut und Dreck aus. Bloß jetzt nicht noch einmal stürzen. Grob erinnerte er sich an den kurzen Weg, der zu jener Stelle geführt hatte, wo sie Rudolf aufgefunden hatten. Zwischen den Mauerresten und Balken trat immer wieder der Schein des aufsteigenden Monds hervor, der sein orangerotes Blutkleid abgelegt hatte und nun heller erstrahlte. Das kam Adler zupass, um seinen Weg zwischen den Trümmern zu finden. Zugleich musste er dafür sorgen, selbst unsichtbar im Schatten zu bleiben.

Immer wieder verharrte Adler und lauschte. Vielleicht

hatte sich ja auch nur jemand für die Nacht einen Unterschlupf in der Ruine gesucht? Trotzdem blieb Adler weiter vorsichtig. Atmete flach. Horchte in die Nacht. Nichts. Immer dichter kam er der Stelle, an der Rudolf gehangen hatte. Unwillkürlich duckte er sich, während er voranschlich. Möglichst unsichtbar bleiben, für wen auch immer. Er konnte nur hoffen, dass er bei seinem polternden Sturz nicht zu sehr die Aufmerksamkeit auf sich gezogen hatte.

In diesem Moment stockte Adler der Atem. Hinter einem Mauervorsprung erkannte er einen reglosen Körper auf dem Boden liegen. Im hellen Mondlicht schimmerte der zerfetzte Unterleib. Adler musste sich entscheiden. Sollte er in seinem Versteck und damit in Sicherheit bleiben? Oder sollte er voranstürmen und versuchen zu helfen? Sofern überhaupt noch etwas zu retten war. Adler kniff die Augen zusammen. Es war niemand außer ihm zu sehen.

Dann los, dachte er.

Er machte zwei, drei große Schritte. Dann stand er unter dem offenen Dach. Das Mondlicht leuchtete die Szenerie hell aus. Vor ihm lag eine Frau, ein Bett aus Haaren umspielte ihren Kopf. Adler ließ alle Vorsicht fahren und kniete neben ihr nieder. Es schien ihm, als würde ein schwaches Beben durch den Körper fahren. Lebte sie noch? Mit seiner verletzten Hand riss er sich das Hemd vom Körper und knüllte es zusammen, in dem er es sich unter dem Kinn einklemmte. Geschwind überdachte er die Situation: Das Opfer war wohl im selben Alter wie Eva Schreiber. Aus ihren weit geöffneten Augen starrte sie ihn an. Fassungslos. Ungläubig. Als wolle sie ihn fragen, was gerade mit ihr geschehe. Sie lebte. Noch. Still quoll das Blut aus ihrem aufgeschlitzten Bauch. Adler drückte sein Hemd kräftig auf die Wunde. Sie stöhnte vor Schmerz auf.

»Ganz ruhig. Atmen Sie weiter.«

Wie konnte er die Blutung stoppen? Er wusste, dass jede Sekunde zählte, und fürchtete zugleich, dass seine Hilfe zu spät kam. Adler verfluchte sich dafür, nicht mit einer zweiten Hand besser drücken zu können. Verfluchte sich dafür, dass er nichts anderes besaß, um den Blutfluss zu stoppen. Dass er in diesem Moment nicht wenigstens auch die Hand der jungen Frau halten konnte.

»Ganz ruhig«, wiederholte er hilflos.

Dann brüllte er aus Leibeskräften um Hilfe. Vielleicht hatten sie ja Glück? Vielleicht würde jemand seine Schreie hören? Die Rotarmisten am Schloss und im Städtchen. Die junge Frau zuckte. Sie verdrehte die Augen, in ihr Gesicht stand der Schmerz geschrieben.

»Bleib bei mir, bleib hier«, flüsterte er ihr zu.

Vor ihm lag Charlotte. Blutend. Leidend. Im Todeskampf.

»Bleib bei mir, bitte.«

Immer noch drückte Adler auf die Wunde. Inzwischen war sein Hemd vom Blut der Frau durchtränkt, das sich nun auch über seine Hand ergoss. Er spürte, dass er einen aussichtslosen Kampf kämpfte, doch er führte ihn fort. Die Frau gab einen zischenden Laut von sich.

»Was sagen Sie?«, fragte er.

Adler beugte sich vor. Hielt sein Ohr dicht an ihren Mund. Doch sosehr er sich bemühte, er vermochte nicht zu verstehen, was sie ihm sagen wollte.

Plötzlich vernahm er Charlottes Stimme.

»Bleib bei mir, Hans.«

Wieder durchfuhr den Körper vor ihm ein Zucken. Gerade wollte Adler erneut um Hilfe rufen, als er im Augenwinkel eine Bewegung wahrzunehmen meinte.

Gott sei Dank.

Man hatte ihn gehört.

Sie würde es vielleicht schaffen, er war gerade noch rechtzeitig gekommen. Ein Gefühl des Glücks durchströmte ihn. Charlotte hatte er nicht helfen können. Damals war er Hunderte von Kilometern entfernt gewesen, als sie unter den Trümmern ihres Hauses starb. Jetzt war alles anders.

»Alles wird gut werden«, ermutigte er die Frau. Er wandte sich zur Seite.

»Hierher«, brüllte er, so laut er konnte, dem Schatten zu.

Im selben Moment traf ihn ein heftiger Schlag am Kopf. Sein Griff um das Hemd lockerte sich. Adler stürzte, mit der Stirn voraus, auf den Körper der sterbenden Frau, und verlor das Bewusstsein.

13

Dass wir uns so schnell wiedersehen würden, hatte ich nicht erwartet, Herr Kommissar«, sagte Professor Böhm. Der Arzt stand am Ende von Adlers Bett. Morgenfrisches Licht strömte in das Krankenzimmer. Busse wohnte der Visite bei und stand in einigem Abstand neben der Tür.

»Und, was macht der Kopf?«

Adler zuckte bei dem Versuch zusammen, seine Stirn kraus zu ziehen. Um seinen Schädel schlang sich ein Verband, seine Schulter schmerzte.

»Mein Schädel brummt.« Er seufzte.

»Dafür gibt es Aspirin. Sie hatten ziemliches Glück, mein Lieber. Es ist nichts gebrochen. Vermutlich haben Sie noch nicht mal eine ordentliche Gehirnerschütterung davongetragen. Ich vermute, dass Sie gerade in dem Moment Ihren Kopf gewendet haben, als Sie der Schlag getroffen hat. Glück im Unglück, sozusagen. Ihre Hand haben wir Ihnen auch ein bisschen sauber gemacht und verbunden. Ich dachte mir, die würden Sie gerne noch ein Weilchen behalten.«

»Danke, Herr Professor Böhm.«

»Danken Sie nicht mir. Danken Sie lieber Wachtmeister Ulitz. Er hat Sie gefunden.«

»Ulitz?«, fragte Adler überrascht. »So laut kann ich doch gar nicht um Hilfe gerufen haben, dass der mich in seiner Wache hätte hören können.«

»Nein, das nicht«, erklärte Böhm amüsiert. »Aber er lässt seine Leute seit dem Frauenmord regelmäßige Runden durch den Schlosspark drehen. Tag und Nacht. Offenbar in weiser Voraussicht.«

»Tatsächlich?«, fragte Adler. »Was ist mit der jungen Frau? Hat sie überlebt?«

»Tja«, setzte Böhm an und senkte den Blick. Mehr musste er nicht sagen. Sie hatte es also nicht geschafft. Es war vergebens gewesen. Adler schloss die Augen.

»Sie trifft keine Schuld, Herr Kommissar, glauben Sie mir. Trotz Ihrer Bemühungen hätte sie aufgrund der schweren inneren Verletzungen keine Chance gehabt, zu überleben.«

Die zweite Tote. Wieder im Schlosspark. Adler spürte, wie ein Zittern durch seinen Körper glitt. Und dieses Mal war klar, dass Rudolf Meister nicht der Täter gewesen sein konnte. Es war zum Verzweifeln.

»Weiß man, wer das Mädchen war?«

»Soweit ich erfahren habe, ja. Aber das wissen Ihre Kollegen besser. Ich schlage vor, Sie ruhen sich erst einmal richtig aus. Dann können Sie morgen wieder nach Hause.«

»Aber wieso denn erst morgen?«, protestierte Adler und versuchte, sich zu erheben. Doch unter einem stechenden Schmerz an Schulter und Kopf sackte er zurück.

»Deshalb. Busse, geben Sie dem Kommissar doch gleich noch mal ein Schmerzmittel.«

Adler ließ sich vorsichtig zurückgleiten.

»Draußen wartet übrigens Besuch für Sie.«

»Aha.« Langsam legte sich der Schwindel wieder, der Adler erfasst hatte.

»Aber vielleicht wollen Sie die Kollegin ja gar nicht sehen?«

Seine Kollegin? Ruth?, schoss es Adler durch den Kopf. In die Freude mischte sich Sorge. Wie kann das sein? War das nicht zu unvernünftig?

»Doch, doch, unbedingt«, beeilte er sich, zu antworten.

»Das dachte ich mir.« Böhm lächelte verschmitzt. »Also, Busse. Beste Verpflegung für unseren Ehrengast.«

Doch nicht Ruth von Dedowsky betrat das Krankenzimmer, wie Adler erwartet hatte, sondern Karin Fischer. Enttäuscht war Adler trotzdem nicht.

»Meine Güte, Hans. Was machst du denn für Sachen?«

»Tja«, antwortete er schwach.

»Tut es sehr weh?«

»Hm, ein bisschen.«

»Aha«, sagte Fischer und schaute ihn zweifelnd an.

»Schau, ich hab dir ein frisches Hemd mitgebracht. Deines …«, sie stockte. »Ich hoffe, es passt dir.«

»Klingeln Sie einfach, wenn Sie etwas brauchen, Herr Kommissar«, sagte Busse, nachdem er ihm ein Glas Wasser und ein Aspirin gereicht hatte.

»Vielen Dank, Herr Busse. Ich bin gut versorgt.«

Fischer schaute Busse hinterher und wartete, bis die Tür geschlossen war. Dann umrundete sie das Bett, setzte sich an Adlers rechte Seite und griff vorsichtig nach seiner verbundenen Hand. »Wie gut, dass dir nichts Schlimmeres passiert ist, Hans.«

»Ich scheine Glück gehabt zu haben, meint Böhm.«

»Allerdings. Er hat mir kurz geschildert, was los ist. In ein paar Tagen bist du wieder quietschfidel.«

Vorsichtig schob sich Adler im Bett hoch, damit er sitzen konnte.

»Brummt nur ein bisschen im Schädel.«

»Das geht wieder weg.«

»Natürlich.«

»Hast du erkannt, wer dich geschlagen hat?«

Adler wollte schon seinen Kopf schütteln, doch er hielt gerade noch rechtzeitig inne. »Nein. Keine Ahnung. Im Augenwinkel habe ich einen Schatten wahrgenommen. Ich dachte, es käme Hilfe … und dann … Buff … wurde mir schwarz vor Augen.«

»Ein Glück, dass Wachtmeister Ulitz' Leute dich gefunden haben.«

»Ja, das hat mir Böhm erzählt. Gute Idee von Ulitz, den Tatort im Blick zu behalten. Daran hatte ich selber gar nicht gedacht«, bekannte er kleinlaut.

»Es reicht ja aus, wenn einer daran gedacht hat«, beschwichtigte Fischer. Beruhigend strich sie mit der anderen Hand über Adlers Handrücken. »Hans …«, sagte sie mit belegter Stimme.

Schlagartig wurde Adler mulmig zu Mute. Er befürchtete ein Geständnis. Wurde ihr die Nähe, die in den letzten Tagen und Wochen zwischen ihnen entstanden war, zu viel? Oder gab es jemand anderen in ihrem Leben, von dem er nichts wusste?

»Ja?«, fragte er mit belegter Stimme.

»Ich muss dir etwas gestehen …«

Also tatsächlich. Adler schluckte. »Nur zu«, forderte er sie sachlich auf.

»Aber, du darfst mir bitte, bitte nicht böse sein.«

»Habe ich denn einen Grund dafür?«

»Nein. Oder doch? Ich weiß nicht.«

Adler nahm seinen ganzen Mut zusammen. »Wie wäre es, wenn du mir einfach erzählst, worum es geht?«

»Du erinnerst dich, dass ich neulich zu spät zur Ausstellungseröffnung von Tantchen kam, als du schon wieder fort warst.«

»Ja, ich hatte mich schon gewundert, wo du bleibst.«

Fischer schaute ihn verlegen an. »Ich habe dich angeschwindelt. Ich war gar nicht mehr bei der Arbeit in der Charité.«

Adlers Herz rutsche immer tiefer. Er schwieg.

»Ich habe … mich … umgesehen.«

»Umgesehen?«, rief Adler überrascht.

Karin Fischer holte tief Luft. »Ich bin nach Pankow rausgefahren. Und habe mir die Ruine angeschaut.«

Adler war erleichtert. Und zugleich erschrocken. »Du hast was gemacht?«

»Ich hatte das Gefühl, ich müsse mir den Tatort anschauen, an dem Eva Schreiber umgebracht wurde.«

»Und warum dachtest du das?«

»Weil etwas seltsam ist.«

»Und was?«, fragte Adler geduldig nach. Inzwischen war seine innere Ruhe zurückgekehrt. Fischers Geständnis hatte nichts mit ihm zu tun. Immerhin.

Wenn du Raade wärst, dann würde ich dir jetzt empfehlen, nicht so herumzustottern, sondern mir hintereinanderweg zu erzählen, was du mir sagen willst, dachte Adler leicht amüsiert. Doch Karin Fischer war nicht seine Kollegin. Sie war … Ja was war sie eigentlich? Lächelnd wartete er ab, was sie zu sagen hatte.

»Es ist mir ein bisschen unangenehm, denn es ist mir erst nach der Obduktion klar geworden. Eigentlich sah zunächst alles nach einem Mord im Affekt aus. Der Mörder sticht mit äußerster Wut auf sein Opfer ein und tötet es.«

»So sieht es aus.«

»Eben nicht«, widersprach sie.

»Was meinst du damit?«

»Die Stiche waren nicht zufällig gesetzt, wie man es vermuten würde, wenn jemand in ohnmächtiger Wut zusticht. Im Gegenteil. Sie waren sehr präzise platziert, mit Wissen um die Anatomie eines Menschen.« Fischer zögerte. »Mit mehr als Grundkenntnissen. Hier wollte jemand einen anderen Menschen nicht nur verletzen, sondern töten, und zwar genau so.«

»Klingt grausam.«

»Einen Menschen zu töten, ist immer grausam. Es ist mit das Grausamste, was es gibt. Es ist gegen jeden Anstand, gegen jede Menschlichkeit.«

Fischer hielt inne. Sie strich mechanisch weiter über Adlers Hand.

»Aber ich meine etwas anderes. Der Mörder hat medizinische Schnitte gesetzt. So, wie sie etwa ein Chirurg vorgenommen hätte.«

Adler schaute besorgt zu Karin Fischer. »Und deshalb hast du dich selbst in Gefahr begeben, um den Tatort zu untersuchen? Karin, du bist keine Polizistin. Du bist Ärztin, und zwar eine sehr gute.«

»Danke, aber, da lag der nächste Widerspruch für mich.«

»Ich verstehe nicht, was du meinst?«

»Dieser präzise, geradezu chirurgische Schnitt fand an einem Ort statt, der ganz genau das Gegenteil ist. Kein Operationssaal, sondern eine Ruine. Ein Ort, an dem absolut nichts medizinisch ist, nichts hygienisch.«

Adlers schmerzender Kopf rotierte. Er war verwirrt. Hätte er Rudolf retten können, wenn er früher gewusst hätte, dass der Täter vermutlich eine medizinische Vorbildung besaß?

»Und was bedeutet das?«, fragte er.

»Ich habe keine Ahnung«, flüsterte sie. »Ich fand es nur … seltsam … und ich wollte, dass du weißt, dass ich das seltsam finde.«

»Danke.« Adler lächelte. Seine Befürchtungen hatten sich in Windeseile zerstreut. »Aber du musst auf dich aufpassen, wenn du solche Alleingänge unternimmst. Bring dich bitte nicht in Gefahr. Der Täter läuft noch frei herum.«

»Ich weiß«, setzte Fischer erneut an. »Aber das ist immer noch nicht alles.«

»Was denn noch?«

»Beim zweiten Mord ist der Täter wieder ganz genauso vorgegangen wie beim ersten. Die Führung des Messers, der Druck, alles erscheint wie eine Kopie des ersten Mordes.« Sie atmete schwer. »Bis hin zu der Tatsache, dass die junge Frau genau der gleiche Typ ist wie Eva Schreiber, in etwa gleichaltrig, schmaler, mädchenhaft zarter Körper, blonde Haare.«

»Machst du das Fenster ein wenig auf? Ich glaube, ich brauche jetzt frische Luft.«

Nicht nur die Sommerluft tat Adler gut. Auch die Geräusche der Stadt. Das leichte Säuseln des Windes, das Rattern der S-Bahn, die verwehten Stimmen. Das war sein Berlin. Trotz allem. Trotz Zerstörung, Krieg und Mord. Etwas hatte sich über die Zeit gerettet.

»Ich möchte, dass du in Zukunft vorsichtiger bist. Dass du keine Ermittlungen auf eigene Gefahr hin unternimmst. Versprichst du mir das?«

»Aber das war völlig ungefährlich«, beharrte Fischer.

»Das sehe ich anders. Aber was denkst du denn, was deine Erkenntnisse für die Ermittlungen bedeuten?«

»Das musst natürlich du klären, aber wenn du mich schon fragst, dann denke ich, dass wir einen medizinisch bewanderten Mörder suchen.«

»Wir?«, fragte Adler lächelnd.

Karin Fischer strich wieder über seine Hand. »Natürlich, wir. Wer sonst?« Dann fuhr sie ernsthafter fort. »Wir suchen einen Serientäter. Jemand, der sehr systematisch vorgeht.« Sie dachte nach und schaute aus dem Fenster. »Mehr als systematisch. Geradezu pedantisch.«

»Einen Mann?«

»Unbedingt. Ich kann mir keine Frau vorstellen, die so mordet.«

»Kannst du nicht oder willst du nicht?«

»Beides«, antwortete sie, ohne zu zögern, »aber ich halte es auch für ausgeschlossen.«

»Gut. Nehmen wir an, der Täter ist ein Mann. Vermutlich hast du damit recht. Ist er krank?«

Sie nickte. »Darauf deutet einiges hin. Es waren keine Morde im Affekt.«

Es klopfte an der Tür.

»Herein.«

Busse brachte ein Tablett mit einem Teller Brühe.

»Danke. Stellen Sie es mir auf den Tisch?«

»Sehr gerne, Herr Kommissar. Aber denken Sie daran, dass Sie Ruhe brauchen«, sagte er mahnend, mehr an Fischer gewandt.

»Danke, Herr Busse. Ich bleibe nicht mehr so lange. Dann kann sich Kommissar Adler auch wieder ausruhen«, sagte Fischer beschwichtigend. Sobald die Tür wieder geschlossen war, fuhr sie fort. »Die Morde waren vielleicht nicht geplant. Aber sie waren auch nicht zufällig. Sie besitzen etwas Zwanghaftes. Der Tatort. Die Tatwaffe. Der Modus Operandi …«

»Frau Kriminalkommissarin Fischer, Sie machen mir Angst«, bemerkte Alder halb im Scherz.

»Warum? Liege ich so sehr daneben?«

»Im Gegenteil. Wenn es stimmt, was du sagst, wird unser Täter erneut morden. Und zwar sehr bald, fürchte ich.«

14

Geht es Ihnen besser?«

Während es draußen langsam dämmerte und sich die Hitze legte, schaute Busse noch ein letztes Mal in Adlers Krankenzimmer vorbei. Nach dem Gespräch mit Karin Fischer hatte sich Adler mühsam aufgequält und am Tisch seine Suppe gelöffelt. Danach hatte er sich schnell wieder hingelegt. Erschöpft war er sofort eingeschlafen. Vielleicht war es wirklich gut, für diese Nacht noch im Universitätsklinikum zu bleiben, auch wenn ihn der Krankenhausgeruch an die furchtbaren Wochen im bayrischen Lazarett erinnerte. Doch dieses Mal war es ja etwas anderes. Er würde das Krankenhaus so schnell wie möglich wieder verlassen können.

»Es geht mir schon viel besser«, antwortete Adler, »mein Kopf surrt nur noch etwas.«

»Benötigen Sie noch etwas zur Nacht?«

»Vielen Dank. Ich denke nicht.«

»Dann wünsche ich Ihnen gute Besserung. Schlafen Sie wohl.«

»Danke. Ach, was ich Sie die ganze Zeit fragen wollte: Sie waren doch neulich auch bei der Ausstellungseröffnung am Kurfürstendamm, Herr Busse.«

Busse zuckte zusammen. »Richtig«, antwortete er knapp.

»Mich würde interessieren, welche Arbeiten Ihnen besser gefallen haben? Eher die Fotografien oder die Malerei?«

»Das kann ich gar nicht so genau sagen, Herr Kommissar. Ich bin schließlich kein Kunstexperte«, antwortete er.

»Ich auch nicht. Und mir fällt das Urteil ebenso schwer wie Ihnen. Beides fand ich reizvoll auf seine Art. Und beides war auch bedrückend.«

»So geht es mir auch«, antwortete Busse nachdenklich. »Bedrückend. Ja, das trifft es recht gut, denke ich.« Busse rieb sich die Hände, auf der Suche nach den passenden Worten. »Für mich enthüllt sich in der Kunst die wahre Natur der Gegenwart. Sie ist das, was wirklich existiert. Alles, was nicht Kunst ist, existiert auch nicht.«

Adler staunte, solche Gedankengänge hatte er von Busse nicht erwartet.

»Die Kunst enthüllt die wahre Natur der Gegenwart«, präzisierte er und lächelte verlegen. »Ich sollte Sie nicht mit meinen unmaßgeblichen Gedanken behelligen.«

»Aber keineswegs, ich bitte Sie. Sie haben vollkommen recht. Ihr Satz gilt für die Fotos von Frau Taenzer ebenso wie für die Bilder von Herrn Heldt. In ihnen wird die wahre Natur der Gegenwart sichtbar. Unserer Gegenwart. Es sind Dinge, die uns umgeben und die wir täglich sehen und eben doch nicht sehen. Wir erkennen sie erst durch die Kunst.«

Busse lächelte zustimmend. »Kaum sind die Fotografien angefertigt, sind die Bilder gemalt, dann gehören sie uns schon gar nicht mehr. Dann gehören sie der Welt.«

»Und jeder von uns versteht sie ein wenig anders«, ergänzte Adler.

»So ist es wohl.« Busse trat an das Fenster. Der fahle Dämmerschein beleuchtete sein nachdenkliches Gesicht. »Die Kunst ist überall. Erst durch die Verwandlung in Kunst wird die Gegenwart für mich überhaupt erträglich.« Busses Stimme glich jetzt einem Flüstern. »Manchmal erfüllt mich geradezu ein Ekel vor der Gegenwart. Dabei ist alles, was uns umgibt, immer Gegenwart. Selbst das, was bereits geschehen ist, bleibt in uns gegenwärtig. Alles. Dagegen können wir nichts ausrichten. So viel Kunst kann in diesen Zeiten gar nicht entstehen, um alle Formen der Gegenwart zu verwandeln und Neues zu enthüllen. Um endlich diesen Ekel zu bezwingen.«

Adler schaute mitfühlend zu Busse. Er ahnte, dass der Mann in den vergangenen Jahren im Universitätsklinikum vieles erlebt haben musste, das die Grenze des Ertragbaren überschritt. Vielleicht auch an der Front, so wie er selbst. Immer wieder flammte auch bei Adler der Ekel vor dem Erlebten auf, der zugleich einem Ekel vor sich selbst gleichkam. Der Welt. Unter seiner ruhigen Hülle rang Busse offenbar mit dem, was ihm widerfahren war. So wie Simone Taenzer und Werner Heldt. Glücklich konnten sich all diejenigen schätzen, denen die Kunst ein Ventil bot, um ihren Geist zu klären, sich an ihrer Geschichte und der Gegenwart abzuarbeiten.

War es das, was Künstler wie Kriee und Dix antrieb?

Busse wandte sich zum Gehen.

»Gute Nacht, Herr Busse. Haben Sie vielen Dank.«

»Gute Nacht, Herr Kommissar.«

»Sie sehen ja wild aus, mein lieber Adler.«

Eine frische weiße Binde um den Kopf, die Hand ebenfalls verbunden, gab Adler dabei keinen sonderlich frischen Eindruck ab. »Ich sehe nicht nur wild aus, Herr Polizeivizepräsident. In meinem Kopf geht es gerade ziemlich wild umher.«

Stumm zog die Stirn kraus. »Dann sollten Sie sich lieber noch ein paar Tage ausruhen, Adler. Raade macht das schon.«

Adler winkte ab. »Ist er denn schon wieder gesund? Wie ist überhaupt der Stand der Ermittlungen?«

»So lange waren sie nun auch wieder nicht außer Gefecht

gesetzt, als dass sich Entscheidendes ereignet hätte. Zumindest was die Suche nach unserem Täter betrifft, sind wir nicht weitergekommen.«

»Immerhin wissen wir, dass es nicht Rudolf Meister gewesen sein kann«, stieß Adler zynisch hervor. »Und beim ersten Mord war er wohl ebenfalls unschuldig.«

»Wahrscheinlich«, antwortete Stumm betroffen.

Für einen Augenblick schwiegen die Männer. Sie hatten versagt. Beide.

»Wie beurteilt Markgraf die veränderte Lage?«

»Was soll er schon sagen? Er schweigt und wartet ab.«

Adler spürte, wie der Zorn in ihm aufwallte. Schon morgens, auf dem kurzen Weg vom Klinikum in der Ziegelstraße ins Präsidium, hatte er darüber nachgedacht, wie er sich angesichts des zweiten Mordes gegenüber Raskow und Markgraf verhalten sollte. Jeder Vorwurf würde an den beiden abprallen. Ebenso wenig würden sie sich für ihren Fehler entschuldigen. Sie würden zur Tagesordnung übergehen. Ihr Handeln würde folgenlos bleiben. Es war zum Aus-der-Haut-Fahren.

»Und nun?«, fragte Adler in die Stille.

»Nun fangen unsere Ermittlungen von vorne an. Aber das ahnten wir ja wohl, dass es dazu kommen würde. Es hilft alles nichts. Wir müssen versuchen, uns von dem, was mit Rudolf Meister und seiner Mutter geschehen ist, so weit wie möglich frei zu machen.«

Adler deutete ein Nicken an. Bloß den Kopf nicht zu doll bewegen. Stumm hatte recht. Und er lag zugleich völlig falsch. Natürlich mussten sie das vorschnelle Urteil von Markgraf und Raskow beiseiteschieben, doch was bereits passiert war, würde fortwirken. Die Schatten der Vergangenheit waren lang. Adler musste an den Spandauer Konvoi der verurteilten Nazischergen denken. Nur weil man sie als

Kriegsverbrecher verurteilt hatte, waren nicht alle anderen von Schuld freigewaschen, die ihren Befehlen willig gefolgt waren. Die alte Schuld lebte fort, auch wenn sich frisches Unrecht über ihr anhäufte.

»Für Raskow ist der Fall übrigens schon wieder glasklar«, erklärte Stumm.

»Tatsächlich?«, fragte Adler erschrocken.

»Sie erinnern sich an den Hauswart bei den Meisters?«

»Müller?«

»Genau der. Raskow hat ihn zum Verhör in die russische Kommandantur in Pankow bringen lassen.«

»Aus welchem Grund denn?«

»Er soll eine Beziehung zu Frau Meister unterhalten haben.«

Müller war Adler herzlich unsympathisch. Aber dass er der Täter war, erschien ihm unwahrscheinlich. »Ja und? Das soll vorkommen.«

»Raskow vermutet, dass es sich bei Müller um ein perverses Subjekt handelt, hat Markgraf berichtet. Einen gefährlichen Triebtäter. Was meinen Sie, Adler?«

Adler schilderte seine Vermutung, dass Müller die Notlage von Frau Meister schamlos ausgenutzt hatte. Von seinen Überlegungen zu Raskow aber schwieg er gegenüber Stumm. Es war auffällig, wie eifrig Raskow erneut darum bemüht war, schnell einen Täter zu präsentieren, um den Fall umgehend zu den Akten legen zu können. Nach dem Desaster mit Rudolf standen allerdings Adlers Chancen dieses Mal besser, vorschnelle Aktionen zu unterbinden, ob er Müller nun mochte oder nicht. Solange dessen Schuld nicht zweifelsfrei erwiesen war, hatte er als unschuldig zu gelten. Raskow hin. Markgraf her.

»Glauben Sie denn, dass Müller ein Serienmörder und Triebtäter ist?«, fragte Adler den Polizeivizepräsidenten.

»Beide jungen Frauen wurden nicht vergewaltigt«, stellte Stumm lapidar fest. »Passt das zu einem perversen Triebtäter? Nein. Da spielt etwas anderes mit.«

Adler war der gleichen Ansicht wie Stumm. »Was wissen wir bisher über das zweite Opfer?«, fragte er.

»Nicht sehr viel. Ihr Name lautet Elke Wegener. Ulitz hat gestern mit ihren Eltern gesprochen. Sie sind völlig am Ende. Verständlich. Auffällig ist, dass die Familie wie bei Eva Schreiber nicht in Pankow lebt, sondern am anderen Ende der Stadt. In Steglitz.«

»Das kann auch ein Zufall sein. Weiß man, wieso Fräulein Wegener sich in Pankow aufhielt?«

»Bisher leider nicht.«

Adler spürte den leichten Schwindel, der vom Schlag auf seinen Kopf zurückgeblieben war. Auch sein Nacken schmerzte weiterhin. Sosehr er sich bemühte, es fiel ihm schwer, sich länger zu konzentrieren. Mit knappen Worten schilderte er daher dem Polizeivizepräsidenten Fischers Beobachtungen.

»Medizinische Schnitte«, wiederholte Stumm nachdenklich. »Vielleicht sollten Sie mal wieder mit Ihrem Freund Wellhausen sprechen.«

»Wieso? Benötigt die Berliner Polizei denn Hilfe?«

Anstelle einer Antwort hielt Stumm Adler den *Tagesspiegel* entgegen.

Pankower Schlitzer sticht erneut zu, las er. Auch das noch.

»Ich werde sehen, was sich machen lässt.«

Nachdenklich verabschiedeten sich die Männer. Der warme Sommertag konnte ihre Sorgen nicht lindern, und ohne es auszusprechen, befürchteten beide das Gleiche. Der »Pankower Schlitzer« konnte schon sehr bald erneut zustechen.

15

Mit rot unterlaufenen Augen wartete Raade in Adlers Büro.

»Sie sehen ja fürchterlich aus«, begrüßte Adler den Inspektorenanwärter.

Raade lachte auf. »Das sagt genau der Richtige!«

Dann drehte er sich zur Seite und nieste in sein Taschentuch.

»Gehören Sie nicht besser ins Bett?«, fragte Adler.

»Kann es sein, dass Sie *beide* eher ins Bett gehören?«, fragte Rita mit vorwurfsvollem Ton. Die angeschlagenen Männer gaben kein ermutigendes Bild ab.

»Mag sein, Rita«, antwortete Adler. »Aber ich kann jetzt nicht Däumchen drehen und warten, bis der Schlitzer wieder zusticht.«

Rita blickte angewidert auf. »Der Schlitzer. Wie das klingt. Das ist ein ekelhafter Frauenmörder!«

Betroffen schaute Adler zu seiner Sekretärin. »Das stimmt. Und gerade deshalb sind wir gefordert. Haben Sie heute in den *Tagesspiegel* geschaut?«

Rita verneinte.

»Als ›Pankower Schlitzer‹ wird unser Täter dort bezeichnet.«

»Als wäre er ein Metzger.«

»Genug jetzt.« Adlers Kopf begann zu dröhnen. »Wir gehen wie folgt vor. Raade, Sie unterhalten sich mit den Eltern von Fräulein Wegener. Ich schaue mir die Lage in Pankow an.«

Raade machte große Augen. »Wäre es nicht besser, wenn Sie mit den Eltern … Oder wir gemeinsam …«

»Nehmen Sie Kunert mit. Der Wachtmeister wird schon die richtigen Worte finden«, unterbrach ihn Adler streng.

»Selbstverständlich«, gab Raade klein bei und wandte sich zum Gehen.

Rita schaute Adler missbilligend an.

Er verstand Raades Unbehagen, doch er wollte sich möglichst bald den Tatort erneut anschauen. Vielleicht würde er sich an etwas erinnern, was er kurz vor dem Schlag wahrgenommen hatte, solange das Erlebte noch frisch war. Außerdem konnte er dann Schloss Schönhausen besser erkunden. Andererseits hatte Raade vollkommen recht. Adler sollte selbst mit den Eltern von Fräulein Wegener sprechen.

In seinem Kopf polterten die Gedanken herum. Er musste aufpassen, dass er in seinem Zustand keine übereilten Entscheidungen traf. Zugleich spürte er den Druck, Raskow ebenso zuvorkommen zu müssen wie dem Mörder. Doch das durfte nicht dazu führen, dass er nachlässig ermittelte.

»Warten Sie, Raade. Wir machen das anders. Wir werden beide gemeinsam zu Familie Wegener fahren. Aber vorher habe ich noch etwas zu erledigen. Besorgen Sie uns doch schon mal einen Wagen.«

Rita lächelte verstohlen. Adler nickte ihr zu, dankbar dafür, dass sie sich in das Gespräch der beiden angeschlagenen Männer eingemischt hatte.

»Machen Sie mir doch einmal eine Leitung zu Herrn Wellhausen vom *Tagesspiegel*.«

»Selbstverständlich, Kommissar Adler.«

Erschrocken hörte sich Erich Wellhausen Adlers Bericht über die Ereignisse in Pankow an. Adler filterte behutsam, was er dem Journalisten sagen wollte und was nicht. Dazu gehörte, dass er seine Vermutungen über Raskow und Müller erst einmal lieber für sich behielt.

»Und wie geht es dir jetzt?«, fragte Wellhausen besorgt.

»In meinem Kopf dröhnt es etwas. Aber das ist nichts gegen die Geräuschkulisse, die ihr gerade erzeugt.«

»Wie meinst du das, Hans?«

»Pankower Schlitzer! Was soll denn das? Wollt ihr die Leute völlig verunsichern?«

»Nach zwei Morden an jungen Frauen brauchen wir die Berliner nicht mehr zu verunsichern. Sie sind verunsichert. Sie haben Angst.«

»Und die Angst geht zurück, wenn von einem Schlitzer gesprochen wird? Geht das nicht etwas sachlicher?«

Erich reagierte unwirsch. »Hans, das hatten wir doch schon. Die Berliner Polizei hat sich nicht in unsere Arbeit einzumischen. Wir sind Vertreter einer freien Presse.«

»Soweit es euch die Alliierten erlauben.«

»Was willst du damit sagen?«

»Dass ich einfach nur nachfrage, ob ihr euch nicht einer weniger reißerischen Wortwahl bei eurer Berichterstattung bedienen könntet. Im Interesse aller.«

Wellhausen schnaufte. »Wie wäre es, wenn du deine Arbeit machst und wir unsere? Wenn ihr den Schlitzer festnehmt, müssen wir nicht vor weiteren Morden warnen.«

»Ich sehe schon, wir kommen heute nicht zusammen, Erich.«

»Nicht in diesem Punkt. Eine Einmischung der Exekutive in unsere Arbeit ist inakzeptabel. Das hatten wir zwölf Jahre lang. Und die Folgen waren verheerend.«

Adler schüttelte den Kopf. Es hatte offensichtlich keinen Zweck. »Natürlich waren sie das. Aber du weißt genau, dass es mir nicht darum geht, euch zu instrumentalisieren oder den Mund zu verbieten. Ich kann es nicht und ich wollte es auch gar nicht. Egal. Denk bitte einfach darüber nach.«

»Das werde ich. Und du solltest noch einmal sehr intensiv bei Montesquieu zur Frage der Gewaltenteilung nachlesen.«

»Vergaloppiere dich nicht«, sagte Adler mit Anspielung auf ihr letztes Treffen.

Nach dem unerfreulichen Telefonat verspürte Adler keinerlei Lust, ein weiteres unerquickliches Gespräch an diesem Morgen zu führen. Doch es half nichts. Er musste mit Markgraf über Raskow reden. Fast hoffte er, dass der Polizeipräsident keine Zeit für ihn habe, doch er wurde umgehend vorgelassen.

»Sie hatten nach dem Essen bei Genosse Grotewohl noch eine unangenehme Begegnung?« Markgraf schaute Adler herausfordernd an.

»So kann man es sagen.«

»Und Sie haben keine Ahnung, wer Ihnen das zugefügt hat?«

»Leider nein, Herr Polizeipräsident.«

»Zu schade. Mit ein bisschen Glück hätten wir dann den Täter schon. Genosse Grotewohl lässt Ihnen übrigens gute Besserung ausrichten. War sehr beeindruckt von Ihnen.«

»Vielen Dank, Herr Polizeipräsident.«

Adler zögerte. Es war wichtig, den richtigen Augenblick abzupassen, um Markgraf auf Raskow und den verhafteten Müller anzusprechen.

»Ich habe gehört, es gibt bereits einen Verdächtigen?«

Adler kam sich wie ein Feigling vor, weil er Markgraf nicht seine Meinung über das Schicksal von Rudolf sagte. Doch davon würde der Junge auch nicht wieder lebendig werden.

»Ja, ja«, antwortete Markgraf betont zerstreut. Das Thema schien ihm unangenehm zu sein. Adler beschloss, sich ahnungslos zu geben.

»Und, wer ist es?«

Markgraf musterte ihn abschätzend. Wusste Adler das wirklich noch nicht?

»Leutnant Raskow hat mir mitgeteilt, dass er während Ihrer verletzungsbedingten Abwesenheit den Hauswart Müller vorgeladen hat. Er steht im Verdacht, ein unsittliches Verhältnis mit der verstorbenen Frau Meister unterhalten zu haben. Bei Müller kommt alles zusammen, was in das Bild eines Triebtäters passt, der für die schrecklichen Morde an den beiden jungen Frau verantwortlich ist. Er bleibt bis auf Weiteres im Gewahrsam der Roten Armee.«

Markgrafs Stimme war während seiner Ausführung merklich angeschwollen.

»Aber Frau Meister hat er doch nicht umgebracht?«, fragte Adler scheinheilig.

»Was wollen Sie, Adler?« Markgraf verlor die Contenance. »Die Vertreter der SMAD sind dabei, die Berliner Polizei nach Kräften zu unterstützen, um diesen Fall im Interesse aller Berliner unverzüglich zu lösen. Und Sie? Sie spielen hier Spielchen mit mir oder was?«, herrschte ihn Markgraf an.

Adler verkniff sich die Frage, ob man mit Rudolf Meister auch nur Spielchen getrieben habe.

»Natürlich beabsichtige ich nicht irgendwelche Spielchen, Herr Polizeipräsident. Aber es ist meine dienstliche Pflicht, jeden möglichen Aspekt im Umfeld der Mordfälle angemessen zu beleuchten«, erklärte Adler devot.

»Na, dann können Sie sich einmal mehr glücklich schätzen, dass Sie mit Leutnant Raskow eine so fleißige und erfolgreiche Unterstützung haben.«

»Gewiss. Und wann kann ich mit Herrn Müller sprechen? Und wo?«

Markgraf kramte auf seinem Schreibtisch umher, als suche er etwas.

»Das wird im Augenblick nicht notwendig sein, Müller ist bei der SMAD bestens aufgehoben. Sobald im Verlauf der Ermittlungen Bedarf besteht, werden Sie hinzugezogen.«

Erneut verkniff sich Adler eine Frage, ob die Sowjets nun endgültig die Arbeit der Berliner Polizei übernommen hätten. Obwohl: Für den Moment würde ihm das sogar sehr entgegenkommen. Dann hätte er sich mit seinem brummenden Schädel nämlich schnurstracks in seine Laube begeben und hingelegt.

»Haben Sie in Sachen des Schlosses Schönhausen nähere Erkenntnisse erlangt?«, setzte Adler erneut an.

»Was für Erkenntnisse sollten das sein?« Markgraf schaute ihn verwundert an.

»Sie entsinnen sich unseres Gesprächs mit dem Genossen Grotewohl? Es geht um die Kunstwerke, die die Nazis dort eingelagert hatten.«

»Ach so«, brummte Markgraf. »Nein, keine Ahnung. Was geht mich diese faschistische Bande an. Was soll mit den Bildern sein?«

»Ich weiß es nicht. Ich bin mir ja nicht einmal sicher, ob noch Kunstwerke im Schloss verblieben sind.«

»Dann fragen Sie halt nach. Und ansonsten machen Sie Ihre Arbeit, Adler. Und zwar, ohne dass Sie die Arbeit des Genossen Leutnant Raskow stören.«

Was das Schloss und die dort verwahrte Kunst betraf, schien Markgraf weder etwas zu wissen noch eigene Interessen zu verfolgen. Allerdings konnte Adler es nicht unterlassen, noch eine Bemerkung nachzuschieben, ehe er Markgrafs Zimmer verließ.

»Bitte lassen Sie mich wissen, sobald ich Herrn Müller vernehmen kann.«

Markgraf blickte ihn mitleidig an. »Natürlich, Kommissar Adler. Ihnen gute Besserung.«

Vor dem Präsidium standen Raade und ein Fahrer, dieses Mal ging es nicht nach Norden. Statt nach Pankow fuhren sie nach Südwesten Richtung Steglitz, vorbei an Pferdefuhrwerken und Handkarren rollten sie die Straße Unter den Linden entlang. Von der friderizianischen Pracht der Allee war wenig übrig geblieben. Die Museen und Theater lagen in Trümmern oder waren zumindest schwer beschädigt. Einmal mehr regelte eine heftig wedelnde Rotarmistin vor dem Brandenburger Tor den Verkehr, als herrsche hier ein Betrieb wie am Piccadilly Circus. Sie passierten die Ministergärten und die Ruinen von Haus Vaterland und des Potsdamer Bahnhofs. Dann schwenkte der Fahrer in Richtung Potsdamer Straße ein. Schwer atmend dachte Adler an den vergangenen Winter und den toten Jungen im Landwehrkanal. Staubig grau und ohne jedes Grün reihten sich die Reste der Häuser auf der »Potse« aneinander. Berlins ehemalige Amüsiermeile war nur noch ein Torso. Wie anders sah es dagegen am anderen Ende der Straßenachse in der Steglitzer Schlossstraße aus. Den fast unbeschädigten Titaniapalast, in dem die Berliner Philharmoniker unter Sergio Celibidache und Wilhelm Furtwängler ihre neue Heimstatt gefunden hatten, ließen sie rechts liegen. Im Mai hatte Furtwängler erstmals seit dem Krieg wieder *seine* Philharmoniker dirigieren dürfen. Was für ein Erlebnis. *Tout Berlin* hatte über seine Interpretation von Beethovens Fünfter gesprochen. Adler hatte versucht, für Karin Fischer und sich Karten zu ergattern. Vergebens. Vor dem kleinen *Schlossparktheater* am Wrangelschlösschen bogen sie rechts ab. Ein Plakat warb für das jüngste Stück, das dort gespielt wurde: *Drei Mann auf einem Pferd*, mit der Knef in der Hauptrolle! Kein Wunder, dass auch dort jede Vorstellung ausverkauft war.

Hinter dem Theater wechselte die Bebauung von großbürgerlichen Wohnhäusern mit reich verzierten Stuckfassaden zu frei stehenden Villen. Auf dem Fichtenberg, einem Hügel, der mit berlinischer Großspurigkeit als »Berg« bezeichnet wurde, hielt der Fahrer neben dem großen Wasserturm. Schräg gegenüber wohnten die Wegeners. Eine Villa aus den späten Zwanzigerjahren, vermutete Adler. Nicht schlecht. Unwillkürlich musste er an Grotewohls Haus denken. Hätten die Russen sich anstatt im Osten im Westteil der Stadt festgesetzt, wer weiß, vielleicht hätten sie dann in dieser Umgebung ihr Wohnquartier aufgeschlagen. So ließen es sich die westlichen Alliierten in den Villen rund um den Grunewald gut gehen.

Noch bevor Adler klingeln konnte, öffnete ihnen Wegener die Haustür und begrüßte sie. Ende vierzig, volles blondes Haar, blaue Augen. Ein sportlicher Typ. Doch die eindrucksvolle Erscheinung wurde von einer Aura der Verzweiflung überschattet.

»Meine Frau lässt sich entschuldigen.«

»Selbstverständlich. Wir werden Sie auch nicht lange behelligen«, erklärte Adler, nachdem er sich und Raade vorgestellt hatte. »Mein Beileid.«

Wegener musterte ihn intensiv. »Ich kenne Sie, Kommissar Adler.«

Adler staunte. »Ach ja?«

Wegener deutete auf Adlers verlorenen Arm. »Hat man Sie aufgrund Ihrer Amputation in einem bayrischen Lazarett behandelt?«

Adler drohte schwindelig zu werden. Woher konnte Wegener das wissen?

»Wenn ich mich richtig erinnere, war da nicht mehr viel übrig, um amputiert zu werden«, versuchte er zu scherzen.

»So kann man es auch ausdrücken«, bestätigte er Adler.

»Haben Sie mich damals behandelt?«

»Kurzzeitig. Dann wurde ich wieder nach Berlin abberufen.«

»Es tut mir leid, Herr Doktor Wegener. Ich kann mich nicht mehr an Sie erinnern.«

»Verständlich, Herr Kommissar. Sie balancierten damals zwischen Leben und Tod. Wobei einige Tage lang nicht viel gefehlt hätte, dann wären Sie uns zur falschen Seite hin abgestürzt. Es herrschten furchtbare Zustände im Lazarett.« Wegener schloss die Augen. »Furchtbar«, wiederholte er.

»Dann vielen Dank, dass Sie mich gerettet haben. Allerdings muss ich gestehen, dass ich die Zeit und die Ärzte dort in keiner besonders guten Erinnerung habe.«

»Das wundert mich nicht. Aber kommen Sie doch erst einmal in den Salon.«

Wegener ging mit festen Schritten voran. Der Salon entpuppte sich als eine üppig bestückte Bibliothek. Erneut musste Adler an Grotewohl denken. Bewundernd schaute er sich um. Wegener nahm aus seinem Sakko ein silbernes Etui und bot den Polizisten eine Zigarette an. Als beide ablehnten, steckte er es zurück, ohne sich selbst eine anzuzünden.

»Ich kann es immer noch nicht begreifen«, sagte Wegener. Seine Stimme war leise geworden. »Ich funktioniere. Irgendwie. Wahrscheinlich unter Schock. Meine Frau hingegen ...«

»Es wäre für uns wichtig zu erfahren, warum sich Ihre Tochter in Pankow aufhielt.«

Wegener senkte den Kopf. »Ich zermartere mir darüber den Schädel.« Er lachte bitter auf. »Nicht so wie Sie, Kommissar. Sie waren bei ihr, als sie starb, nicht wahr? Sie haben noch versucht, sie zu retten, mit Ihrem Hemd auf der Wunde?«

»Leider vergebens.«

»Leider. Und trotzdem danke ich Ihnen allein dafür, dass Sie den Versuch unternommen haben. Dass Sie sich in Gefahr gebracht haben.« Wegeners Stimme brach beinahe. »Dass Elke nicht allein war, als sie starb.«

Die hohen Kastanien vor dem Haus sorgten dafür, dass ein flirrendes Sommerlicht durch die Bibliothek huschte. Wegener öffnete ein Fenster, um einen Augenblick Zeit zu gewinnen.

»Arbeiten Sie als Arzt an der Charité?«, versuchte Adler das Gespräch wieder in Gang zu bringen.

Wegener verneinte. »Ich bin leitender Chirurg im Martin-Luther-Krankenhaus. In Wilmersdorf.«

»Lassen Sie mich bitte noch einmal auf Ihre Tochter zurückkommen. Hat sie Freunde oder Bekannte in Pankow, die sie besucht haben könnte?«

»Nicht, dass ich wüsste. Wie gesagt, ich zermartere mir den Kopf, was sie dort wollte. Aber gut, die jungen Leute haben ihr eigenes Leben. Vielleicht war sie bei einer Kommilitonin.«

»Was hat Ihre Tochter studiert?«

Wegener lächelte verschmitzt. »Meine Frau und ich konnten Sie nicht davon abhalten, es mit Medizin zu versuchen.«

Raade und Adler wechselten einen unauffälligen Blick. Beide Opfer hatten also Medizin studiert. Ein Zufall? Oder steckte mehr dahinter?

»Ihre Gattin ist auch Medizinerin?«

»Kinderheilkunde«, bestätigte Wegener.

»Falls Ihnen etwas einfällt oder Sie von einer Freundin Ihrer Tochter etwas hören sollten, warum sie in Pankow war, dann lassen Sie es uns bitte umgehend wissen.«

Als sie den Salon verließen, blieb Adler kurz stehen und wendete sich zu den Regalen. Wegener, der seinen Blick bemerkt hatte, fragte: »Sie lesen gerne?«

»Gerne schon, aber bei Weitem nicht so viel, wie ich gerne würde.«

»Nehmen Sie sich die Zeit dafür. Lesen befreit den Geist.«

»Das ist ein guter Gedanke. Ich werde ihn beherzigen.«

Ruth von Dedowsky und ihre Leseleidenschaft ging ihm durch den Sinn. Die Bücherstapel, mit denen sie ihn versorgt hatte. Was Ruth jetzt wohl las? Und wo?

»Eine Kollegin hat mir erst kürzlich die Gedichte von Mascha Kaléko nahegebracht. Wunderbar. Und vor einiger Zeit habe ich eine Radtour zum Haus von Lion Feuchtwanger im Grunewald unternommen. Also dorthin, wo er wohnte, ehe er von den Nazis ins Exil getrieben wurde«, korrigierte sich Adler. Er winkte verlegen ab. Wieso ließ er sich in Gegenwart dieses Mannes in dieser unpassenden Situation zu dieser Plauderei hinreißen?

Wegener schaute ihn ernst an. Dann drehte er sich zum Regal, zog ein Buch mit gelbem Leineneinband heraus und drückte es Adler in die Hand. Lion Feuchtwanger. *Jud Süß*. Drei Masken Verlag.

»Haben Sie es gelesen?«

Adler verneinte. Vorsichtig schlug er die erste Seite auf. Mit gesenkter Stimme las er die Widmung auf dem Titelblatt: »Für Bernd. In Freundschaft, Lion, Berlin Juli 1926.«

»Na, dann sollten Sie es jetzt unbedingt lesen, Kommissar Adler. Ich schenke es Ihnen.« Wegener stockte. Ihm standen die Tränen in den Augen. »Und bitte finden Sie denjenigen, der unserer Tochter das angetan hat.«

»Das Buch kann ich auf keinen Fall annehmen, Herr Wegener.«

»Ich bestehe darauf. Sie hätten Hunderte Namen von

Schriftstellern nennen können, aber Sie haben Mascha Kaléko erwähnt und Lion.« Er versuchte zu lächeln. »Das ist gewiss kein Zufall. Sie machen mir eine Freude, wenn Sie es annehmen. Bitte.«

Adler legte das Buch ab, damit er Wegener die Hand reichen konnte.

»Ich kann Ihnen nicht versprechen, dass wir den Mörder ihrer Tochter finden. Aber ich verspreche Ihnen, dass ich alles daransetzen werde, ihn zu finden.«

Wegener nickte stumm, unfähig zu sprechen, und reichte Adler das Buch. Schweigend verließen Raade und er das Haus.

16

Die in sich gekehrte Stimmung begleitete die Männer noch im Auto. Unter dem grünen Blätterdach in Steglitz fuhren sie zurück Richtung Schlossstraße.

»Wo jeht et jetzt hin, Herr Kommissar?«, fragte der Fahrer unschlüssig. »Zurück in et Präsidium?«

Wegeners Geschenk vor sich auf den Beinen, nannte Adler ein anderes Ziel. »Schloss Schönhausen.«

»Ach du meene Jüte, det heest ja enmal durch die janze Stadt jurken. Und meine Stullen warten im Butterbrotpapier im Präsidium uf mir.«

Der Fahrer hatte recht. Etwas zu essen wäre nicht schlecht.

»Dann schlagen Sie den Bogen doch so, dass wir uns vorher kurz bei Konnopke stärken können«, schlug Adler vor.

»Dufte«, befand der Fahrer lapidar.

Sie fuhren denselben Weg zurück, den sie gekommen waren, und passierten dabei auch die Ruine des Reichstags, auf der die zerschossene Kuppel an den Endkampf um Berlin im Frühjahr 1945 erinnerte. Gerade einmal zwei Jahre war das her. Seltsam, wie nah und fern zugleich Adler diese Zeit erschien. Zufrieden, dass er Raade nicht allein zu den Wegeners hatte gehen lassen, nickte er kurz weg und schreckte erst wieder hoch, als der Wagen neben dem Imbiss in der Schönhauser anhielt. Sie bestellten jeder eine heiße Pferdewurst und ein Milchbrötchen. Mit der Mahlzeit kehrten Adlers Lebensgeister zurück. Sein Kopf begann wieder zu arbeiten. Beide Mordopfer hatten Medizin studiert. Beide hatten nicht im sowjetischen Sektor gewohnt. Bloße Zufälle? Adler wünschte sich, Ruth von Dedowsky wäre jetzt da. Mit ihren klugen Gedanken wären sie gewiss schon weiter in den Ermittlungen, als sie es jetzt waren. Außerdem vermisste er schmerzlich die Leberwurstbrote, die sie ihm gelegentlich spendiert hatte.

Nach dem Essen brauchten sie nur noch zehn Minuten, bis sie Schloss Schönhausen erreichten.

In der anschließenden halben Stunde hörten Adler und Raade an die hundertmal ein »Njet«. Mal energisch. Mal gelangweilt. Mal genervt. Doch in welchem Tonfall es ihnen auch von den wachhabenden Rotarmisten präsentiert wurde: Njet blieb Njet. Selbst das handschriftlich verfasste Empfehlungsschreiben, das Grotewohl Adler auf dessen Bitte hin mitgegeben hatte und ihm den Zugang zum Schloss öffnen sollte, beeindruckte die Rotarmisten nicht.

Doch Adler blieb hartnäckig, er hatte schließlich nichts anderes erwartet. Etwas sagte ihm, dass es nur eine Frage der Zeit war, bis er doch in das einstige preußische Schloss vordringen dürfte, das seit Kurzem als Schule für jene Kinder diente, deren Eltern während des Krieges in der Sowjetunion im Exil gelebt hatten. Und tatsächlich. Nach all dem beharrlichen Drängen näherte sich dem Schloss ein schwarzer Moskwitsch, aus dem Leutnant Raskow ausstieg. Mit großer Geste kam er auf Adler zu.

»Warum haben Sie mich denn nicht vorher wissen lassen, dass Sie das schöne Schloss besichtigen möchten?«

»Leutnant Raskow! Ich freue mich, Sie zu sehen«, begrüßte Adler den Rotarmisten leutselig und reichte ihm das Schreiben Otto Grotewohls.

»Der Genosse Grotewohl war so freundlich.«

»Ah, Grotewohl.« Raskow tat, als würde ihn der Name beeindrucken. »Was haben Sie nur mit Ihrem Kopf gemacht, Herr Kommissar?«

»Nicht der Rede wert. Ein kleiner Unfall«, antwortete Adler ausweichend, »gut, dass Sie uns unterstützen. Zusammen mit Inspektorenanwärter Raade untersuchen wir gerade das Umfeld der Tatorte.«

»Aber die furchtbaren Morde sind doch gar nicht hier im Schloss geschehen«, wandte Raskow ein.

»Wohl wahr. Aber wie Sie wissen, wurden die beiden jungen Frauen ganz in der Nähe in der Orangerie ermordet.«

Adler wies auf die nahe gelegene Ruine. Raskows Einwand war wenig überzeugend. So würde er sie nicht von einer Besichtigung des Schlosses abhalten können.

»Und nun vermuten Sie, dass einer der Schüler aus dem Schloss die beiden Frauen auf dem Gewissen hat?« Raskow gab seiner Stimme einen ironischen Unterton.

»Sie haben gewiss alle Schüler längst befragt, ob ihnen etwas aufgefallen ist.«

»Selbstverständlich. Leider ohne Ergebnis.«

»Das hätte ich auch nicht anders erwartet«, antwortete Adler zweideutig.

»Sie sehen, Ihr Besuch im Schloss ist ganz unnötig.«

»Sie haben sicherlich alles genauestens überprüft, Leutnant Raskow. Aber vier Augen sehen bekanntlich mehr als zwei.«

»Wie recht Sie haben! Deshalb hat mich mein Adjutant auch begleitet.« Er wies mit dem Kopf auf den jungen Burschen, der die ganze Zeit schweigend neben ihm gestanden hatte.

»Ihm ist ebenfalls nichts aufgefallen, was in Zusammenhang mit den Morden stehen könnte.«

»Konnten Sie denn mittlerweile den Hauswart der Meisters sprechen? Wie hieß er noch gleich? Müller? Hat er gestanden? In diesem Fall könnte die Berliner Polizei selbstverständlich die Ermittlungen sofort beenden.«

»Ich sehe, Sie sind bestens informiert, Herr Kommissar. Müller, richtig, so heißt das Subjekt. Wir vernehmen ihn noch.«

Der Großteil der Rotarmisten, die sie umstanden, verfolgte das Wortgefecht der beiden teilnahmslos. Vermutlich verstanden sie kein Wort. Der Adjutant Raskows allerdings sah ihnen aufmerksam zu.

»Darf ich Ihnen vorschlagen, dass wir gemeinsam das Schloss besichtigen? Wo Sie sich doch schon extra hierher begeben haben?«

Adler wandte sich an Raade, der ebenfalls die ganze Zeit geschwiegen hatte. »Inspektorenanwärter Raade würde sehr gerne einmal die Zedernstube des Schlosses wiedersehen. Wussten Sie, dass dort einmal ein Café eingerichtet gewesen war? Er war dort einmal zu Gast. Mit seinen Eltern.«

»Sie verbinden sentimentale Erinnerungen mit dem Schloss?«, wandte sich Leutnant Raskow an den Inspektorenanwärter. »In der guten alten Zeit? Als die faschistischen Naziverbrecher hier hausten?«

»Ich war noch ein Kind, damals«, stieß Raade mit stockend rauer Stimme hervor.

»Ah, ein unschuldiges Kind.«

Adler sah, wie es in Raskow arbeitete. Einerseits würde er wohl gerne über die Verantwortung der Jugend sprechen, sich gegen den Hitlerfaschismus aufzulehnen. Andererseits stand da der tote Rudolf im Hintergrund, den Raskow auf dem Gewissen hatte.

»Dann wird es Sie gewiss freuen, dass in dem Gebäude der imperialistischen Unterdrücker heute junge Menschen mit den Segnungen des Sozialismus und der Lehre des großen Führers der Sowjetunion Josef Stalin vertraut gemacht werden, um künftig allen faschistischen Verbrechern zu widerstehen.«

»Das würden wir zu gerne mit eigenen Augen erleben«, sagte Adler.

Raskow wandte sich an seinen Adjutanten und flüsterte ihm auf Russisch etwas zu, das Adler nicht verstand. Beide Rotarmisten schauten auf ihre Armbanduhren. Dann betrat der junge Mann mit schnellem Schritt das Schloss. Was immer es für Adler an verborgenen Dingen im Schloss zu entdecken gegeben hätte, er würde es nicht zu sehen bekommen. Nicht jetzt.

»Wir werden den Schulleiter bitten, uns auf unserem kleinen Rundgang zu begleiten, Kommissar Adler.«

Kurz darauf kehrte der Adjutant zurück, begleitet von einem Offizier. Fragend blickte er zu Raskow, doch der ging darauf nicht ein. Stattdessen wies er gebieterisch auf den Eingang. Der Formalien war offenbar Genüge getan. Adler und Raade hatten sich durchgesetzt. Sie durften das Schloss betreten. Ob es ihnen tatsächlich einen Erkenntnisgewinn bringen würde, stand allerdings in den Sternen.

Zügig passierten sie eine elegant geschwungene Rokokotreppe, doch die kleine Gruppe durchstreifte zunächst das Erdgeschoss. In den einstigen Wohnräumen der Königin Elisabeth Christine, die durch eine Enfilade verbunden waren, standen Tische und Schulbänke auf dem hellen Parkettboden mit seinen sternförmigen Intarsien. Die sorgsam restaurierten Stofftapeten erzeugten einen seltsamen Gegensatz zu der Schulnutzung des Schlosses. An manchen Wänden befanden sich dunkle Staubränder und zeigten an, wo zuvor Bilder gehangen hatten. Wo sie wohl hingekommen waren? In der Ecke des Schlosses stießen sie schließlich auf die Zederngalerie. In dem kostbar getäfelten Raum standen bunt zusammengewürfelte Tische und Stühle herum. Zigarettenqualm hing in der Luft. Vermutlich nutzten die Rotarmisten die schöne Galerie abends noch immer gerne als Offizierscasino, man konnte es ihnen nicht verdenken. Über die Rokokotreppe gelangten sie in das Obergeschoss. Auch dort zeigte sich die seltsame Diskrepanz zwischen stiller adliger Pracht und profaner Schulnutzung. Vor dem großen Festsaal in der Mittelachse des Schlosses breitete sich der Schlosspark aus. Adler dachte an seine Laube und den kleinen Schrebergarten. Was für ein Unterschied! Doch nichts wies im Schloss auf die Sammlung von Entarteter Kunst hin.

Was, wenn tatsächlich einer der Offiziere, die hier den Unterricht leiteten, der Mörder war?, fragte sich Adler. Wenn er sich abends trunken auf die jungen Frauen stürzte?

Dagegen sprach sowohl, dass beide nicht missbraucht worden waren, ehe sie ermordet wurden, als auch die medizinischen Schnitte, die Karin Fischer aufgefallen waren. Adler schaute sich missmutig um. Nichts passte zusammen.

»Und, Kommissar Adler? Gefällt es Ihnen hier nicht?«, fragte Raskow, der seinen Blick bemerkt hatte.

»Im Gegenteil. Welch ein Geschenk muss es für die jungen Leute sein, in einem solchen Umfeld zur Schule gehen zu dürfen.«

»Lehrreich ist es vor allem«, erwiderte Raskow. »So lebten die Ausbeuter auf Kosten der einfachen Arbeiter und Bauern. Lehrreich, Kommissar Adler!«

Ganz im Süden des Schlosses befand sich ein Nebentreppenhaus, vermutlich hatte es ursprünglich den Bediensteten der Schlossbewohner gedient. Es führte sowohl nach oben in den Dachstuhl als auch in einen Keller. Ohne zu fragen, stieg Adler empor.

»Wo wollen Sie hin, Kommissar?«, fragte Raskow mit verärgertem Unterton. Adler antwortete nicht und ging einfach weiter. Hinter einer Holztür schloss sich der Dachstuhl an. In dem Raum staute sich die Hitze des Sommers, einige alte Stühle waren abgestellt, ansonsten war der große Raum leer. Keine Bilder.

Wie viele Flüchtlinge aus den Ostgebieten hier unterkommen könnten, dachte Adler. Das wäre zwar auch nur ein Tropfen auf den heißen Stein der in Berlin grassierenden Wohnungsnot, aber immerhin.

»Hier oben sind keine Klassenräume mehr«, erklärte Raskow. Selbst ihm stand der Schweiß auf der Stirn.

»Und im Keller?«, fragte Adler.

»Benötigen Sie ein paar Kohlen zum Heizen für den Winter?« Der Rotarmist lachte. »Kommen Sie, Adler. Sie sehen, dass es im Schloss nichts zu entdecken gibt.«

Und falls doch, dann hast du dafür gesorgt, dass ich es nicht zu sehen bekomme, dachte Adler.

»Ich bewundere Ihre kriminalistische Hartnäckigkeit«, schmeichelte ihm Raskow. Er setzte sich an die Spitze der Männer und führte sie in den Keller hinab. Lagerräume, Kohlen, eine Heizungsanlage. Das war alles. Adler ließ sich seine Enttäuschung nicht anmerken. Aber was hatte er erwartet? Wenn es im Schloss hinter Tapetentüren irgendwelche verborgenen Ecken gab, dann würde Raskow sie ihm nicht auf dem Silbertablett präsentieren.

Vor dem Schloss verabschiedete man sich förmlich.

»Wir begutachten noch einmal den Tatort. Wollen Sie nicht mitkommen, Leutnant Raskow?«

Der Rotarmist winkte ab. »Gehen Sie nur, Adler. Gehen Sie nur.«

Er ließ keinen Zweifel daran, dass er Besseres zu tun hatte, und bestieg mit seinem Adjutanten den Moskwitsch. Kurz darauf war nur noch der Staub zu sehen, den das Automobil auf der Auffahrt aufgewirbelt hatte.

17

Aufgeregt tschilpend flog ein Buchfink auf, als Adler und Raade den Weg zur Ruine einschlugen. Was er genau dort zu finden hoffte, wusste er selbst nicht. Und doch zog es ihn fast magisch dorthin zurück.

»Sie sind sich sicher, dass Sie sich das antun wollen, Herr Kommissar?«, fragte Raade besorgt.

»Absolut sicher, Raade. Und, konnten Sie sich an die Zederngalerie erinnern?«

Ein melancholisches Lächeln huschte über Raades Gesicht.

»Dunkel.« Dabei beließ er es.

Dunkel waren auch die Gefühle, die Adler beschlichen, als er erneut vor der Ruine der Orangerie stand. Drei Menschen waren hier innerhalb kurzer Zeit zu Tode gekommen, den Mörder von zwei dieser Menschen kannten sie noch nicht. Er lief noch immer frei herum. Eine Gefahr für die Stadt, für alle jungen Frauen zumal.

Etwas abseits entdeckte Adler einen Wachtmeister. »Sie schieben Wache am Tatort?«

Der junge Mann erkannte Adler und grüßte. »Das hat Wachtmeister Ulitz angeordnet.«

»Ist er hier?«

»Auf der Wache.«

»Können Sie ihn bitten herzukommen?«

Einen Moment zögerte der Polizist. Er wog ab, wessen Anordnung er gehorchen sollte. Der von Wachtmeister Ulitz oder jener von Kommissar Adler.

»Wir behalten die Ruine im Auge, bis Sie wieder zurück sind«, sagte Adler, um ihn aus seiner Gewissensnot zu erlösen.

»Ich beeile mich.« Damit schnappte er sich ein Fahrrad, das er an einen Baum gelehnt hatte, und fuhr los.

Adler stellte sich vor das kaputte Gebäude und ließ seinen Blick schweifen.

Was suchte er?

Er verwarf die Frage für den Moment, stattdessen schloss er die Augen. Vielleicht würde es ihm helfen, den gleichen Weg erneut zu gehen, wie in der Nacht nach dem Essen bei Grotewohl. Mit zusammengekniffenen Augenlidern simulierte er die Dunkelheit. Hier entlang war er gegangen. Dort war er gestolpert. Adler schob sich durch Brombeersträucher und Schutt, vorbei an heruntergestürzten Balken. Raade folgte ihm verwundert. Dann blieb Adler unvermittelt stehen. Hier hatte Elke Wegener gelegen. Tatsächlich, dort lag sogar noch ein blutgetränktes Stück Stoff, ob es von seinem Hemd stammte, war nicht zu erkennen. Adler kniete nieder. Er kehrte ganz in die Nacht zurück. Drückte seine rechte Hand fest auf den Leib der jungen Frau. Er rief um Hilfe. Versuchte verzweifelt, die Blutung zu stoppen. Da war ein Geräusch gewesen, aber woher war es gekommen? Mit geschlossenen Augen wandte sich Adler um. Nichts. Sein Unterbewusstsein spülte keinen Erinnerungsfetzen hoch. Er wandte sich zurück zu dem sterbenden Mädchen. Sah ihr ungläubiges Gesicht. Was sah sie? Wen sah sie? Hatte jemand hinter ihm gestanden, den er nicht wahrgenommen hatte? Oder schaute sie schon dem Tod ins Antlitz? Im nächsten Moment würde Adler der Schlag treffen. Der Mörder war also noch am Tatort gewesen. Adler hatte ihn überrascht. Aber in seinem Bemühen, der Schwerverletzten schnell zu helfen, war Adler zu unaufmerksam gewesen. Wilkinson hatte recht gehabt. Seine Unaufmerksamkeit war gefährlich.

Erneut sah Adler die junge Frau vor seinem inneren Auge. Sie wollte etwas sagen. Bewegte ihre Lippen. Was war es? Doch je intensiver er ihre Lippen musterte, desto unverständlicher wurde ihm das, was sie sagen wollte. Er wendete den Blick von ihrem Gesicht ab, ihr Blut lief über seine Hand. Er ließ den Blick weiter wandern. Über das Kleid. Die Beine. Die Arme. Dort schaute er genauer hin. Ihre Hände waren schmutzig, zerkratzt. Elke Wegener hatte sich gewehrt. Vielleicht hatte sie ihren Mörder verletzt. Aber wo? So wie er jetzt über ihr hockte, muss er mit dem Messer über ihr gewesen sein. Was hatte er in der Hand? Ein Jagdmesser? Sie hatten keine Tatwaffe im Umfeld des Tatortes gefunden. Mit letzter Kraft wehrt sie sich, greift nach ihrem Peiniger. Wo konnte sie ihn verletzt haben? Im Gesicht? Möglicherweise. Doch kam sie mit ihren Armen noch so hoch? Das hing auch davon ab, wie ihr Mörder auf ihr gehockt hatte. Aus dem Augenwinkel schaute Adler noch einmal auf ihren Mund. So wie man die Dinge gelegentlich schärfer sieht, wenn man sie nicht direkt anblickt, sondern knapp an ihnen vorbei, so ging es ihm nun mit ihrem Mund. Er formte Worte. Falsch, nicht Worte. Nur ein Wort. Ein ›Nein‹? Aber sie hatte die Lippen gespitzt, auch wenn es nur ein klein wenig gewesen ist. Das konnte kein Nein gewesen sein. Aber was war es dann? Noch immer hielt er seine Hand auf ihrem Bauch. Spürte das warme Blut. Dann drehte er den Kopf ein wenig zur Seite. Da war ein Geruch. Er kannte ihn. Aber woher? Im selben Moment traf ihn unvorbereitet der Schlag.

Adler stockte für eine Sekunde. Dann atmete er gierig ein. Nein. Was er auch versuchte, er hatte niemanden gesehen. Erschöpft sank er in sich zusammen.

»Alles in Ordnung bei Ihnen, Herr Kommissar?«

Raade klang besorgt.

»Vielen Dank. Es geht mir gut.«

»Und?«

Da war nichts Konkretes, worüber er mit Raade hätte sprechen können. Nichts, was sich in Worte fassen ließ. Die gespitzten Lippen von Elke Wegener, ein vages Gefühl, ein Schatten. Ein Hauch, den er nicht zuordnen konnte. Adler rappelte sich auf. Vor der Ruine wartete der junge Wachtmeister. Ulitz stand neben ihm.

»Se wollten mir sprechen, Herr Kommissar?«

»Danke, dass Sie sich herbemüht haben, Wachtmeister Ulitz.«

Der Polizist schaute mitleidig auf Adlers Verband. »Tut et noch sehr weh?«

»Geht schon. Gut, dass Sie mich gefunden haben.«

»Nur det et für det Mädel leider zu spät war. Ick weeß och nich. Dabei ham wir uffjepasst wie die Schießhunde.«

»Ist Ihnen denn noch etwas aufgefallen in der Nacht?«

Adler zog den Wachtmeister zur Seite. Das, was er gleich fragen wollte, musste niemand anders hören.

»Allet wie bei die erste Tote.«

»Keine Spur des Mörders? Obwohl er von mir vermutlich gestört wurde?«

»Mir ham det janze Jebiet durchfurcht wie die Wildschweene den Jrunewald. Nischt. Absolut nischt.«

Adler hatte nichts anderes vermutet. Die tödlichen Wunden waren dem Opfer mit medizinischer Präzision zugefügt worden. Ebenso präzise war vermutlich die Umsetzung der Tat geplant gewesen.

»Etwas anderes, Ulitz. Haben Sie rund um das Schloss Schönhausen in den letzten Wochen besondere Beobachtungen gemacht?«

Fragend schaute Ulitz zu Adler. »Wat sollte det jeweesen sein?«

»Irgendetwas Überraschendes, war etwas anders?«

»Nee, da muss ick Ihnen enttäuschen. Allet wie jehabt.«

»Wenn Ihnen etwas auffallen sollte ...« Er ließ den Satz bewusst unvollendet.

»Sie denken doch nich, dat die Russen wat mit die Morde zu tun haben? Nich nach die Sache mit General Swatschov. Det gloob ick enfach nich.«

»Wahrscheinlich haben Sie damit auch vollkommen recht, Wachtmeister Ulitz. Wachsam müssen wir trotzdem bleiben.«

»Det sind wa sowieso«, antwortete er gutmütig.

Adler atmete tief durch und versicherte sich, dass sie weit genug von den beiden anderen Polizisten entfernt waren, um nicht gehört zu werden.

»Sie sind Pankower?«

»Det können Se wohl glooben.«

»Kennen Sie das Schloss gut?«

»Wat heest schon jut. Residiert hat unsereener da ja nich jerade.«

Adler musste lächeln. »Das meine ich auch nicht. Aber vielleicht haben Sie als Kind dort gespielt? Vielleicht gibt es irgendwelche, nun ja, geheimen Zugänge?«

»Jeheime Zujänge? Wie meenen Sie det? Ick steh ufm Schlauch, Herr Kommissar.«

»Vielleich noch aus friderizianischer Zeit? Oder aus der Zeit der Befreiungskriege möglicherweise«, schlug Adler vor.

»Interessieren Se sich jetze och für Architekturjeschichte, Herr Kommissar. Det hätte ich bei Sie ja jarnich vermutet.«

»Da können Sie mal sehen. Immer für eine Überraschung gut.«

Adler wollte sich schon wieder Raade zuwenden, als Ulitz fortfuhr.

»Det is lustig, det Se ausjerechnet mir det mit die jeheimen Jänge fragen.«

»Warum?«

»Wegen den Pastor Zippel.«

Fragend schaute Adler zu Wachtmeister Ulitz.

»Wie alt is man, wenn man zum Konfirmandenunterricht jeht? Dreizehn, vierzehn? So in dem Alter wird et jewesen sein. Jedenfalls hat uns damals Pastor Zippel beim Konfirmandenunterricht in die Friedenskirche von den Tunnel berichtet.«

»Was für ein Tunnel?«

»In den Alter, so mit vierzehn, da reecht sich bei die Jungs ja det Jemüt.«

»Das Gemüt?«

»Wie soll ick saren …«, Wachtmeister Ulitz' Gesichtsfarbe wechselte zu einem leichten Rot. »Jedenfalls meente Pastor Zippel, dat Prinzessin Friederike, die Schwester von unsere berühmte Königin Luise, wo mal im Schloss jewohnt hatte, von der ollen Friedenskirche eenen Tunnel ins Schloss hat bauen lassen. Offiziell, weil damit se flüchten kann, wenn Napoleon anrückt und wat von ihr wollen würde.«

Adler schaute überrascht.

»Hat Pastor Zippel jesacht. Aber, hat er dann jesacht, in Wirklichkeit sei det een Tunnel jewesen, damit die Prinzessin ihren Liebhaber unjestört des Nachts empfangen konnte.«

Adlers Augen wurden immer größer.

»Det hat uns Jungs ja nun mächtich imponiert. Dann hat er die olle Kellerklappe inne Sakristei ufjeklappt, die noch von die janz alte Kirche stammt, nich von det neue Jotteshaus. Und denn hat er jesacht: ›Wenn ihr mir nun nich endlich stille seid, dann könnt ihr versuchen, ob ihr och den Weg zur Prinzessin findet.‹ Da waren wir alle Jungs immer janz schnell janz still, det sar ick Ihnen. In det dunkle Loch wollte keener nich. Och wenn am anderen Ende wirklich ne Prinzessin jewartet hätte. Und wenn wa denne endlich stille waren, hat Pastor Zippel uns det Jlobensbekenntniss ufsaren lassen.«

»Und diesen Tunnel, den gibt es wirklich?«

»Et heest so.«

»Haben Sie denn nicht selbst ausprobiert, ob man von der Kirche ins Schloss kommt?«

»Wo denken Se hin, Herr Kommissar!«

Adler winkte ab. »Na, wenn Ihnen da Ihr Pastor Zippel mal nicht einen gewaltigen Bären aufgebunden hat mit seinem Tunnel der Prinzessin und es nicht nur ein oller Kohlenkeller war.«

»Det is wohl möchlich. Nix Jenauet weeß man nich. Zumindest nich so lange, bis man et nich ausprobiert hat.«

Mit einer abwehrenden Geste machte Adler Rita klar, dass er nicht gestört werden wollte, selbst für den Fall, wenn Stumm oder Markgraf ihn hätten sprechen wollen. Im Moment wäre er keinem von beiden gewachsen gewesen, er fühlte sich ausgelaugt. Sein Kopf brummte immer noch, dazu hatte ein unangenehmes Pfeifen im Ohr eingesetzt. Rita kannte diesen Zustand bei Adler. Wenn ihm alles zu viel wurde, brauchte er Ruhe. Behutsam schloss sie die Tür hinter ihrem Vorgesetzten. Sie würde dafür sorgen, dass in den nächsten Stunden niemand zu ihm durchdringen konnte.

Sorgsam wie einen Schatz legte Adler das Buch, das ihm Wegener geschenkt hatte, auf den Schreibtisch. Trotz der Hitze fröstelte ihn, also holte er eine Decke aus dem Schrank.

Dann rückte er den Schreibtischstuhl zur Seite und legte sich auf den Boden. Keine Minute später war er eingeschlafen. Es war ein unruhiger Schlaf. Mehrfach wachte er kurz auf, kalten Schweiß auf der Stirn, um gleich darauf erneut wegzudösen. Er schaffte es einfach nicht, die Augen länger aufzuhalten. Im Traum schnüffelte er dem Geruch aus der Orangerie nach. Vergebens. Er konnte nicht zuordnen, wo er ihm schon einmal begegnet war. Dann folgte er Raskow, der ihn durch das Dachgeschoss führte. An riesigen Stellwänden hingen Bilder von Selbstmördern und Lustmorden. Es schauderte Adler. Werner Heldt legte ihm die Hand auf die Schulter. Mit beiden Händen riss er Heldt zu Boden. Warum hatte der Maler die jungen Frauen ermordet? Frau Taenzer stand an der Seite und schüttelte betreten den Kopf. Dann begann sie Fotos zu machen, wie die beiden Männer miteinander rangen. Die fertigen Bilder stürzten aus ihrem Fotoapparat und bedeckten den Boden. Doch sie zeigten nicht Heldt und Adler. Stattdessen waren die Wunden der beiden toten Mädchen abgebildet.

Am Ende des Dachgeschosses stand Busse. Leise unterhielt er sich mit Professor Böhm. Was die wohl zu besprechen hatten? Raskow drehte sich zu den beiden um. Das interessierte ihn auch, was sie sprachen. Kräftig klopfte er auf die Dachträger, als könne er so besser hören. Das Schloss begann zu wanken. Raskow rief Adlers Namen. Er solle endlich Ruhe geben. Busse und Böhm tuschelten ungestört weiter. Erneut hämmerte Raskow kräftig gegen den Dachstuhl, bis das ganze Schloss donnernd zusammenbrach.

»Kommissar Adler? Ich gehe jetzt heim.«

Von wegen Raskow. Rita hatte geklopft und seinen Namen gerufen.

»Ja«, wollte Adler antworten. Doch seine Stimme versagte. Er schluckte. Jetzt endlich. »Ist gut, Rita. Vielen Dank!«

Adler blieb noch einen Moment liegen. Dann drehte er sich vorsichtig zur Seite, um sich aufzurichten. Sein Kopf brummte noch immer, aber das fürchterliche Pfeifen im Ohr war verstummt. Er rappelte sich hoch und ließ sich gleich wieder auf dem Schreibtischstuhl nieder. Draußen war es noch hell. Adler horchte in den frühen Abend hinein. Dort war ein Klappern zu hören. Hier Stimmen. Langsam leerte sich das Präsidium. Adler nahm den Feuchtwanger in die Hand und las die ersten Sätze. Dann stockte er. Wie mussten sich die Eltern fühlen, die ihr Kind an einen Mörder verloren? Unvorstellbar. Es nie wieder in den Arm nehmen zu können? Mit ihm zu sprechen? Das Einzige, was den Eltern blieb, war die Erinnerung. Doch so sorgsam sie jede dieser Erinnerungen auch hüteten, sie würden zugleich stets aufs Neue das Tor der Verzweiflung aufstoßen.

18

Du siehst fürchterlich aus, Kommissar.« Sanft strich Helen über Adlers Kopf. Dann geleitete sie ihn zu einem Platz neben der Bühne. »Heute Bier? Oder lieber eine kühle Coke? Wenn du so früh kommst, muss es dir wirklich schlecht gehen.«

Adler entschied sich für das Bier.

»Willst du mir erzählen, was dir widerfahren ist?«

»Ich dachte, das wüsste schon die ganze Stadt.«

»Erzähl es trotzdem. Ich informiere mich lieber aus erster Hand.« Helen zwinkerte ihm zu.

Mit knappen Worten berichtete Adler vom Besuch bei Grotewohl, von seiner abendlichen Runde durch Pankow und von der Entdeckung der sterbenden jungen Frau.

»Du hast also den Pankower Schlitzer gesehen?«

Adler stöhnte auf, Wellhausens *Tagesspiegel* hatte ganze Arbeit geleistet. »Leider nicht. Ich habe ihn höchstens gerochen.«

»Gerochen?«

»Es klingt vielleicht seltsam, aber ja, ich bilde mir ein, das war ein ganz spezieller Geruch. Ich war vorhin noch einmal am Tatort, um die Situation erneut durchzuspielen. Ich habe mich wieder genauso hingehockt. Alles stand mir vor Augen. Kurz bevor ich den Schlag an den Kopf bekommen habe, meinte ich, dass da dieser seltsame Geruch war. Vielleicht habe ich tatsächlich den Täter gerochen.«

»Das klingt weniger seltsam, als du denkst, Hans. Gerüche wecken unsere Erinnerung. Stell dir nur den Duft des Weihnachtsbaums vor. Oder eine Schweinshaxe – na, kannst du sie riechen?«

Adler griff nach Helens Hand. »Und schon sitze ich mit dir unter dem Weihnachtsbaum, schnuppere den verführerischen Duft der Tannennadeln und knuspere an einer köstlichen Haxe.«

»Siehst du. Ausgezeichnet, Kommissar. Und zu wem gehört der Geruch?«

»Das ist mein Problem. Ich meine, mich an einen Duft zu erinnern. Aber es fällt mir einfach nicht ein, wo ich ihm begegnet bin. Oder besser gesagt bei wem.«

»Wart's ab, Hans. Hab Geduld. Dann kommt die Erinnerung von allein.«

»Hoffentlich.«

Adler schaute sich um. Die Badewanne war an diesem Abend deutlich leerer als üblich. Vermutlich genossen viele Berliner den lauen Abend lieber an der frischen Luft.

»Wirst du heute noch singen?«

»Aber ja. Magst du mir nicht mehr zuhören?«

»Ich liebe deine Stimme, Helen.«

»Dann bin ich beruhigt.«

Sie senkte den Kopf und kroch an Adlers Ohr, als wolle sie ihm ein Liebesgeständnis flüstern. Doch sie fragte ihn bloß nach Raskow.

»Ich werde nicht schlau aus ihm«, antworte Adler nachdenklich. »Kaum ist wieder eine Frau ermordet worden, hat er bereits den nächsten Verdächtigen an der Angel.«

»Das ist doch verheißungsvoll.«

»Wäre es, wenn es wirklich der richtige Täter wäre. Aber wenn nicht … Ich habe Angst, dass es wie bei Rudolf endet und ich nicht einschreiten kann.«

Mit traurigen Augen schaute Helen zu ihm. »Ach Hans. Willst du immer noch die ganze Welt retten?«

Adler nippte an seinem Bier, statt zu antworten. Auf nüchternen Magen kroch der Alkohol noch schneller in seinen Kopf als sonst. Was hätte er anderes tun sollen, als zu glauben, er würde versuchen, die Welt zu retten? War er das der Welt nicht schuldig? Er hatte alles überlebt: Hitler und den Krieg. Das barg eine Verpflichtung für den Frieden, einen Versuch war es zumindest wert.

»Du bist ein Idealist.«

»Und ich dachte, ich sei ein Moralist.«

»Beides, du Fabian, du«, antwortete sie und spielte auf den Roman von Erich Kästner an, vom dem sie wusste, dass Adler ihn so schätzte. »Weißt du eigentlich, dass ich dir jetzt am liebsten durch deinen Kopf wuscheln würde? Aber leider geht das mit deinem Verband nicht richtig. Pech gehabt.«

Helen erhob sich. Kaum war sie hinter der Bühne verschwunden, servierte ihm Günther einen Teller mit zwei Stullen. Kommissbrot, dick bestrichen mit Griebenschmalz.

»Helen meinte, du bräuchtest Nervennahrung.«

Irgendwie gelang es Helen stets aufs Neue, ihn zu überraschen. Im Leben wie auf der Bühne. Mit ihren drei, manchmal vier Musikern gelang es ihr, den Sound einer ganzen Big Band in der Badewanne erklingen zu lassen. So auch an diesem Abend. Leise, seufzend setzte Berts Klarinette ein. Langsam formte sich daraus schmeichelnd eine Melodie. Heute war es nicht das richtige Publikum, um mit kraftvollem Sound die Bar zum Kochen zu bringen. Heute war ein Tag für leisere Töne. Nachdenklich, fast wehmütig. Mit einer Stimme, viel ausdrucksvoller als jene dieser jungen Blondine, die den Song in Amerika gesungen hatte, hauchte Helen sacht ihren Text ins Mikrophon. *»Gonna take a sentimental journey, gonna set my heart at ease. Gonna make a sentimental journey, to renew old memories.«*

Erschien es dem selbst angeschlagenen Adler nur so? Oder schwang eine ungewohnte Sehnsucht in Helens Stimme mit?

»Got my bag, got my reservation.«

Und wohin sollte diese Reise gehen? Zurück nach Paris?

»Seven, that's the time we leave, at seven I'll be waitin' up for heaven.«

Heute trug Helen nur ein schlichtes schwarzes Kleid. Ob es von dem Pariser Couturier stammte, von dem sie so geschwärmt hatte? Wie hatte er noch gleich geheißen?

Wie ein Süchtiger saugte Adler Helens Stimme auf, ließ sich mitnehmen auf diese *sentimental journey*. Doch wohin würde seine Reise führen? Ebenfalls an die Seine? Oder nur mit dem Fahrrad bis nach Ahrenshoop? An seiner Seite die wunderschöne Karin Fischer. Adler erschrak. Nicht Charlotte war ihm als erste Reisebegleitung in den Sinn gekommen, sondern Karin Fischer. Mit einem großen Schluck Bier spülte er den letzten Bissen der Schmalzstulle hinunter. Die Dinge gerieten in Bewegung. Vielleicht war das sogar gut.

Never thought my heart could be so yearning.

Tatsächlich, dieses schmachtende Gefühl der Sehnsucht, das den ganzen Körper durchwogte, hatte er lange nicht mehr verspürt. Er fühlte sich schuldig gegenüber Charlotte, aber Charlotte war tot. Sie würde nicht mehr zurückkommen. Nie wieder.

»Was macht dein Freund Werner Heldt? Hat er eines seiner Bilder verkaufen können?«, fragte Adler, nachdem sich Helen nach ihrem Auftritt wieder zu ihm an den Tisch gesetzt hatte.

»Ich hoffe es für ihn. Ich habe Werner seit der Ausstellungseröffnung nicht mehr gesehen.«

»In den letzten Tagen ging es immer wieder um diese sogenannte Entartete Kunst.«

»Wirst du jetzt zum Kunstliebhaber?«

»Warum nicht?«

»Nur weil die Tante deiner Freundin eine Fotografin ist und mit wilden Künstlern zusammenwohnt?«

»Sie ist nicht …«

»… meine Freundin.« Helen gluckste vergnügt. »Immer noch nicht, Hans? Dann streng dich endlich ein bisschen an. Das Leben ist zu kurz, um die Liebe einfach verstreichen zu lassen.«

Sprachlos schaute er Helen an.

»Nun schau nicht auch noch wie ein begossener Pudel. Alle wissen, dass du verliebt bist. Und was ich so höre …«

»Was hörst du denn?«

»So dieses oder jenes.«

»Und was ist nun mit der Entarteten Kunst?«, hakte Adler nach.

Helen wurde ernst. »Entartet, was für ein abscheulicher Nazi-Begriff. Nichts an den Bildern von Werner und seinen Freunden ist ›entartet‹. Was sollte das sein? Das ist die eigentliche Kunst, vor der hatten die Nazis Angst. Weil diese Kunst neu ist und kraftvoll und manchmal schmerzhaft. So, wie das wirkliche Leben.« Helen geriet ins Schwärmen. »Was für ein schlechter Witz, dass die Nazis auch noch Geld mit der Kunst verdienten, die sie verboten haben. Erst haben sie den Sammlern und Museen ihre Bilder geklaut. Und dann haben sie sie verscherbelt. Dieser Verbrecher.«

»Und welche Rolle spielte Schloss Schönhausen?«, raunte Adler.

»Du machst Fortschritte, mein Kommissar. Ja, gleich um die Ecke deiner Toten haben die Nazis die Kunst untergebracht, die sie dann im Ausland vertickt haben. Denk nur: Devisen. Davon konnte man prima Panzer und Granaten bauen. Manche Kunstwerke haben sie auch für sich selbst abgezweigt. Möglich, dass das heute noch so ist. Hast du mal vom *Turm der blauen Pferde* gehört?«

Adler verneinte.

»Ein Gemälde von Franz Marc.«

Adler schaute Helen ahnungslos an.

»Jedenfalls hing es eigentlich in einem Berliner Museum. Ein Meisterwerk. Franz Marc ist gleich 1914 im Krieg gefallen. Was für ein Drama. Das Bild wurde später ausgelagert, um es zu schützen. Dann verschwand es. Doch es soll nach dem Krieg in Zehlendorf von einem jungen Burschen gesehen worden sein.«

»Dann ist ja alles gut.«

»Leider nicht. Denn inzwischen ist es wieder verschwunden.«

»Wie, verschwunden?«

»Gute Kunst hat viele Liebhaber.« Helen musterte Adler. »Aber was hat das mit deinen toten Mädchen zu tun?«

»Ich weiß es nicht. Vielleicht gar nichts«, gestand Adler. Erneut kroch Helen ganz dicht an Adler heran, als wolle sie ihm verliebt in sein Ohrläppchen beißen.

»Wenn dich die Kunst interessiert, dann sprich mit Wilkinson. Der kennt die *monument men*. Das sind amerikanische Soldaten, die sich um diese ganzen Kunstdinge kümmern.«

Wilkinson. Schon wieder. Wollte er wirklich mit dem amerikanischen Major, der ihn vor Raskow gewarnt hatte, über Schloss Schönhausen und die Entartete Kunst sprechen?

»Und Paris?«, wechselte Adler das Thema.

Helen lächelte verträumt. *»Paris was just a sentimental journey.«*

Leuchtend breitete sich der Sternenhimmel über Wilmersdorf aus, als Adler endlich seine Laube erreichte. Inständig hoffte er, dass heute dort niemand auf ihn wartete. Sein Kopf dröhnte und auch das Ohrensausen hatte wieder eingesetzt. Was er jetzt brauchte, war sein Bett. Und Ruhe. Er hatte Glück. Heute war niemand in seiner Hütte, stattdessen lag ein Päckchen auf dem Tisch. Adler seufzte. Weder eine Karte noch sonst ein Hinweis verrieten, wer es dort deponiert hatte. Umständlich löste Adler mit einer Hand den Knoten des Paketbands und schlug vorsichtig das Packpapier zurück. Aus einem goldenen Bilderrahmen schaute ihn ein fast kahlköpfiger Mann mit strengem Blick an. In der Hand hielt er einen Pinsel, im Hintergrund war die Silhouette einer Stadt zu sehen. Unten rechts war das Porträt signiert. Adler erkannte den Namenszug wieder, den er bei Kriee gesehen hatte: Otto Dix.

Zu Adlers Verwunderung lag der Dix am Morgen noch immer auf seinem Tisch. Er hatte also nicht geträumt. Looses Jungs hatten ganze Arbeit geleistet.

Überrascht begrüßte ihn sein Nachbar, als sich Adler bei ihm bedanken wollte.

»Wat'n für'n Jemälde?«

»Auf meinem Tisch, gestern Abend. Der Dix. Woher das Bild stammt, haben Ihnen Ihre Jungs vermutlich nicht erzählt?«

»Dix? Nie jehört. Un det ham se nich, weil von det Jemälde weeß ick nüscht. Det ham Ihn nich meene Jungs jebracht. Tut mir leid für Sie.«

Adler war sich da nicht so sicher, doch das behielt er für sich. Er schlug das Bild wieder in das Packpapier ein und deponierte es unter seinem Bett, bevor er sich mit einem Ersatzkaffee aus Malz in den Garten setzte und seine Optionen abwog. Er konnte mit Wilkinson über die *monument men* sprechen, die Helen erwähnt hatte, oder mit Stumm über Schönhausen. Doch was würde ihm das bringen? Adler schüttete den Rest der scheußlich schmeckenden Brühe auf die verblühten Kartoffeln und warf einen Blick auf sein Fahrrad. Doch er entschied sich stattdessen wieder für die S-Bahn. So angeschlagen, wie er war, sollte er die nächsten Tage lieber mit seinen Kräften haushalten.

Fünf Minuten später wartete er an der S-Bahn-Station Hohenzollerndamm auf den Zug nach Nordosten. Als er den Berliner Funkturm passierte, diese preußische Taschenausgabe des Eiffelturms, musste er an Helen denken. Wie sehnsüchtig sie über ihre *sentimental journey* nach Paris gesungen hatte. Er ließ die Gedanken schweifen. Gab es diesen Tunnel wirklich, von dem Ulitz gesprochen hatte? Oder war er lediglich ein Hirngespinst des Wachtmeisters?

Es gab nur eine Möglichkeit, es in Erfahrung zu bringen. Er musste sich in der Friedenskirche selbst davon überzeugen, also fuhr er direkt dorthin. Aufmerksam durchstreifte Adler das vom Krieg beschädigte Gotteshaus. Vorbei an kaputten Glasfenstern und alten Kirchenbänken, auf denen sich abgebröckelter Putz und Scherben sammelten, blickte er auf den Altar. Darüber breitete sich auf dunkelblauem Grund ein goldener Sternenhimmel aus. Durch eine halb offene Tür schlüpfte Adler in die Sakristei. Schmutz und Trümmerreste bedeckten auch dort den Boden. Vorsichtig schob er sie mit den Füßen zur Seite, immer in der Hoffnung, dass ihn niemand beobachten würde. Tatsächlich. Wie Ulitz erzählt hatte, zeichnete sich auf dem Boden eine Holzklappe ab. Ächzend schob Adler den schweren Holztisch beiseite, der mit einem Bein darauf stand. Polternd fiel ein Kandelaber um. Adler zuckte zusammen. Hoffentlich hatte ihn niemand gehört. Doch in der trägen Stimmung des Sommertags schien sich niemand für die kaputte Kirche zu interessieren. Schweißperlen auf der Stirn, öffnete Adler die erstaunlich leichtgängige Klappe. Eine Holztreppe führte hinab, doch ihr Ende war in der Dunkelheit nicht zu erkennen. Wieder lauschte er in den Tag. Doch er vernahm keine verdächtigen Geräusche. Vorsichtig kletterte er die Stufen hinab. Eine kühle muffige Luft schlug ihm entgegen. Am Ende der Treppe trat er auf unbefestigten Boden. Vergebens tastete er nach einem Lichtschalter. Und wenn es sich lediglich um eine Gruft handelte? Dann würde er bald auf Särge stoßen oder gleich auf gestapelte Gebeine.

Als sich seine Augen besser an das Halbdunkel gewöhnt hatten, erkannte er ein gemauertes Tonnengewölbe. Adler schritt ein paar Meter voran. Keine Särge, keine Knochen. Dafür wurde der muffige Geruch stärker. Die Kühle auch. Nach wenigen Schritten war es schließlich stockfinster. Zögernd drehte sich Adler um und hielt inne. War da ein Geräusch gewesen? Etwas hatte sich bewegt. Die Klappenöffnung zur Kirche im Blick, verharrte er. Adler bemühte sich, so flach wie möglich zu atmen. Er spürte das Pochen seines Herzens. Da war es wieder. Das Rascheln. Angewidert zuckte Adler zusammen. Eine kaninchengroße Ratte nutzte die offene Klappe zur Flucht aus dem Tunnel.

Er hatte genug gesehen. Jeden Schritt vorsichtig setzend, kletterte Adler die Treppe hoch zur Sakristei und schloss den Zugang wieder. Wie ein schlechter Traum erschien ihm hier sein Ausflug in die Pankower Unterwelt. Dann schob er Tisch und Schutt zurück und stellte den Kandelaber wieder auf. Wo immer dieser Keller hinführte, er würde ihn erkunden müssen. Vermutlich war das der einzige Weg für ihn, um unbemerkt erneut in das Schloss zu gelangen und sich dort umzusehen. Aber er musste Vorsicht walten lassen. Bestimmt wurde das Schloss nachts bewacht. Dafür hatte Raskow gewiss gesorgt, falls dort wirklich noch Bilder gelagert sein sollten.

19

Raade sah nicht mehr so angeschlagen aus wie noch am Vortrag. Zwar war seine Nase noch gerötet, doch die Augen waren wieder klarer. Gelegentlich hustete er dezent in sein Taschentuch.

»Wie geht es eigentlich Fräulein Weber?«, fragte Adler übermütig.

Raade errötete. »Gut. Also, denke ich.«

»Nichts für ungut, Raade. Grüßen Sie sie bei Gelegenheit von mir.«

»Sehr gern.« Raade konnte ein glückliches Strahlen nicht unterdrücken. »Ich hole sie nachher vom Kinderheim ab.«

Adler war zufrieden. So hatte der furchtbare Fall, den sie im letzten Frühjahr bearbeitet hatten, wenigstens eine positive Nachwirkung für Raade gehabt.

»Übrigens wartet unten für Sie Besuch.«

»Wer ist es denn?«

Nun war es an Raade, übermütig zu antworten. »Sieht aus wie Frau Dr. Fischer. Was die wohl hier will?«

Mit gespieltem Ärger drohte Adler ihm mit dem Zeigefinger. »Soll heraufkommen.«

»Wird erledigt.«

Hastig sortierte Adler seine Papiere zusammen, um dem Schreibtisch zumindest einen Anschein von Ordnung zu verleihen.

»Hans, ich wollte mich nur kurz erkundigen, was dein Kopf macht«, begrüßte sie ihn.

»So weit ganz gut. Brummt gelegentlich noch ein wenig.«

»Das wundert mich nicht. Du solltest dich mehr schonen in den nächsten Tagen.«

Adler musterte die junge Frau vor sich. Wie fremd und vertraut im gleichen Moment sie ihm erschien. War das möglich?

»Ist sonst wirklich alles in Ordnung?«, fragte Fischer besorgt.

»Ich habe eine Idee«, antwortete Adler.

»Nur zu. Ich habe auch etwas.«

»Und was?«

»Bist du neugierig?«

»Schon.«

»Ich auch. Also los. Erzähl«, beharrte sie darauf, dass er zu berichten begann.

Wie die Luft aus einem geplatzten Reifen wich plötzlich aller Mut aus Adler. »Ich war noch einmal in Pankow heute Vormittag«, begann er.

»Ach so.« Fischer klang enttäuscht.

»Ja, und da kam mir eine Idee. Also, nur wenn du magst.«

»Wenn ich es mag, dass dir eine Idee kommt? Hans, du sprichst in Rätseln.«

»Also, die Idee, die mir kam, war, ob du im Sommer, vielleicht, natürlich nur wenn du Lust hast …«, druckste Adler, »also, wir könnten einen Ausflug an die Ostsee unternehmen. Was meinst du? Nach Ahrenshoop vielleicht. Für ein paar Tage. Ende August.«

»Oh, wie wunderbar, Hans«, rief sie begeistert und strahlte Adler an.

»Und nun du«, forderte er sie auf.

»Es ist noch ein bisschen hin. Aber im September gibt Yehudi Menuhin ein Konzert im Titania-Palast. Mit Furtwängler als Dirigent!« Fischer wedelte mit zwei Eintrittskarten.

»Du bist eine Wucht in Tüten.«

»Ich weiß«, sie lächelte verschmitzt. »Und Pankow?«

Adler winkte ab. Weder über den Zugang zu dem möglichen Tunnel ins Schloss wollte er jetzt mit ihr sprechen noch über seinen Verdacht, dass Raskow möglicherweise ein doppeltes Spiel trieb.

»Pankow halt«, antwortete er mit gespieltem Gleichmut. »Aber es ist gut, dass du da bist. Ich wollte noch einmal mit Professor Böhm und seinen Studenten sprechen. Magst du mich begleiten?«

In seine Vorlesung vertieft, bemerkte Professor Böhm nicht, dass Adler und Fischer leise den Vorlesungssaal betraten und sich an der Seite einen Platz suchten. Böhm stand hinter einem Pult. Vor der Tafel stand ein Tisch mit einer nackten männlichen Leiche.

»Einer deiner Kunden?«, flüsterte Adler.

Anstelle einer Antwort knuffte ihn Fischer in die Seite.

»Die Frage, die uns nicht nur in diesem Semester beschäftigt, sondern die sich durch das ganze Studium der Medizin zieht, ja, die recht eigentlich das Leitmotiv aller Medizin ist, ist die Frage nach Leben und Tod. Unsere Aufgabe als Mediziner und damit Ihre künftige Aufgabe ist es, jene Menschen, die zu Ihnen kommen, von Leid und Krankheit zu befreien. Ihre Aufgabe ist es zu heilen. Wenn diese Heilung aber nicht mehr möglich ist, so ist es Ihre Pflicht, den Kranken zumindest Linderung in ihrem Leid zu verschaffen.«

Böhm hob den Blick und musterte in seiner kunstvoll gesetzten Pause seine Zuhörer, die ihm aufmerksam lauschten. Als er Adler und Fischer erkannte, nickte er ihnen kaum merklich zu, ehe er fortfuhr.

»Damit Sie aber in die Lage versetzt werden, künftig als Arzt diese Wege der Heilung zu beschreiten, ist es unverzichtbar, dass Sie auf das Allergenaueste verstehen, wie der Körper des Menschen aufgebaut ist. Sie müssen ein umfängliches Verständnis seiner Anatomie und seiner Funktionen gewinnen. Doch das ist noch nicht alles. Der Mensch ist ein komplexes System. Dieses System kann nicht aus sich selbst heraus existieren. Ohne den Austausch mit der Welt ist menschliches Leben unmöglich. Das beginnt bereits im Akt der Zeugung.«

Ein Tuscheln schwebte durch den Raum, das so schnell verstummte, wie es aufbrandete. Ohne sich stören zu lassen, fuhr Böhm fort.

»Und es setzt sich fort bis zum Tod. Ohne Nahrung und Flüssigkeit würden wir alle nur wenige Tage bis Wochen überleben. Ohne zu atmen, sind es höchstens Minuten, die uns bleiben. Bedenken Sie stets: Der Mensch ist bedürftig. Er steht immer und zwangsläufig im Austausch mit anderen komplexen Systemen. Das sind einerseits seine Mitmenschen. Andererseits ist es seine Umwelt. Dieser Austausch mit anderen Systemen ist ebenfalls hochkomplex, und wenn wir als Mediziner, als Naturwissenschaftler und als Menschen ehrlich mit uns sind, dann gestehen wir uns ein, dass er in vielen Bereichen für uns noch immer ein göttliches Rätsel darstellt. So wie der Mensch selbst ein göttliches Rätsel darstellt. Wir haben in den letzten einhundert Jahren enorme Fortschritte in der Medizin erzielt. Die Forschung aber ist kein Selbstzweck, sie dient den Menschen. Diese Universität ist die Heimstatt von Forschern, durch deren verdienstvolles Wirken wir Viren und Bakterien entdeckt, erforscht und bekämpft haben.«

Wieder legte Böhm eine Pause ein. Bedächtig schreitend, schob er sich vorbei am Katheder ins Zentrum des Hörsaals.

Böhm hätte auch einen wortgewaltigen Pastor abgeben können, dachte Adler. Einen Menschenfänger. Er hatte das

Gefühl, als richteten sich Böhms Ausführungen nicht nur an seine Studenten. Vielmehr schien er sich dabei nun auch durch die Anwesenheit von Adler und Fischer leiten zu lassen.

»Sie alle sind hier, um zu lernen, damit Sie künftig Ihren Mitmenschen helfen und sie heilen können. Heilen«, wiederholte er das letzte Wort. Intensiv musterte Böhm seine jungen Studenten.

»Kaum ein Wort wurde im letzten Jahrzehnt so furchtbar missbraucht wie das Wort Heil.«

Jetzt herrschte vollkommene Stille im Hörsaal.

»Ihre vornehmste Aufgabe ist es, dass Sie mit Ihrer ganzen Kraft und Kunst dem Wohle der Menschen dienen. Das ist es, was den Hippokratischen Eid bestimmt, der seit der Antike jedes medizinische Handeln leitet. Leiten sollte.«

Als stünde er auf der Bühne des Deutschen Theaters, rezitierte Böhm mit eindringlicher Stimme eines Staatsschauspielers den Eid:

»Ich werde mit allen meinen Kräften die Ehre und die edle Überlieferung des ärztlichen Berufes aufrechterhalten und bei der Ausübung meiner ärztlichen Pflichten keinen Unterschied machen weder nach Religion, Nationalität, Rasse noch nach Parteizugehörigkeit oder sozialer Stellung.«

Er ließ die Worte im Raum nachklingen.

Adler schaute zu den jungen Menschen, die stumm den Ausführungen ihres Professors gefolgt waren. Hier lernten sie nicht nur ihr medizinisches Handwerk, hier würden sie auch eine moralische Bildung durchlaufen. Auf der anderen Seite des Vorlesungsraums entdeckte er Böhms Assistent Busse, der ebenfalls andächtig den Ausführungen des Professors folgte.

»In den letzten Tagen haben sich schreckliche Verbrechen ereignet, von denen wir als medizinische Fakultät mittelbar betroffen sind. Zwei junge Frauen sind ermordet worden, Eva Schreiber und Elke Wegener. Beide haben mit Ihnen gemeinsam begonnen, Medizin zu studieren. Auch sie wollten lernen zu helfen, doch ihnen selbst konnte nicht geholfen werden. Frau Dr. Fischer, eine geschätzte Kollegin von mir, die Sie im Verlauf Ihres Studiums gewiss noch näher kennenlernen werden, sowie Kommissar Adler von der Berliner Polizei sind heute bei uns. Kommissar Adler selbst ist im Kampf um das Leben einer Ihrer beiden Kommilitoninnen verletzt worden. Kommissar, wenn Sie zu mir vortreten würden.«

Adler war völlig überrumpelt, erhob sich aber und ging zu Böhm. Ihm war mulmig zu Mute. Große Auftritte waren nicht seine Sache. Doch nun musste er vor den Studenten sprechen. Er räusperte sich.

»Vielen Dank, Professor Böhm. Bitte sehen Sie uns unser unangemeldetes Auftauchen nach. Wir ermitteln im Fall der beiden jungen Frauen, die ermordet wurden. Beide haben mit Ihnen Medizin studiert, wie Professor Böhm bereits ausgeführt hat. Wenn jemand die beiden kannte oder etwas Merkwürdiges beobachtet haben sollte, dann teilen Sie uns das bitte mit. Vielleicht trägt es zur Aufklärung der Mordfälle bei.«

Böhm nickte ihm ernst zu. »Für heute ist die Vorlesung beendet. Kommissar Adler wird nun mit Ihnen einzeln sprechen. Ich fordere Sie auf, seine Arbeit zu unterstützen.«

So nachdrücklich Böhms Appell an die Studenten war, so ergebnislos verliefen dennoch die nächsten beiden Stunden. Manche Studenten hatten die beiden Frauen nicht bewusst wahrgenommen, und wenn sie sie kannten, dann wussten sie nur Belangloses zu erzählen. Einige Studentinnen saßen verängstigt vor Adler. Doch keine wusste etwas, das ihm bei den Ermittlungen hätte weiterhelfen können. Schon vor der Befragung hatte sich Fischer verabschiedet. Vertieft in ein Gespräch mit Böhm, hatte sie den Hörsaal verlassen. Nach einer halben Stunde war ihnen Busse gefolgt.

Nachdem Adler auch dem letzten Medizinstudenten nachdrücklich klargemacht hatte, dass er sich unbedingt bei ihm melden möge, falls ihm doch etwas zu seinen beiden Kommilitoninnen einfiele, begab sich Adler erschöpft zurück zum Präsidium.

Der Misserfolg grämte ihn.

Andererseits hatte es keine Alternative zu den Befragungen gegeben. Hätte er die Aufgabe lieber an Raade delegieren sollen? Er verwarf den Gedanken. Auch wenn er keinen konkreten Hinweis erhalten hatte, so war er doch zumindest von Böhms Ausführungen berührt worden. Das war besser als gar nichts, sagte er sich.

Ebenso zäh wie die Befragungen zog sich der Rest des Tages dahin. Wie gestern legte sich Adler hinter seinen Schreibtisch. Sein Abend würde lang werden. Doch heute kreisten ihm die Gedanken dröhnend im Kopf umher, sodass er keine Ruhe fand. Wie von einem unsichtbaren Impuls in Gang gesetzt, hatten die Ereignisse eine eigene Dynamik entwickelt. Vier Menschen waren gestorben, Adler selbst war nur durch Zufall davongekommen. Dazu kam die Verzweiflung der Angehörigen. Es war egal, ob man in einem elenden Pankower Verhau lebte, in einer großbürgerlichen Wohnung am Amalienpark oder in einer weitläufigen Villa in Steglitz. Für jeden behielt der Tod seine hässliche Fratze. Die Gesichter all der jungen Menschen blitzten erneut vor ihm auf, die er am Vormittag gesprochen hatte. Möglicherweise schwebten die jungen Frauen unter ihnen in einer Gefahr, von der sie nichts ahnten. Allein das war Grund genug, um den Mörder schnell ausfindig zu machen.

Obwohl Adler an diesem Nachmittag keinen Schlaf fand,

tat ihm die Ruhe gut. Langsam begannen sich seine Gedanken zu klären, und seine Kräfte kehrten zurück.

Als sich Rita verabschiedete, blätterte er noch durch ein paar Akten, die es abzuarbeiten galt. Der Papierkram behagte ihm nicht, aber er gehörte nun mal dazu.

»Sie sollten sich noch etwas schonen mit Ihren Verletzungen«, riet Rita ihm fürsorglich, eh sie ihren Schreibtisch abschloss.

Kurz erwog Adler, ob er Stumm nicht doch lieber ins Vertrauen ziehen sollte. Doch der würde gewiss versuchen, Adler die geplante nächtliche Exkursion auszureden. Besser also, wenn er erst gar nichts davon erfuhr. Aber auch Raade ließ er lieber außen vor. Wozu ihn in Gefahr bringen? Und Markgraf würde er ohnehin nicht in Kenntnis setzen. Blieb Wilkinson.

Doch was ging den Amerikaner die ganze Sache an? Das konnte sich allerdings schnell ändern. Sollte Adler tatsächlich auf geraubte Bilder im Schloss stoßen, dann würde er Unterstützung benötigen. Auch in diesem Fall würden ihm die Kollegen der Berliner Polizei nicht helfen können, dafür würde Markgraf schon sorgen. Insofern sprach vieles dafür, Wilkinson ins Vertrauen zu ziehen. Doch das musste er ja jetzt noch nicht entscheiden. Und dann waren da noch diese *monument men*, von denen Helen gesprochen hatte. Wie sie ihm helfen konnten, würde ihm auch nur Wilkinson erläutern können. Derart grübelnd verstrich die Zeit, und der Abend senkte sich über die Stadt.

Kurz nach Sonnenuntergang nahm Adler die Taschenlampe aus dem Schreibtisch. Ohne weiter nach einer Begründung zu fragen, hatte der alte Kunert sie ihm umgehend besorgt. Sogar an Ersatzbatterien hatte Kunert gedacht. Darüber hinaus hatte er ihm mit Verschwörermiene Zange, Schraubenzieher und Taschenmesser auf den Schreibtisch gelegt. Konnte man immer mal benötigen, meinte er.

Gerade als er sein Büro verließ, kam Adler der Polizeipräsident entgegen. Markgraf wirkte erschöpft.

»Sie sind noch da, Adler?«

»Ich wollte mich gerade auf den Heimweg machen. Kann ich noch etwas für Sie tun, Herr Polizeipräsident?«

»Lassen Sie mal gut sein, Adler. Es ist schon spät, und wir müssen den Pankower Schlitzer fassen. Da müssen wir alle ausgeschlafen sein. Gute Besserung für Ihren Kopf.«

20

Die rechte Hand am Lenker, fuhr Adler auf einem der Fahrräder der Berliner Polizei die Schönhauser Allee nach Norden. Die laue Abendluft tat ihm wohl. Dennoch spürte er ein unruhiges Kribbeln in seiner Magengrube, als er schließlich an der Friedenskirche in Pankow ankam. Er schob sein Rad in das beschädigte Gotteshaus. Niemand wusste, was er vorhatte. Alles, was jetzt kam, ging auf seine eigene Kappe.

Kaum hatte Adler die Sakristei betreten, räumte er so leise wie möglich die Klappe frei. Sorgsam achtete er darauf, dass das Licht seiner Taschenlampe nicht von der Straße aus gesehen werden konnte. Nur sich jetzt nicht verraten, damit nicht gleich ein Trupp Russen hier auftauchte, um ihn festzusetzen.

Über die schmale Holztreppe tauchte er in die Dunkelheit des gemauerten Tonnengewölbes ein. Trotz des Lampenscheins war kein Ende des Ganges zu sehen. Immerhin. Es handelte sich also wohl wirklich nicht bloß um eine Gruft. Vielleicht hatte er Glück, und der Gang führte tatsächlich ins Schloss.

Bereits nach wenigen Metern endete das bequem zu durchschreitende Gewölbe. Von hier an musste er teils gebeugt, teils kriechend voranrobben. Oberirdisch war der Weg von der Kirche zum Schloss in wenigen Minuten zurückgelegt, unterirdisch zog er sich scheinbar endlos hin. Wer immer diesen Gang angelegt hatte, sicher nicht, damit nächtliche Kavaliere bei der Prinzessin vorbeikommen konnten. Das hier war ein Fluchtweg für den Notfall. Also stammte er doch aus napoleonischer Zeit? Trotz der kühleren Luft hier unten war Adler im Nu durchgeschwitzt und musste schon nach wenigen Metern eine Pause einlegen. Seine Oberschenkelmuskulatur brannte vor Anstrengung, und sein Kopf dröhnte. Verärgert stellte er fest, dass er trotz seiner Radtouren durch die Stadt ziemlich außer Form war. Er schob sich weiter voran. Kleinere Kanäle zweigten vom Hauptgang ab. Wurzelwerk hing fiedrig wie Spinnweben von der Decke. Wenn bloß nichts einstürzte! Sobald dieser Fall gelöst war, würde er mehr für seine Kondition machen. Waldlauf vielleicht oder Fußball im Polizeisportverein. Oder am liebsten mit Karin Fischer Tennis spielen.

Adler zuckte zusammen. Erschrocken ließ er die Taschenlampe fallen und griff nach seiner Waffe. Einmal mehr verfluchte er seine Einarmigkeit. Er musste sich entscheiden, ob er den Gang ausleuchten wollte oder sich blind durch die Dunkelheit schob, die Waffe im Anschlag. Adler entschied sich für die Lampe und leuchtete in den Tunnel. Im Lichtstrahl sah er etwas vor sich liegen, doch er konnte nicht erkennen, worum es sich handelte. Vorsichtig kroch er voran, jederzeit bereit, die Lampe doch gegen die Waffe zu tauschen. Alle paar Zentimeter verharrte er erneut.

War vor ihm ein Mensch, der ihm auflauerte? Kannten die Sowjets den Tunnel und hatten Posten aufgestellt?

Doch wer oder was immer das vor ihm war, es schien sich nicht zu bewegen. Adler zwang sich zur Ruhe. Wartete. Nichts. Stück für Stück schob er sich weiter voran. Immer noch bewegte sich nichts. Als er nur noch wenige Meter entfernt war, erkannte er, was da vor ihm lag. Erneut fuhr ihm ein Schreck in die Glieder. Das war eine Wehrmachtsuniform, vermutlich ein toter Soldat. Von Unbehagen durchdrungen, zwängte er sich voran, an der Leiche vorbei. Wie immer der andere hierher gelangt war, sein Rückweg war ihm wohl versperrt gewesen. Adlers Gedanken wirbelten umher. Am naheliegendsten erschien es ihm, dass der Soldat versucht hatte, sich hier im Tunnel während des Endkampfes um Berlin 1945 zu verstecken. Vielleicht war er verletzt gewesen und ihm hatte die Kraft gefehlt, den Weg zurück ans Tageslicht zu finden. Der Tote verdeutlichte Adler erneut, in welche Gefahr er sich selbst begab. Gut möglich, dass ihm ein ähnliches Schicksal drohte.

Endlich weitete sich der Tunnel wieder, sodass Adler sich auf den letzten Metern wieder fast vollständig aufrichten konnte. Und dann war Schluss. Er stand in einem winzigen Raum mit Tonnengewölbe, das Gegenstück zu dem unter der Kirche. Doch anstelle einer Treppe, die nach oben führte, schloss den Gang eine einfache Tür aus Holzbrettern ab. Mittlerweile hatte sich Adler an die muffige Luft des Tunnels gewöhnt, doch das Bild des toten Soldaten hing ihm nach.

Vorsichtig versuchte er, die Klinke der Kellertür herunterzudrücken. Das Schloss gab ein quietschendes Seufzen von sich, doch die Tür bewegte sich keinen Millimeter.

Wie gut, dass er am Gürtel das Werkzeug vom alten Kunert mitgetragen hatte. Mit Zange und Messer bearbeitete er das Schloss und stand kurz darauf in dem angrenzenden Raum. Stück für Stück leuchtete er alles aus, doch außer rohen Ziegelwänden und einer weiteren Tür gab es hier nichts zu entdecken. War er wirklich im Schloss gelandet? Oder stand er nur unter irgendeinem der Pankower Wohnhäuser? Zweifelnd lehnte sich Adler an die Tür und lauschte. Nichts. Vorsichtig drückte er die Klinke herunter. Dieses Mal hatte er doppeltes Glück. Weder quietschte das Schloss, noch war die Tür verschlossen. Er betrat eine Art Abstellkammer, in der ohne erkennbare Ordnung alte Möbel standen. Stühle, mit zerschlissenen Sitzflächen, Schränke, muffige Teppiche.

Damit war klar, dass er wirklich in Schloss Schönhausen war. Ulitz' Geschichte vom Tunnel stimmte! Meter für Meter leuchtete Adler auch diesen Raum mit der Taschenlampe aus, als er Geräusche vernahm, die sich schnell näherten. Es blieb ihm keine Zeit, sich in den anderen Kellerraum zurückzuziehen, also stellte er sich hinter einen der großen Schränke und löschte das Licht der Taschenlampe. Hoffentlich hatte ihn noch niemand bemerkt! Vor dem Raum waren jetzt Stimmen zu hören. Nicht besonders laut, aber auch nicht betont leise. Dann wieder Schritte. Knarzend öffnete sich die Tür, und im nächsten Moment flammte eine Glühbirne auf. Im ersten Moment erschien es Adler, als würde alles wie mit Scheinwerfern ausgeleuchtet, so hell war das Licht. Geblendet kniff er die Augen zusammen und drückte sich noch dichter an den Schrank. Er hielt die Luft an. Doch schon wurde das Licht mit einem Klack des Lichtschalters wieder gelöscht und die Tür geschlossen. Zu seinem Glück war die Inspektion des Raumes nur schlampig erfolgt. Bewegungslos verharrte Adler an seinem Platz. Die Schritte entfernten sich, irgendwo wurde eine weitere Tür geöffnet und kurz darauf wieder geschlossen.

Dann versank der Keller wieder in nächtliches Schweigen.

Sosehr sein Körper danach schrie, sich wieder zu bewegen, blieb Adler trotzdem weiter reglos stehen und wartete ab, bis er sich irgendwann hinter dem Schrank hervortraute.

Adler vermutete, dass Raskow ein paar Rotarmisten als Wachen im Schloss postiert hatte. Das bedeutete, dass er besonders vorsichtig sein musste, denn wenn er Raskow hier in die Hände fiele, würde der nicht zögern, sondern kurzen Prozess mit ihm machen. Doch die Wachen behielten noch eine weitere Botschaft für ihn bereit. Im Schloss war wirklich etwas verborgen, das es wert war, beschützt zu werden.

Erneut untersuchte Adler akribisch den Raum, doch

ohne Erfolg. Hier lagerten keine Kunstwerke. Wieder lehnte Adler sich lauschend an die Tür. Es war unklar, wie viel Zeit ihm blieb, ehe die Rotarmisten ihre nächste Runde drehten. Adler hoffte auf die Bequemlichkeit der Wachhabenden. Tatsächlich war nichts zu hören. Also weiter. Adler gelangte auf einen Flur, von dem wiederum ein Raum abzweigte. Vermutlich hatten die Rotarmisten dort eben hineingeschaut, ehe sie zur Treppe am Ende des Flures weitergegangen waren.

Der andere Lagerraum unterschied sich in nichts von dem auf der gegenüberliegenden Seite des Flures. Alles war vollgestopft mit Möbeln, Leuchtern und sonstigem königlichem Krimskrams aus dem Schloss. Doch von den Bildern, auf die Adler hoffte, gab es weit und breit keine Spur.

Gerade wollte er wieder auf den Flur schlüpfen, um den Rückweg anzutreten, als er erneut Schritte vernahm. Hektisch suchte er den Raum auf ein geeignetes Versteck hin ab. Mit zwei Schritten war er hinter einer Kommode und hockte sich hin, vorsichtshalber zog er seine Waffe und entsicherte sie. Von den Rotarmisten würde er sich nicht festnehmen lassen. Eher würde er schießen. Doch zu Adlers Überraschung waren es gar keine Wachen, die kurz darauf eintraten. Keine drei Meter von ihm entfernt stand Leutnant Raskow.

Adlers Puls raste.

Raskow fühlte sich im Schloss offenbar vollkommen sicher. Ohne sich weiter umzusehen, stellte er einen der friderizianischen Fauteuils zur Seite. Dann zog er den Teppich weg, der darunter gelegen hatte, und zum Vorschein kam eine Klappe, die Raskow weit zurückschlug. Dann verschwand er für einen Augenblick in einem unterirdischen Verschlag, um kurz darauf mit zwei Gemälden wieder zum Vorschein zu kommen.

Adler unterdrückte seinen Jubel.

Er hatte mit seiner Vermutung richtiggelegen. Raskow hatte einige der in Schloss Schönhausen gelagerten Kunstwerke beiseitegeschafft. Deshalb war es ihm also so wichtig gewesen, alle Ermittlungen im Umfeld des Schlosses so schnell wie möglich zu unterbinden und einen Täter für die Morde zu präsentieren, koste es, was es wolle. Während Raskow das eine Bild gegen den Fauteuil lehnte, betrachtete er im Schein der Glühbirne das andere Gemälde mit verzücktem Blick. Dann hob er das andere Bild an. Erneut huschte ein zufriedenes Lächeln über sein Gesicht. Offenbar meinte Raskow, sich bei seiner Auswahl richtig entschieden zu haben.

Adler hingegen spürte, wie sich langsam ein Krampf in seine rechte Wade schlich. Hoffentlich verschwand Raskow hier möglichst schnell wieder!

Während der Russe die Klappe schloss, den Teppich zurücklegte und den Fauteuil darauf wuchtete, brauchte Adler all seine Energie, um seine Beinmuskulatur zu entspannen. Die beiden Bilder unter dem Arm, verließ Raskow endlich den Raum, doch nicht, ohne ihn zu Adlers Entsetzen zwei Mal abzuschließen.

Sobald sich Raskows Schritte entfernt hatten, befreite sich Adler aus seiner misslichen Lage und dehnte und streckte sein verkrampftes Bein. Hoffentlich würde Raskow nicht noch einmal zurückkehren. Sobald die Schmerzen nachgelassen hatten, schob Adler mühevoll Sessel und Teppich beiseite, tat es Raskow nach und kletterte ebenfalls in den tiefergelegten Raum. Und dort waren sie. Fein säuberlich nebeneinander aufgereiht, standen die Bilder in Regalen. Obwohl auch hier unten elektrisches Licht vorhanden gewesen wäre, verzichtete Adler vorsichtshalber darauf, es anzustellen. Im dünnen Lichtstrahl seiner Taschenlampe arbeitete er sich Bild um Bild durch den Bestand. Eine Flut von Farben und Motiven strömte ihm entgegen.

Adler war überwältigt.

Hier unten lagerte ein kleines Museum der Moderne. Hin und wieder versuchte er eine Signatur zu entziffern; Bilder von Nolde, Pechstein und Klee waren darunter. Adler überschlug, dass es wohl an die hundert Kunstwerke sein mussten. Dazwischen tauchte öfters eine ihm mittlerweile wohlbekannte Signatur auf: Otto Dix.

Kurz erwog Adler, eines der Bilder mitzunehmen. Nicht für sich, sondern als Beleg dafür, dass es dieses versteckte Kunstlager überhaupt gab. Doch er verwarf die Idee schnell wieder, sein Rückweg würde auch ohne ein zusätzliches Bild im Gepäck mühselig genug werden. Endlich riss er sich von seinem Fund los und kletterte wieder hoch. Aufmerksam räumte er alles an seinen Ort zurück, so gut er es mit einem Arm vermochte. Er schaute auf seine Armbanduhr, es war bereits weit nach Mitternacht. Erneut dankte er still der Voraussicht von Wachtmeister Kunert, der ihn mit Messer und Zange ausgestatte hatte. So war das einfache Türschloss schnell geöffnet.

Er lauschte aufmerksam, wartete und schlich leise voran.

Erst als er den Tunnel wieder hinter sich hatte und in der Sakristei der Friedenskirche stand, gönnte er sich einen Moment der inneren Einkehr: Er hatte Bilder aus der Nazi-Ausstellung Entartete Kunst entdeckt! In der lichten Berliner Morgendämmerung schwang er sich auf das Fahrrad. Trotz seiner Erschöpfung radelte er mit einem Hochgefühl durch die Trümmerlandschaft nach Wilmersdorf.

21

Am nächsten Tag wachte Adler erst spät auf, als es an der Tür klopfte. Sein Kopf tat weh. Verknittert öffnete Adler. Vor ihm stand Erna Loose, in der Hand hielt sie einen Becher. Darauf balancierte sie einen Teller mit Eiern und Speck. Wie das duftete!

»Meen Mann meent, det et wohl jestern wieder janz schön spät bei Se jeworden ist«, begrüßte sie Adler.

»Kann man so sagen, Frau Loose.«

»Und wat ham Se mit Ihren Kopf jemacht?«

»O ja, das war eine unerfreuliche Begegnung.«

»Det gloob ick jerne. Von meenen Mann soll ick Se eenen schönen Jruß sagen. Er is mit die Jungs inne Stadt unterwegs.«

»Ah. Ja dann. Herzlichen Dank für das Frühstück.« Adler zögerte. »Und sagen Sie Ihren Jungs auch herzlichen Dank für das Bild.«

Erna Loose schaute ihn verständnislos an. »Wat 'n für 'n Bild?«

»Das auf meinem Tisch lag.«

»Da weeß ick nix von.«

»Ah«, machte Adler erneut. »Na, Ihre Jungs werden schon wissen, worum es ging.«

»Nu stärken Se sich erst ma, Herr Kommissar, und dann jeht bei Sie och im Kopp wieder die Sonne uf.«

Adler lachte. »Sieht man mir das so deutlich an? Vielen Dank.«

Während er sein Frühstück verzehrte, überdachte er die

nächsten Schritte. Viele Alternativen blieben ihm nicht. Wollte er die Bilder retten, ohne dass Raskow etwas davon mitbekam, würde das nur ohne die Berliner Polizei und mit Wilkinson klappen. Auch wenn es ihm nicht behagte, eine Alternative zur Unterstützung durch die Amerikaner fiel ihm nicht ein. Also los, sagte er sich, der Wannsee rief.

Adler wusch sich schnell an der Gartenpumpe. Angetan mit frischem Hemd und sauberer Hose schwang er sich auf sein Rad. Auf der Fahrt blieb ihm genügend Zeit zum Nachdenken. Schließlich erklärte der Fund der Bilder zwar, warum Raskow die Morde am Schloss unbedingt schnell vom Tisch haben wollte. Die Morde selbst aber waren damit noch nicht aufgeklärt.

Ungeduldig hockte Adler in einem Korbsessel auf der Terrasse der Villa. Alle paar Minuten sprang er auf, lief an der Brüstung entlang, umrundete Tisch und Stühle und setzte sich wieder. Wilkinson ließ Adler warten.

Weder das sanfte Rauschen der hohen Bäume vermochte er zu genießen noch das verführerische Glitzern des Wannsees. Als Wilkinson endlich kam, war mehr als eine Stunde nutzlos verstrichen.

»Überraschungsbesuch, Hans?«, fragte der Major. Seine Miene ließ keinen Zweifel daran, dass er wenig angetan von Adlers Anwesenheit hier war. »Warum wenden Sie sich nicht an Helen?«

Ja, warum hatte er es nicht einmal erwogen?

Helen war für ihn eine alte Bekannte. Eine grandiose Sängerin und seine verführerische Freundin, die in privaten Dingen stets ein offenes Ohr für ihn hatte. Aber eben nur in privaten Dingen. Ihre Beziehung zu Wilkinson, wie immer sie aussah, blieb Adler vorerst suspekt. Ebenso wie ihre Rolle als Verbindung zu dem Amerikaner.

»Well, wenn Sie schon einmal hier sind, was gibt es denn so Dringendes?«

Wilkinsons Auftritt ließ in Adler die Zweifel wachsen, ob er sich richtig entschieden hatte. Sollte er nicht doch besser erst mit Stumm reden?

»Na los, Hans. Ich habe nicht ewig Zeit.«

Adler entschied sich für einen Umweg. »Was hat es mit den *monument men* auf sich?«

Skeptisch musterte ihn Wilkinson. »Wie kommen Sie denn auf die?«

»Beantwortet man in Amerika Fragen immer mit einer Gegenfrage?«

Langsam kehrte Adlers Selbstbewusstsein zurück.

»Haben Sie sich heute Morgen auf Spitzfindigkeiten und Haarspalterei verlegt, Herr Kommissar?«

»Und gleich noch eine Frage hinterher.«

Widerwillig lächelte Wilkinson. Er schaute sich um. Und obwohl niemand zu sehen war, forderte er Adler auf, ein paar Schritte mit ihm zu gehen. Durch das vertrocknete Gras liefen sie hinab zum Wannsee. Zwei Spaziergänger im Park. Sanfte Wellen schwappten regelmäßig an das Ufer.

»Wer hätte gedacht, dass nach einem solchen Winter ein solcher Sommer auf uns warten würde.«

Was war das denn jetzt? Wollte Wilkinson Small Talk mit ihm betreiben?

»Es ist, wie soll ich das sagen, mit dem Leben wie mit dem Wetter«, fuhr er fort, »mal ist es so. Mal ist es anders. Nur der Wechsel bleibt gewiss.« Wilkinson ließ den Blick über das Wasser schweifen, als würde ihm von dort ein Gedanke zufliegen. »Einige Sachen erweisen sich dennoch als bemerkenswert beständig. Beispielsweise die Kunst. Ein Rembrandt wird immer große Kunst bleiben. Nicht wahr, Hans? Egal, ob er bei den Nazis im Museum hängt oder sonst wo auf der Welt. Also muss man sehen, dass Rembrandts Gemälden nichts Schlimmes widerfährt. Dass sein Werk für die Menschheit auch in Zukunft erhalten bleibt. Das zu gewährleisten ist vereinfacht gesagt die Aufgabe unserer *monument men*. Sie haben dafür gesorgt, dass die Kunstwerke, die die Nazis während des Krieges aus den Museen irgendwohin ausgelagert haben, nach Kriegsende wieder aufgefunden wurden.«

»Um wieder an ihre alten Standorte zurückzukommen?«, fragte Adler.

Damit traf er offenbar einen wunden Punkt.

»Well. Das ist unser Ziel. Zumindest von einigen von uns«, schränkte Wilkinson ein. »Derzeit touren etliche Meisterwerke aus den deutschen Museen durch Amerika. Ich hoffe sehr, dass sie anschließend wieder dorthin zurückgebracht werden, wo sie hingehören.«

Adler nahm in Wilkinsons Ausführungen eine Mischung aus Zweifel und Zuversicht wahr. »Sehen das die Sowjets genauso?«

»Ihre Fragen sind schwere Kost für einen so schönen Vormittag, Adler. Ehrlich gestanden wissen wir das nicht sicher. Sie haben erst kürzlich einen Beauftragten ernannt, der sich um die Rückführung jener Kunst kümmern soll, die die Nazis entwendet haben.«

Adler merkte auf. Davon hatte er noch nichts gehört.

»Kunst, wie soll ich mich ausrdücken, weckt Leidenschaft. Sie entfacht Begehrlichkeiten. Und der Kunstraub gehört von jeher zum Krieg, man schmückt sich mit den Schätzen seines unterlegenen Feindes. Napoleon hat alles zusammengerafft, dessen er in Preußen habhaft werden konnte. Euer Hitler hat ganze Museen ausgeraubt, gerade auch in Russland. Wussten Sie, dass er ein gewaltiges Museum für seine geraubten Werke in Linz bauen wollte?« Wilkinson blickte Adler streng an, ehe er fortfuhr. »Wer weiß schon ganz genau, welche Kunstwerke in den Wirren der letzten Kriegstage wohin verschwunden sind? Aber warum wollen Sie das alles wissen, Hans?«

Adler hielt Wilkinsons Blick stand. Jetzt galt es ... Er nahm all seinen Mut zusammen.

»Was, wenn von den Kunstwerken, die die Nazis ihren Besitzern geraubt haben, noch immer einige unentdeckt in Berlin lagern würden?«

Wilkinson pfiff leise durch die Zähne. »Das würde manches klären.«

Adler war überrascht. Mit dieser Reaktion Wilkinsons hatte er nicht gerechnet. »Was würde das erklären?«, fragte er nach.

»Dass in letzter Zeit dieses oder jenes Werk überraschend auf dem Kunstmarkt aufgetaucht ist. Manches offiziell bei Versteigerungen. Anderes unter der Hand bei zahlungskräftigen Sammlern. Je ungewisser die Herkunft eines Bildes ist, seine Provenienz, desto leichter lässt es sich an Sammler verkaufen. Dann muss man nicht ganz so große Angst haben, dass die Spur des Werkes verfolgt werden kann und einem die ehemaligen Besitzer auf die Schliche kommen.«

»Das ist Hehlerei. Mindestens.«

»So kann man das ganze Geschäft mit der Kunst auch bezeichnen, das die Nationalsozialisten erfolgreich aufgezogen haben. Sie waren durch und durch Verbrecher, egal, womit sie sich beschäftigt haben.«

»Und was hat das Ihrer Meinung nach mit Berlin zu tun, Major?«, fragte Adler.

»Nun, bisher ist es unklar, wo der Nachschub an Kunstwerken herkommt.«

Adler erinnerte sich an sein Gespräch mit Ruth von Dedowsky. »Und einige dieser Bilder wechseln daraufhin in der Schweiz den Besitzer. So wie schon in der NS-Zeit. Ist das heute legal?«, fragte er.

Bedächtig schaute Wilkinson auf den See. »Sie stellen Fragen, Hans! Manchmal ist die Gier größer als das Unrechtsbewusstsein. Offenbar ist das gar nicht so selten der Fall. Einige Sammler mögen gutgläubig ihre Bilder erworben haben, aber die meisten täuschen ihre Gutgläubigkeit nur vor.«

»Und Leutnant Raskow? Er soll in der Schweiz aufgetaucht sein.«

»Was Sie nicht alles wissen, Hans«, antwortete Wilkinson mit gespieltem Erstaunen. »Manchmal habe ich den Verdacht, Sie verfügen über bessere Quellen als wir.«

Adler ging nicht auf Wilkinsons ironischen Kommentar ein, sondern fragte: »Heißt das, dass Sie vermuten, Raskow verkauft im Auftrag der Russen die Restbestände der von den Nazis geraubten Kunstwerke in der Schweiz?«

»Das wäre eine mögliche Deutung«, antwortete der Amerikaner schmallippig.

»Ich denke, Raskow wurde in Zürich gesehen? Das spräche doch dafür.«

»Ich gebe Ihnen einen guten Rat, Hans. Geben Sie sehr genau darauf acht, mit wem Sie wo über solche Sachen reden.«

»Sollte ich hier lieber nicht mit Ihnen über Kunst sprechen, Major Wilkinson?« Adler verstand nicht, warum Wilkinson andauernd abwiegelte.

»Hans, Sie sind von einer solch rechtschaffenen Naivität, dass es kaum zu ertragen ist.« Wilkinson drehte sich so, dass sein Gesicht vom Haus aus nicht mehr zu erkennen war, und senkte seine Stimme. »Also gut. Es könnte natürlich sein, dass Raskow versucht, Kunstwerke für die Russen in der Schweiz auf den Markt zu bringen. Möglich, dass es sich dabei um die übrig geblieben Kunstwerke aus dem Bestand handelt, den die Nationalsozialisten zusammengerafft haben. Also um Raubkunst. Aber das ist gar nicht so einfach umzusetzen, wie es auf den ersten Blick klingen mag. Wie schafft er es zum Beispiel, die Bilder in die Schweiz zu transportieren? Haben Sie darüber schon nachgedacht?«

Nein, gestand sich Adler ein. Was Raskow mit den Bildern machte, die er aus Schloss Schönhausen holte, wohin er sie brachte und wie, daran hatte er bisher noch keinen Gedanken verschwendet. Ebenso wenig wusste er, wie er an seine Kunden kam. Handelte er am Ende gar nicht im Auftrag der Russen, sondern agierte auf eigene Rechnung?

Adler war verwirrt.

»Die Nazis hatten es einfach, die von ihnen selbst gestohlenen Bilder aus dem eigenen Land in die Schweiz zu bringen. Bei Raskow liegen die Dinge anders. Er muss schließlich erst durch die sowjetische Zone kommen, was vielleicht noch denkbar wäre, vorausgesetzt, er handelt im Auftrag der Sowjets. Oder zumindest mit ihrer Billigung. *Anyway.* Doch dann muss er die Werke weiter durch die amerikanische Zone bringen, sehr riskant, schließlich wird alles und jeder dauernd kontrolliert. Und selbst wenn er das schaffen sollte, geht es noch weiter für ihn. Er muss entweder über die französische Zone in die Schweiz gelangen. Oder er wählt den Weg über Österreich, aber in Vorarlberg sitzen auch wieder die Franzosen. Der Weg ist ohnehin fast noch schlimmer, so viele Stempel bräuchte Raskow für seinen Identitätsnachweis. Überall kann er aufgehalten, durchsucht und festgenommen werden. Dabei kann er dann höchstens zwei oder drei Bilder dabeihaben, ohne aufzufallen. Das alles ist natürlich möglich. Aber es erscheint verdammt aufwendig.«

Wilkinson hielt inne. Die Sonne brannte auf Adlers Gesicht.

»Oder Raskow lässt seine Geschäfte über Mittelsmänner abwickeln, aber auch das birgt Tücken. Zum einen kostet es Geld. Das ließe sich regeln. Schwerer wiegt, dass es dann Mitwisser gibt. Und das steigert die Gefahr, verraten zu werden.«

»Und was bedeutet das nun, Major Wilkinson?« Adler begann ungeduldig zu werden.

»Das weiß ich nicht«, gab er zu. »Ich habe bloß ein bisschen laut nachgedacht. Wo waren wir stehen geblieben? Ah, sie hatten mich nach den *monument men* gefragt.«

Wilkinson holte eine Packung Lucky Strike aus der Jackentasche und steckte sich eine Zigarette an.

»War das alles, was Sie von mir wissen wollten? Sind Sie deshalb gegen jede Vernunft am helllichten Tag nach Wannsee rausgefahren?«

Adler kam sich seltsam vor. Er versank immer tiefer in irgendwelche Bildergeschichten, während der Mörder der beiden jungen Frauen weiterhin frei herumlief. Er musste aufpassen, dass Raskow nicht zur Obsession wurde. Wahrscheinlich hatte Erich Wellhausen recht. Es gab nur eins: Er musste diese Sache mit der Raubkunst vom Tisch bekommen, um sich endlich auf seine eigentliche Aufgabe zu konzentrieren.

»Kann ich offen reden?«, fragte er Wilkinson.

»Ich fürchte, dass ich Sie daran nicht hindern kann.«

»Im Schloss Schönhausen sind hochkarätige Kunstwerke der Moderne gelagert. Wie gesagt, vermutlich Restbestände der NS-Raubkunst. Gestern Abend habe ich Raskow dort im Schloss gesehen. Und die Bilder.« Er zögerte kurz, ehe er fortfuhr. »Wir müssen sie dort rausholen.«

Wilkinson schaute ihn ernst an. »Sie sind sich sicher? Sowohl mit Raskow als auch mit den Bildern?«

»Absolut«, versicherte Adler.

»Und wie stellen Sie sich das vor? Wir fahren mit einem Lastwagen vor das Schloss, begrüßen die Rotarmisten freundlich, schütteln ihnen die Hand, und sie helfen uns dann dabei, die Bilder aus dem Schloss zu tragen, während Raskow danebensteht und lächelnd Däumchen dreht?«

»Das wäre eine Möglichkeit. Aber Ihrem ironischen Unterton entnehme ich, dass Sie das nicht für sonderlich erfolgversprechend halten.«

»Sie haben es erfasst, Adler. Offiziell kommen wir nie im Leben in Ihr Schloss.«

»Na, dann müssen wir es eben inoffiziell erledigen.«

»Ah, und wie soll das funktionieren?«

»So wie ich es heute Nacht geschafft habe. Von der Friedenskirche führt ein Tunnel bis ins Schloss. Nicht sonderlich bequem, aber es ist machbar. Durch ihn können wir die Kunstwerke rausholen, oder zumindest einen Teil. Das dauert eine Weile, aber es wäre eine Möglichkeit.«

Wilkinson schaute Adler staunend an. »Durch einen Tunnel? Und den haben die Sowjets noch nicht entdeckt?«

»Ich denke nicht.«

»Wie lang ist dieser Tunnel?«

»Etwa fünfhundert Meter würde ich denken.«

Erneut pfiff Wilkinson durch die Zähne. »Und was erwartet uns dort? Außer ein paar Rotarmisten, die nur darauf warten, dass sie uns mit ihren Maschinengewehren unschädlich machen?«

»Schätzungsweise rund hundert Kunstwerke der Moderne. Paul Klee, Max Pechstein, Otto Dix und so weiter.«

Wilkinsons Blick begann zu glänzen. Auf einmal wurde er geschäftig.

»Okay, Hans. Vielleicht war es doch ganz gut, dass Sie hergekommen sind. Ich werde mich bei Ihnen melden.

Falls wir uns dazu entschließen sollten, im Schloss vorbeizuschauen …«

»… dann will ich selbstverständlich mit von der Partie sein.«

»Das hatte ich schon befürchtet.« Wilkinson verzog das Gesicht.

22

Adler war sich nicht sicher, was lähmender war: Die Ungewissheit, bisher keine Spur vom Frauenmörder zu haben, die Frage, ob und wie sie die Kunstwerke aus dem Schloss Schönhausen holen konnten, oder die Hitze, die immer noch wie eine Glocke über Berlin lag. Mit feuchten Fingern saß er hinter seinem Schreibtisch, unfähig, klar zu denken. Immer wieder stand er auf und machte sich auf den Weg, um Stumm einzuweihen, nur um nach wenigen Schritten wieder zurückzukehren und erneut hinter seinem Schreibtisch Platz zu nehmen.

Die Zeit tröpfelte so langsam voran wie der Schweiß von seiner Stirn.

Als wäre es ihnen ein Anliegen, Adler weiter in seiner Ungewissheit köcheln zu lassen, riefen ihn weder Markgraf noch Stumm zu sich. Kurz erwog er, bei Karin Fischer vorbeizuschauen. Doch auch sie durfte er nicht einweihen. Wie verdammt schlecht er doch ein Geheimnis für sich behalten konnte! Am liebsten hätte er laut herausposaunt, was er im Schloss entdeckt hatte. Wie sehr er Ruth von Dedowsky vermisste!

Und dann war da noch Raskow. Aalglatt und skrupellos war er ohne Rücksicht auf Verluste vorgegangen.

Endlich raffte Adler sich auf zu handeln und ließ Raade zu sich kommen.

»Halten die Sowjets eigentlich Hauswart Müller immer noch fest?«

Raade erwies sich als bestens informiert.

»Wachtmeister Ulitz hat ausrichten lassen, dass Müller wieder auf freiem Fuß ist.«

»Er ist also aus Raskows Sicht nicht der Mörder?«

»Ich würde eher sagen, Leutnant Raskow will lieber sichergehen, dass er nicht noch einmal eindeutig falschliegt. Ein zweites Mal würde auf ihn zurückfallen.«

»Sehr gut. Kommen Sie, Raade, dann sollten wir uns unbedingt ein eigenes Bild machen und mit dem Herrn Hauswart sprechen.«

»Soll ich Ulitz Bescheid geben?«

Adler winkte ab. »Lässt der Wachtmeister die Umgebung von Schloss und Ruine immer noch überwachen?«

»Jawohl.«

Ulitz' Vorsicht erschien Adler gut begründet. Solange der Täter noch nicht gefasst war, konnte er jederzeit erneut zuschlagen. Es bedeutete für Adler aber auch, dass sie äußerst vorsichtig bei ihrem heimlichen Besuch des Schlosses würden vorgehen müssen, um weder von den Sowjets entdeckt zu werden noch von Ulitz' Leuten, die ganz in der Nähe die Orangerie im Blick behielten.

Es schnürte Adler das Herz zu, als er den verlassenen Unterschlupf der Meisters im Hof des Mietshauses sah. Voll Mitleid dachte er an die unglückliche Frau, die den Tod ihres Sohnes nicht verkraftet hatte. Er schaute empor zum Himmel. Der Krieg war vorbei, doch die Unwucht der Welt setzte sich fort. Wie lange würde es dauern, bis das Leben in der Stadt nicht nur für wenige Augenblicke wieder den Geschmack des Alltags annahm? Würde es nach all dem Unrecht, das geschehen war, überhaupt je wieder möglich sein?

Wie immer stand das Fenster im Obergeschoss des Vorderhauses offen, doch dieses Mal war es verwaist. Statt auf

Müller, der sich mit beiden Armen auf dem Fensterbrett neugierig herauslehnte, schauten sie auf ein schwarzes Loch.

Im Treppenhaus roch es muffig, eine Mischung aus Kohl und verfaultem Holz. Vorbei an der Gemeinschaftstoilette auf halber Treppe gingen Raade und Adler auf den ausgetretenen Stufen hoch. Einzelne Stäbe des Geländers waren herausgebrochen, sie waren wohl im letzten Winter verheizt worden. Kaum hatten sie an der Wohnungstür geklingelt, näherten sich schlurfende Schritte. Eine Frau öffnete, die den beiden Männern kaum bis zur Brust reichte. Das Gesicht eingefallen, schaute sie die Polizisten aus wässrigen Augen an. Ihr ärmelloses Kittelkleid schlotterte um den abgemagerten Köper. An den Armen fiel die käsig schimmernde Haut in faltigen Kaskaden herab. Und doch erkannte Adler in ihrem Gesicht etwas, das von einer vergangenen Schönheit erzählte. Verdeckt unter Schichten von Entbehrung, von Zorn und Verlust. Frau Müller gehörte zu den zahlreichen Berlinerinnen, die lange vor der Zeit gealtert waren.

»Wat kann ick für Ihnen tun?«, fragte sie grußlos. Ohne Anstalten zu machen, die beiden Polizisten hereinzubitten, blieb sie im Türrahmen stehen.

»Frau Müller?«

»Det sehn Se doch, Herr Kommissar.«

Ja, das sah Adler. Die Beklemmung, die er schon die ganze Zeit verspürt hatte, wollte nicht weichen. »Wir möchten bitte mit Ihrem Mann sprechen.«

Frau Müller gab ein gurgelndes Geräusch von sich. »Det würd ick och jerne.«

»Wie meinen Sie das? Ich dachte, Ihr Mann wäre nach dem Verhör durch die Sowjets wieder nach Hause gekommen?«

»Det is schon so.«

»Und jetzt?«

»Jetze iss er weg.«

Adler stutzte. »Wie weg? Was meinen Sie damit?«

»Na, jenau det, wat ick Sie sare, Herr Kommissar. Er hat sich aus'm Staub jemacht, meen Heinzi. Und mir hat er hier sitzen jelassen. So eener is det nämlich.« Die wässrigen Augen der Frau füllten sich mit Tränen. »Und nu ...«, setzte sie an, doch sie vermochte den Satz nicht zu beenden.

Raade drängte sich an Adler vorbei und schob die Frau mit Nachdruck in den Korridor der Wohnung. Sie ließ es geschehen. Adler schloss die Tür hinter ihnen. Links vom Korridor sah er in eine vollgestopfte Kammer, dahinter schloss sich die schmale Küche an. Rechts davon befand sich ein Schlafzimmer zum Hof. Dort also hatte Müller immer seinen Beobachtungsposten bezogen. Sanft drückte Raade die Frau auf einen der schäbigen Küchenstühle, von denen die Farbschichten in großen Schollen abplatzen. Alles in der Wohnung sprach von Vernachlässigung.

Adler lehnte sich gegen den vergilbten Türrahmen der Küche.

»Nun erzählen Sie mal bitte, was genau passiert ist.«

»Wat wollen Se hören? Meene Männe hat sich verdünnisiert.«

»Vorher hatten ihn die Russen zum Verhör abgeholt?«

Frau Müller lachte auf. »Mitten in die Nacht sind se vorbei jekommen, diese Schweene. Die Türe hätten se uns am liebsten einheschlaren. Ick hab jerufen und jeschrien. Aber wenn die dir am Wickeln ham, dann ...«

»Was hat Ihr Mann gesagt, als er zurückgekommen ist?«

»Wat soll er jesacht ham? Nüscht hat er jesacht. Anjekieckt hat er mir, als habe er den Leibhaftigen jesehen. Janz bleich war er.«

»Und dann?«

»Dann hat er eene Scheibe Brot abjeschnitten und een Bier jetrunken und sich ohne een Wort zu saren uff et Bett jelecht und is einjeschlafen. Und wie ick am nächsten Morjen uffjewacht bin, war er weg.«

»Und Sie haben nicht gehört, als er aufgebrochen ist? Und er hat Ihnen auch nicht gesagt, wohin er wollte?«

Frau Müller musterte Adler ausdruckslos. »Nee, hat er nich«, antwortete sie.

Ihr schmaler Körper sackte noch weiter in sich zusammen.

Raade schaute zu Adler. Er zögerte kurz, doch dann fragte der Inspektorenanwärter mit ruhiger Stimme: »Sie haben Frau Meister wegen unsittlichen Verhaltens bei der Polizei angezeigt?«

»Wat dajejen?«

»Was war der Grund dafür?«

»Die Meester hat meenem Heinz die janze Zeit schöne Aujen jemacht, kaum dat se hier einjezogen is mit ihren Bengel.« In einem Tonfall, der keinen Zweifel daran ließ, dass sie der Überzeugung war, die beiden Meisters hätten nur ihre gerechte Strafe erhalten, fügte sie erleichtert hinzu: »Und nun sind se beede doot.«

»Und Ihr Mann ist weg.«

»So isset wohl. Det war allet wegen die Meesters.«

»Wie kann das sein?« Raades Stimme nahm einen scharfen Ton an. »Zum Zeitpunkt, als Ihr Mann zum Verhör gebracht wurde, war Frau Meister bereits verstorben.«

»Verstorben. Nun drücken Se sich ma nich so jeschwollen aus. Die Pulsadern hat se sich ufjeschlitzt, die olle Schlampe.«

»Was hat Frau Meisters Tod mit dem Verhör Ihres Mannes zu tun?«, mischte sich jetzt auch Adler ein. Die selbstgerechte Art von Frau Müller ging ihm gehörig gegen den Strich.

»Na, wat meenen Se denne? Die Schlampe hat doch die Beene breet jemacht für meenen Heinz. Aber det is man och nur een Mann. Wat soll er da machen? Er kann ja nich jejen seene Natur. Aber dat die Russen deshalb jesacht ham, det er een Perverser wär, det fass ick nich. Meen Heinz! Een Perverser. Dat ick nich lache! Det war allet bloss wejen die olle Meester. Wat een Jlück, dat se nu endlich doot is.«

Frau Müller bog sich die Welt zurecht wie einen Draht fürs Blumengesteck. Es schüttelte Adler vor Ekel. Dabei hätte er kaum sagen können, was ihn mehr anwiderte. Müller, der schamlos seine Macht missbrauchte, um die Notlage von Frau Meister auszunutzen. Oder seine Frau, die ihr dafür auch noch selbst die Schuld geben wollte.

Es war ekelhaft.

Auch Raade atmete tief durch. Den Kopf rot vor Empörung, platzte es schließlich aus ihm hervor. »Sie haben Frau Meister diffamiert und angezeigt. Dabei wussten Sie ganz genau, dass nicht sie Ihren Mann verführt hat. Der Einzige, der unsittlich gehandelt hat, war Ihr Mann. Frau Meister konnte keine Miete zahlen, also hat Ihr Mann sich an sie rangemacht, weil er meinte, das stünde ihm zu. Vermutlich bereits gleich, als die beiden hier Unterschlupf gesucht hatten. Und Sie? Sie haben zugeschaut und beschuldigen die arme Frau auch noch?«

Frau Müller schrie auf. »Wat bilden Se sich ein? Wat für eene Frechheit. Die olle Hure!«

Doch Raade war nicht mehr zu bremsen. »War Ihr Mann Parteigenosse?«

»Wat soll denn det nu wieda? Det is doch Schnee von jestern.«

Demonstrativ winkte sie ab. Dabei schwabbelten die Hautfalten an ihrem Oberarm hin und her wie Fähnchen im Wind.

»Das ist keineswegs Schnee von gestern, Frau Müller«, fuhr Raade zornig fort, »bitte beantworten Sie meine Frage. Wir bekommen das sonst auch so heraus.«

»Ja und? Et war'n doch eh alle in die Partei. Also musste meen Heinz och mitmachen. Wat sollte er denn tun?«

»Und als Blockwart hat er für Ruhe und Ordnung hier im Haus gesorgt?«

»Wat wollen Se von mir? Nu hören Se doch endlich uff, uff mir rumzuhacken.«

»Ich möchte wissen, ob er als Mitglied der NSDAP hier Blockwart war.«

»Et musste doch eener dafür Sorje trajen, dat det janze Jesindel endlich mal aus det Haus und aus Pankow verschwindet«, brüllte Frau Müller.

Raade starrte Frau Müller an. So hatte es funktioniert, das »Dritte Reich«. Es war widerlich. Ob Raades Verhör ihnen half, diesen Fall zu klären und dem Mädchenmörder näher zu kommen, erschien Adler fraglich. Doch das war ihm im Moment gleichgültig. Er verstand die Empörung des Inspektorenanwärters gut. Dennoch zwang sich Adler, ruhig zu sprechen.

»Wissen Sie, wohin Ihr Mann wollte?«

Anstelle einer Antwort zuckte Frau Müller lediglich die Schultern. Es schien, als sei alle Kraft aus ihr gewichen. In sich zusammengesunken saß sie am Küchentisch.

»Wollte er wiederkommen?«

»Wat weeß ick denn«, nuschelte sie.

»Haben Sie Verwandte im Westen?«

»Eene Cousine. Bei Hamburg.«

Hamburg also.

Vermutlich hatte Müller im Gegensatz zu Rudolf schnell begriffen, dass er im Sowjetischen Sektor nicht mehr sicher war, obwohl man ihn zunächst hatte wieder laufen lassen.

»Wollte Ihr Mann Sie bei seiner Flucht nach Hamburg lieber nicht mitnehmen?«, fragte Adler mit herzloser Schärfe.

Frau Müller ließ die Hand in die Tasche ihres Kittels gleiten und holte sich ein zerknülltes Taschentuch hervor. Erst tupfte sie sich die Augen. Dann schnäuzte sie sich vernehmlich.

»Er holt mir nach«, behauptete sie kraftlos. »Er lässt mir hier nich verrecken. In dieset Drecksloch. Ick weeß et.«

Adler und Raade waren sich dessen keineswegs so sicher.

23

Adler und Raade verzichteten darauf, erneut beim Schloss als auch bei der Ruine der Orangerie vorbeizuschauen. Welche neuen Erkenntnisse hätten sich ihnen dort auch offenbaren sollen?

Zurück im Präsidium ließ sich Adler in trüber Stimmung durch den Nachmittag treiben. Vereinzelt zogen hohe Wolken am Himmel vorüber, doch sie versprachen keine Abkühlung, die sowohl ihm als auch der Stadt gutgetan hätten. In der Hitze bereitete ihm das Denken zunehmend Mühe.

Nach einer Weile sinnlosen Grübelns entschied er sich, entgegen seiner ursprünglichen Absicht, doch mit dem Polizeipräsidenten zu sprechen. Zwar nicht über die Bilder im Schloss, doch er wollte in Erfahrung bringen, ob Markgraf wusste, wo Raskow abgeblieben war. Der Leutnant schien wie vom Erdboden verschluckt zu sein. Adler trieb der Gedanke um, dass Raskow möglicherweise doch recht gehabt hatte. Was, wenn er selbst wider Erwarten danebenlag und Müller doch der Mörder sein sollte, den sie suchten? Adler schüttelte den Kopf. Unmöglich. Wie auch immer, er musste wegen Müller zügig Kontakt mit den Kollegen in Hamburg aufnehmen.

Markgraf saß träge in seinem Büro. Auch ihm war das heiße Wetter unbehaglich.

»Sie waren mit Raade bei diesem Hauswart Müller?«, begrüßte er Adler.

»Leider vergebens. Wir haben ihn nicht angetroffen«, erklärte Adler.

»Und, halten Sie ihn für den Mörder? Leutnant Raskow hat ihn jedenfalls wieder laufen lassen.«

»Das spricht natürlich dagegen, dass es sich bei ihm um unseren Täter handelt.«

Kurz blickte Markgraf auf, unsicher, wie er Adlers Bemerkung verstehen sollte.

»Das sehe ich genauso. Genosse Raskow ermittelt stets mit vorzüglicher Gründlichkeit.«

»Meinen Sie, es wäre möglich, er würde uns in einer gemeinsamen Runde einmal seine Überlegungen zum Fall detailliert mitteilen?«, fragte Adler.

Wieder schaute Markgraf irritiert auf. Doch er war zu erschöpft, um sich heute auf Adlers Unverschämtheit einzulassen.

»Leutnant Raskow wird das schon tun, wenn er es für notwendig erachtet.«

»Es ist möglich, dass Müller sich abgesetzt hat.«

Markgraf hob den Kopf. »Und wohin?«

»Vielleicht nach Hamburg. Seine Frau meint, in der Umgebung lebt eine Cousine.«

»Ich kümmere mich darum«, murmelte Markgraf.

Adler zog sich zurück. Mehr würde er heute bei Markgraf nicht erreichen. Raskow würde weiterhin machen, was er wollte.

In der sommerlichen Luft ließ sich Adler mit seinem Rad durch die Ruinenfelder in Richtung Charlottenburg treiben. Immer wieder hielt er kurz an und betrachtete seine geschundene Stadt. An manchen Stellen erschien es ihm, als würden sich die orangerot von der Sonne angestrahlten Brandwände mit ihren Ziegelspuren und Farbresten zusammenschieben wie auf einem der Gemälde von Werner Heldt.

Faszinierend, wie der Blick auf die Kunst den eigenen Blick veränderte, dachte Adler. Wie sie ihn schärft und zugleich anregt. Vielleicht würde ihnen die Kunst sogar dabei helfen, all das Erlebte zu verarbeiten. Er nahm sich vor, Kriee einmal darauf anzusprechen.

Die Badewanne war an diesem Abend noch leerer als die Tage zuvor. Melancholisch schwebte der Klang von Berts Klarinette durch den Raum. Adler ließ sich in einer Ecke des Raumes nieder und schloss die Augen. Die Musik trug ihn durch seine Gedanken. Müller, der Nazi-Blockwart, der seine Machtposition gegenüber Frau Meister schamlos ausgenutzt hatte. Die unglückliche Frau Meister selbst, die sich aus Verzweiflung das Leben nahm. Der aufbegehrende und verliebte Rudolf, dessen Leben an einem Strick endete. Zwei junge Medizinstudentinnen, die niemandem mehr helfen würden, weil ihnen niemand hatte helfen können. Alles an diesem Fall drückte Adler nieder. Dabei herrschte vor der Tür doch der herrlichste Sommer. Endlich Nachkriegssommer.

Eigentlich sollte ich mich einfach vor meine Laube setzen und Feuchtwanger lesen, dachte er.

»Traurig, mein Kommissar?«

Sanft legte Helen ihm ihre Hand in den Nacken. Er spürte ihre Haut. Die vertraute Wärme.

»Ein wenig«, antwortete Adler, »oder vielleicht eher enttäuscht. Oder entmutigt.«

»Das klingt nicht gut.«

»Nein, klingt es nicht. Aber es kommt vor. Immer wieder. Leider. Kennst du das nicht?«

»Ach Hans, du dummer Junge. Natürlich kenne ich das. Jeder kennt das.«

Leise begann Helen eine Zeile aus jenem französischen

Lied zu summen, das sie neulich auf der Bühne gesungen hatte: »*Was ist von unserer Liebe geblieben, was von den schönen Tagen. Ein Foto, ein altes Foto aus meiner Jugend.*«

Unwillkürlich musste Adler lächeln. Er fühlte sich ertappt. Ja, was war von den schönen Tagen geblieben?

Ob sie je zurückkehren würden? Andererseits – was waren seine weinerlichen Gedanken gegen jenen Kummer, der jetzt Familie Wegener niederdrückte? Dagegen ging es ihm doch gold. Es herrschte Frieden. Er lebte. Er hatte ein Auskommen. Doch zugleich erschien ihm all das im warmen Sommerglanz so zerbrechlich wie eine Schale feinsten chinesischen Porzellans. Jeden Moment konnten wieder Panzer rollen, und es wäre ungewiss, was dann mit Berlin geschehen würde. Doch es half nicht, sich davor zu fürchten. Es galt, den Augenblick zu genießen. Wie leicht das klang. Und wie schwer es Adler fiel.

Günther brachte ihm einen Kaffee. Wohlriechend. Echter Bohnenkaffee! Fragend blickte Adler auf.

»Falls die Nacht für dich heute noch ein wenig länger dauern sollte«, orakelte Günther und blinzelte Helen verschwörerisch zu.

»Wie meinst du das?«, fragte Adler.

Doch statt zu antworten, verschwand Günther hinter dem Tresen und trocknete stumm Gläser ab.

»Ein Löffel oder zwei?«, fragte Helen.

»Zwei bitte.«

Der verklumpte Rübenzucker löste sich nur langsam auf, so energisch Helen auch umrührte.

»Vertraust du mir nicht, Hans?«, fragte sie unvermittelt.

»Aber wieso sollte ich dir nicht vertrauen?«

»Weil du lieber nach Wannsee fährst, statt mit mir zu sprechen.«

Darum ging es also.

»Das muss ich wohl noch lernen.«

»Das musst du wohl.«

Bert an der Klarinette hatte Helens gesummte Melodie aufgenommen und variierte das Motiv des Chansons von Charles Trenet. Ton für Ton tastete er sich voran. Begann zu improvisieren.

»Magst du mir mehr von Paris erzählen?«, fragte Adler.

In der schwach besuchten Badewanne fanden sie endlich einmal Ruhe für ein Gespräch.

»Ach, Paris.« Helen seufzte. »Warst du schon einmal dort? Vor dem Krieg?«

»Ich weiß von Paris nur, dass es die Stadt der Liebe sein soll.«

»Ja, das sagt man.« Helen klang melancholisch.

»Und? Ist sie das nicht?«

»Ja und nein. Jede Stadt kann die Stadt der Liebe sein. Selbst das zerstörte Berlin.«

»Na, dann muss ich ja gar nicht von der Spree an die Seine fahren?«

»Nein, Hans, das musst du nicht. Aber schön ist es dort doch. Ein Fest fürs Leben. Es ist ganz anders. So lebendig.« Helens Augen glänzten.

»Ist es das in der Badewanne nicht auch?«

»Natürlich«, antwortete Helen, doch sie klang nicht überzeugt. Nervös begann sie mit ihren schwarzen schlanken Fingern zu spielen, deren Nägel dunkelrot lackiert waren.

»Das Leben in Paris erscheint so alltäglich. So leicht, selbst wenn es mühsam ist. Verstehst du, was ich meine?«

»Ich denke schon.«

»Ohne die vielen Trümmer. Ohne das Elend der Zerstörung. Ohne diese furchtbare Vergangenheit.«

Adler schaute ihr in die Augen. »Das klingt, als würde es dir in Berlin nicht mehr gefallen.«

»Doch, doch«, antwortete sie zu schnell. »Aber Berlin ist nicht wie Paris. Hans …«, setzte sie nach einer kurzen Pause an, in der der Klang der Klarinette sie wieder umschwebte.

Adler ahnte längst, was sie wohl sagen würde. Er hatte es im Stillen bereits befürchtet, als er sie dieses Lied vor ein paar Tagen zum ersten Mal hatte singen hören.

»Ich denke, ich sollte eine Weile an der Seine leben.«

»Bist du dir ganz sicher?«

»Nein, Hans, das bin ich mir ganz und gar nicht.« Ihre braunen Augen ruhten auf ihm. »Würdest du mich dort einmal besuchen?«

»Überall. Das weißt du doch. Einarmige Polizisten sind berüchtigt dafür, dass sie durch ganz Europa reisen.«

»Sogar bis nach Paris.«

»Sogar bis nach Paris. Oder noch weiter. Bis nach New York, wer weiß. Wann wirst du fahren?«, fragte Adler, denn er traute sich nicht zu fragen, wann sie wiederkommen würde. Oder ob überhaupt.

»Es steht noch nicht fest, und es kommt mir auch so vor, als würde ich Berlin einfach im Stich lassen, wenn ich jetzt gehe. Unser kaputtes, trauriges Berlin. Aber ich habe dir doch von diesem Jazzklub erzählt.«

Adler erinnerte sich.

»Sie haben mich gefragt, ob ich dort in der kommenden Saison singen möchte. Sie zahlen gut. Sehr gut. Und das Beste ist, Charles hat gesagt, er wolle Schallplattenaufnahmen mit mir machen.«

»Der Charles von deinem Lied? Charles Trenet?«

»Oui«, sagte sie mit englischdeutschem Akzent.

»Und was meint Major Wilkinson dazu?«

»Nur wer so zärtlich sein kann wie du, kann ebenso grausam sein und solche Fragen stellen. Major Tom wird damit leben müssen …«

Adler dachte an die Müllers. »Ich bin mir sicher, dass man kein bisschen zärtlich sein muss, um furchtbar grausam zu sein. Noch viel grausamer als ich.«

»Vielleicht hast du recht.« Sie zögerte. »Tom weiß noch nichts von dem Angebot.«

»Dabei war er es, der dich nach Paris mitgenommen hat.«

»Ja, das hat er.« Helen schaute auf ihre Uhr, als könne sie von dort die verstrichene Zeit zurückholen. »Und es war wunderschön.«

»Kommt er nicht vielleicht doch mit?«

»Aber nein. Tom bleibt am Wannsee. Zumindest vorerst, denke ich. Er ist der klassische *last man standing*. Selbst wenn die Russen das restliche Berlin überrennen, würde er nicht weichen«, fügte sie mit leicht pathetischem Unterton zu.

Auch eine Art *monument man*, dachte Adler.

»Es wird Zeit, Hans.«

»Wofür? Du brichst doch noch nicht heute Abend nach Paris auf.«

»Aber nein.« Helene lachte. »Aber es wird Zeit für dich. Du hast gleich eine Verabredung.«

»Davon weiß ich nichts. Mit wem denn?«

»Na, dann denk mal scharf nach, mein Lieber. Ich soll dich jedenfalls gleich an der Kaiser-Wilhelm-Gedächtniskirche abliefern.«

Es ging also los. Schon heute Abend. Wilkinson hatte wirklich keine Zeit vergeudet.

»Nach Schönhausen?«

»Komm, ich begleite dich.«

24

Der warme Sommerabend legte sich schmeichelnd um die beiden, kaum dass sie auf die Nürnberger Straße traten. Sie liefen zur Tauentzienstraße hoch und bogen nach links ab. Der ramponierte Turm der zerbombten Gedächtniskirche ragte mahnend in die Nacht wie ein hohler Zahn, all die wilhelminische Pracht war in sich zusammengestürzt. Vorbei am berühmten Romanischen Café, von dem nur noch der alte Schriftzug an der Fassadenhülle kündete, führte Helen Adler zur Ruine des Capitol-Kinos neben dem Zoo.

Wilkinson lehnte an einem schäbigen Pritschenwagen, ein Vorkriegsmodell von Mercedes. Lächelnd nahm er Helen in den Arm. Ein gehauchter Kuss. Ein Nicken zu Adler.

»Shall we?«

Drei Männer ohne Uniform, die Wilkinson begleiteten, sprangen auf die Ladefläche. Dann zogen sie die Plane zu, die darüber gespannt war.

Helen strich Adler über den Arm. »Seid vorsichtig.«

»As you know – everything on your own risk«, sagte Wilkinson.

Adler dachte an ihre Fahrt nach Bernau im Frühling, als sie den kleinen Fritz aus den Klauen von General Swatschov befreit hatten. So gefährlich würde es heute nicht werden. Oder doch? Wenn er im russischen Sektor mit einem Trupp US-amerikanischer Soldaten den Rotarmisten in die Hände fiel, dann war ihnen mindestens ein Schauprozess sicher. Wenn es überhaupt bis dahin kam und sie nicht gleich standrechtlich erschossen wurden. Adler schob diese Gedanken schnell beiseite. Er wollte die Bilder aus dem Schloss holen, alles andere erschien ihm jetzt nebensächlich.

Er setzte sich neben Wilkinson, der den Pritschenwagen zügig durch den fast baumlosen Tiergarten steuerte. Ihr Weg führte vorbei am Gefängnis in Moabit, entlang des Humboldthains und der Plumpe weiter in den Norden der Stadt. Wilkinson stellte den Wagen so dicht wie möglich bei der Friedenskirche ab. Adler spürte in jeder Faser, wie schon während der Fahrt seine Anspannung wuchs. Jetzt, neben dem zerstörten Gotteshaus, erschien ihm die Situation unwirklich. Eben noch hatte ihn Helen berührt, er hatte Postkartenansichten von Paris im Kopf und den Klang der Klarinette im Ohr. Jetzt stand er in der menschenleeren, langsam verdämmernden Stadt. Der Sommer duftete noch immer friedlich. Doch darunter umlauerte sie die Gefahr, die jeden Moment hervorbrechen konnte.

Es wurde ernst.

Adler musterte die Kirche. Wie seltsam, dass sie ihre Fahrt vorhin ebenfalls an einem Gotteshaus begonnen hatten. Zufall? Oder brauchten sie für ihr Vorhaben so dringend Gottes Segen?

»Wie geht's weiter, Hans?«

Wilkinsons Frage riss Adler aus seinen Gedanken.

Vorsichtig und möglichst geräuschlos schlichen sie in die offene Kirche. Im Dämmerschein von Mond und Taschenlampe warf das Altarkreuz einen übergroßen Schatten an die Wand der Apsis. Fallende Linien stürzten auf sie ein.

Wie in expressionistischen Gemälden, dachte Adler und schob sich in die Sakristei.

Aufmerksam musterte er den Zugang zum Tunnel. Sehr gut. Niemand schien hier etwas verändert zu haben, sein unterirdischer Ausflug zum Schloss war wohl unbemerkt geblieben.

»Darunter befindet sich der Zugang.«

Die drei GIs machten sich daran, die Trümmerteile wegzuschieben, dann öffneten sie die Holzklappe. Der muffige Geruch, den Adler schon kannte, kam ihnen aus dem Tunnel entgegen.

»All right«, sagte Wilkinson.

Adler meinte auch in Wilkinsons Stimme die Anspannung zu hören.

»Eine Sache noch«, flüsterte Adler. »Ziemlich am Ende des Tunnels liegt das Skelett eines deutschen Wehrmachtssoldaten.«

»Wenn er tot ist, kann er uns ja wenigstens nicht gefährlich werden«, scherzte Wilkinson.

»Shall we leave the flap open?«, fragte einer der GIs.

Wilkinson schaute Adler fragend an.

»Ich habe die Klappe offen gelassen«, antwortete er.

Der Major nickte, bevor er das Wort an einen GI richtete: *»Dick, you stay here.«*

»Yes, Sir.«

So leichtsinnig wie Adler neulich war Wilkinson also nicht.

Vorsichtig stiegen sie die Treppe hinab. Jetzt galt es. Nach wenigen Metern gingen sie alle auf die Knie und robbten schweigend voran. Im künstlichen Licht der Taschenlampen huschten ihre Schatten über die Tunnelwände. Immer wieder gab Wilkinson Zeichen, um innezuhalten und die Lage zu sondieren.

Sie lauschten in die Stille.

Nichts.

Der muffige Geruch im Tunnel erschien Adler heute noch intensiver zu sein, aber das mochte an seiner Aufregung liegen, die die Sinne schärfte. Nach wenigen Metern zischte Wilkinson erneut: *»Stopp!«* Sie hielten inne. Deutlich war ein Rascheln zu vernehmen. Der Schrecken fuhr Adler in die Glieder. War er doch aufgeflogen? Er spürte die lastende Enge des Tunnels. Es schien ihm, als würden sich die Wände auf ihn zubewegen. Er atmete schwer. Was, wenn sie hier nicht mehr herauskämen? Wenn sie lebendig gefangen wären, begraben, so wie Charlotte unter den Trümmern?

Adlers Gedanken arbeiteten auf Hochtouren. Wer wusste davon, dass sie hier waren? Panik stieg in ihm auf. Er verfluchte sich, dass er nicht mit Stumm gesprochen hatte. Wenigstens Wachtmeister Kunert hätte er ins Vertrauen ziehen müssen. Was war nur los mit ihm, dass er ohne Rückversicherung bei der Berliner Polizei auf eigenes Risiko mit den Amerikanern losgezogen war? Doch es half nichts. Jetzt musste er versuchen, einen klaren Kopf zu behalten. Die Panik niederkämpfen. Es würde ihnen gelingen. Sie würden ins Schloss gelangen und die Bilder retten. Die Bilder retten – wie das klang.

Wilkinson leuchtete in die Tiefe des Tunnels. Das Ende war noch nicht zu sehen, nicht einmal der tote Wehrmachtssoldat. Stattdessen funkelte ihnen eine Armada stecknadelgroßer Augen entgegen. Adler überlief eine Gänsehaut. Sie hatten eine ganze Armee von Ratten aufgestöbert, panisch stoben die Tiere davon. Einige rannten in ihre Richtung und schossen über die Männer hinweg.

»What a lovely place, Hans«, raunzte Wilkinson.

Dann herrschte Ruhe.

Doch Wilkinson wartete noch einen Moment ab. Stille. Er sendete ein vorab vereinbartes Lichtsignal zum Eingang des Tunnels, das der zurückgelassene GI erwiderte. Erst dann ging es weiter. Endlich tauchte die Wehrmachtsuniform des Soldaten vor ihnen auf. In diesem Moment gab es am Tunneleingang einen Knall. Adler zuckte zusammen. Was war das denn? Wilkinson und Adler wechselten einen Blick. Ihre Exkursion schien unter keinem sonderlich guten Stern zu stehen.

So viel zu Gottes Segen, dachte Adler zynisch.

Die Männer zogen ihre Waffen. War das der Ernstfall?

Wilkinson wies einen seiner Leute an, zurückzukriechen, um die Lage zu überprüfen. Sie blieben zu dritt in Sichtweite des Toten zurück. Die Minuten flossen dahin, zäh wie Haferschleim. Von fern war ein Wortwechsel zu vernehmen. Kurz darauf kam die Entwarnung. *»Dick thought he heard somethin' outside the church. He wanted to close the lid, but it slipped«*, erklärte der GI, als er zurückgekrochen war.

Wilkinsons Miene ließ keinen Zweifel daran, dass es das letzte Mal war, dass Dick an einer solchen Mission teilgenommen hatte. *»Okay. Move on.«*

Der Ärger über die verlorene Zeit und die unnötige Aufregung überwog das Unbehagen, an dem toten Soldaten vorbeizumüssen. Endlich erreichten sie das Ende des Tunnels und richteten sich erleichtert auf. Wieder hieß es lauschen. Wieder war ein Rascheln zu vernehmen.

»Rats again«, raunte einer der beiden GIs.

Wilkinson machte eine unwirsche Bewegung und schaltete seine Taschenlampe aus. Die anderen taten es ihm nach. Völlige Dunkelheit umfing sie jetzt. Jedes noch so kleine Geräusch wuchs scheinbar zu einem tosenden Lärm an. Adler hörte das Rauschen seines Bluts in den Ohren. Wenigstens übertönte es das Brummen in seinem lädierten Schädel. Die Wunde am Kopf pochte wie Hammerschläge. Die Hand fest um die Waffe geklammert, lauschte er.

Nichts.

Oder halt.

Wieder ein Rascheln, aber anders als bei den Ratten. Verdammt. Auf der anderen Seite der Tür schien sich jemand aufzuhalten. Und tatsächlich, auf einmal waren Bruchstücke einer Unterhaltung zu hören. Und nun? Sich durch die Dunkelheit tastend, schob Wilkinson Adler und die beiden GIs zurück in den Tunnel. Erst dort stellte er seine Lampe wieder an. Unsicher über ihr weiteres Vorgehen, kauerten die vier Männer beieinander.

»Und?«, flüsterte Adler.

»*What do you think, Hans?*«, fragte Wilkinson. »Rückzug oder Angriff?«, schob er auf Deutsch nach.

Adler war sich sicher, dass sich Wilkinson längst entschieden hatte. Nur wie? Er erwog ihre Möglichkeiten. Jeden Tag, den sie warteten, verringerte ihre Chance, die Kunstwerke herauszuholen. Und vermutlich waren auf der anderen Seite des Tunnels nur die gleichen Wachen, auf die Adler selbst schon gestoßen war. Er atmete kurz durch, um sich Mut zu machen.

»Angriff.«

Wilkinson lächelte. Es galt.

25

Langsam schoben sie sich wieder in den Tunnelausgang und bezogen dort Position, um zu lauschen. Die Stimmen waren verstummt, die Wachen hatten ihre Runde fortgesetzt. Adler schaute zu Wilkinson, zog Kunerts Werkzeug aus der Jackentasche und machte sich über das Schloss her.

Mit einem leisen Pling sprang es auf. Diesmal gelang es ihm noch zügiger. Die beiden GIs gingen vor und sicherten ab. Ausführlich musterte Wilkinson den Raum, als wäre zwischen den Ziegeln ein Geheimnis verborgen. Erst dann gab er mit einer Kopfbewegung das Signal, die nächste Tür zu öffnen. Adler drückte die Klinke, doch dieses Mal öffnete sich die Tür nicht ohne Weiteres. Gerade wollte er sich mit seinem Werkzeug dem Schloss zuwenden, da drängte ihn einer der GIs mit einem gehauchten *»may I«* zur Seite. Umgehend war auch dieses Schloss geknackt. Dahinter öffnete sich der Lagerraum. Schränke, Bücher, Stühle, Teppiche. So ausführlich wie geräuschlos untersuchten die Amerikaner den Keller.

Vermutlich waren einige der Stücke hier bereits eingelagert worden, als man sich in Amerika gerade erst daran machte, die USA zu gründen, vermutete Adler.

Dabei wollte er nur möglichst schnell zu den Bildern voran, doch die Amis ließen sich Zeit. Gründlichkeit ging hier offenbar vor Schnelligkeit. Geräusche auf dem Flur ließen sie erneut zusammenzucken. Kaum hatten sie Zeit, in Deckung zu gehen, da öffnete sich die Tür. Zwei Rotarmisten machten Licht und musterten oberflächlich den Raum. Dann schlossen sie die Tür wieder ab. Das war gerade noch mal gut gegangen. Sie verharrten auf ihren Posten, bis sich die Schritte entfernt hatten.

»Weiter«, drängelte Adler.

Auch das nächste Schloss stellte kein Hindernis dar.

Über den Flur führte Adler die Truppe zu jenem Raum, unter dem die Bilder lagerten.

Dann ging es sehr schnell. Noch während sie dabei waren, das letzte Schloss auf ihrem Weg zu knacken, hörten sie Schritte. Auf dem Flur bot sich kein Versteck, der Weg in den anderen Raum war zu weit. Schon hörten sie die Rotarmisten rufen:

»*руки вверх!* Hände hoch!«

Sie saßen in der Falle.

Immerhin schossen die Russen nicht gleich, möglicherweise ahnten sie nicht einmal, dass ihnen Amerikaner gegenüberstanden. Folgsam hoben alle fünf ihre Arme. Weil Adler nur einen Arm hob, raunzte ihn einer der Rotarmisten an. Dann bemerkte er, was los war, doch die Erkenntnis besänftigte ihn nicht, im Gegenteil. Mit Adler stand jemand vor ihm, der ganz offensichtlich im Krieg gekämpft hatte. Ein Feind. Gerade wollte er mit seinem Gewehrkolben auf den erstarrten Adler einschlagen, als den Rotarmisten selbst ein schwerer Schlag an den Kopf traf. Im gleichen Moment ging sein Kamerad in die Knie. Aus dem angrenzenden Keller waren vier weitere Männer gekommen.

»*Just in time*«, scherzte Wilkinson erleichtert.

Fragend schaute ihn Adler an.

»Wie denkst du dir, dass wir hundert Bilder in einer Nacht zu viert herausholen sollen? Selbst zu acht werden wir es kaum schaffen.«

Wilkinson hatte recht, so weit hatte Adler gar nicht gedacht. Es schien, als würde ihn seine Kopfverletzung noch immer lähmen.

Zügig wurden die beiden Rotarmisten gefesselt und geknebelt.

»Hurry up!«, rief Wilkinson, *»no time to lose.«*

Ein GI öffnete die letzte Tür.

Adler wies auf den friderizianischen Fauteuil über der Klappe. Umgehend wurde der alte Stuhl zur Seite geräumt. Dann zogen sie den Teppich darunter fort.

Adler wies auf die geschlossene Holzklappe im Boden.

»Hier ist es.«

»Okay, guys«, sagte Wilkinson, die Stimme vor Anspannung eine Oktave höher. *»As much paintings as fast as possible.«* Er schaute auf die Uhr. *»At five we gotta leave.«*

Und damit schlug er die Klappe zurück und kletterte als Erster hinab.

»Holy Shit«, rief er, kaum dass er unten ankam.

»Was ist los, Major?«, fragte Adler und schwang sich ebenfalls hinab. Was er sah, verschlug ihm die Sprache. Dort, wo gestern noch gut hundert Gemälde gelagert hatten, standen nur noch leere Regale. Sämtliche Bilder waren verschwunden. Sie waren zu spät gekommen.

Wütend fegte Adler mit seinem Arm durch das schmutzige Holzregal. Die ganze Aktion war umsonst gewesen. Für nichts und wieder nichts hatten sie sich in Gefahr begeben. Ob die Sowjets sein Eindringen bemerkt hatten? Und wohin waren all die Bilder verschwunden? Vor Wut hätte er laut losbrüllen mögen.

»Und wenn die Bilder noch im Schloss sind?«, zischte er.

Wilkinson musterte ihn streng. »Möglich, Hans. Wenn sie je hier waren. Aber das werden wir nicht erfahren.«

»Verdammt, sie waren hier. Und wir müssen sie finden!«

»Viel zu gefährlich. Wir ziehen uns zurück. Auf der Stelle.

Das ist ein Befehl. Raskow muss davon erfahren haben, dass wir von den Bildern wissen. Keine Ahnung wie. Aber wir können froh sein, dass wir noch nicht tot sind.«

»Das ist mir egal.«

Adler wandte sich zur Kellertreppe. Wilkinson packte ihn an der Schulter.

»Hans. Seien Sie vernünftig.«

»Ich will wissen, wo diese Bilder sind.«

»Und was hilft Ihnen das, wenn Sie tot sind?«

Adler schüttelte die Hand ab und stürmte die Treppe hoch. Sollte es noch weitere Posten im Schloss geben, dann hätte der Lärm dafür gesorgt, dass sie spätestens jetzt von den Eindringlingen wussten. Wie von Sinnen öffnete Adler die Tür. Er stand in dem kleinen Flur, der zu dem großen Treppenhaus führte. Wilkinson hatte zu ihm aufgeschlossen.

»Hans, seien Sie kein Idiot. Das ist zu gefährlich!«

»Wenn Sie hier so rumbrüllen, wird es noch viel gefährlicher«, flüsterte er.

Mit schnellen Schritten durchquerte Adler das Erdgeschoss. Weder für die Intarsien des Zedernzimmers hatte er einen Blick noch für die Rokokodekorationen an Decken und Wänden. Hier waren auch keine Bilder. Zwei Stufen auf einmal nehmend, stürmte er die Treppe hoch. Wilkinson stand noch immer im Foyer und schüttelte fassungslos den Kopf. Er verstand nicht, was in Adler gefahren war. Wie ein Wirbelwind stob der durch das Obergeschoss. Auch hier sah alles noch genauso aus wie vor einigen Tagen, als er es mit Raskow besichtigt hatte. Nirgends waren die Bilder zu sehen. Schweißtriefend kehrte er die Treppe hinab zu Wilkinson zurück.

»Na gut. Sie haben gewonnen. Ziehen wir uns zurück.«

Zornig blickte ihn Wilkinson an. »Sie sind unberechenbar, Adler.«

»Vielen Dank für das Lob.«

»Das war kein …«

In diesem Moment hörten sie den Schuss.

Wilkinson hielt inne. Fragend schauten sich die Männer an. Von wo kam das? Jedenfalls nicht aus dem Schloss.

Angespannt lauschten sie in die Nacht. Adler lief in den Gartensaal.

»*That's none of our business*«, schnauzte Wilkinson.

»*Are you sure, Major?*«

»*Yes, I am.*«

Waren das nicht Stimmen? Von draußen? Und das mitten in der Nacht? In Adlers Kopf überschlugen sich die Gedanken. Er erinnerte sich an die Schreie von Elke Wegener. Er war zu spät gekommen, um sie zu retten. Noch einmal würde ihm das nicht passieren. Er schaute zu Wilkinson, der energisch den Kopf schüttelte. Ein Amerikaner im Sowjetischen Sektor. Das würde mindestens zu diplomatischen Verwicklungen führen.

Adler nickte.

»Sorry«, hauchte er. Dann öffnete er die Tür zum Garten und rannte quer über den Pleasureground des Schlossgartens in Richtung Orangerie. Das Licht seiner Taschenlampe flackerte unstet über den Boden. Immer wieder schwenkte es durch die hohen Bäume, die wie Gespenster neben ihm hertanzten. Adlers Lunge brannte. Er durfte nicht zu spät kommen. Nicht noch einmal zu spät. Endlich tauchten vor ihm die Umrisse der Ruine auf.

Adler blieb stehen, suchte Deckung. Waffe oder Lampe. Mit seiner einen Hand war er schon wieder gezwungen, sich zu entscheiden. In der Dunkelheit fiel die Wahl erneut auf die Lampe. Vorsichtig schob er sich voran. Die Ruine war ihm mittlerweile erschreckend vertraut. Ohne nachzudenken, wählte er den Weg zu jenem Ort, an dem die beiden anderen Frauen ermordet worden waren. Zwischen herabgestürzten Balken und zusammengefallenen Mauern beleuchtete er die unwirkliche Szenerie. Er erkannte die Umrisse von drei Menschen, die auf dem Boden lagen. Sekundenschnell sondierte er, dass ihm wohl keine unmittelbare Gefahr drohte.

Tatsächlich. Da war wieder eine Frau, diesmal war er nicht zu spät gekommen. Adler stürmte aus der Deckung hervor. Im gleichen Moment stockte ihm der Atem. Er erkannte Karin Fischer. Zitternd und tränenüberströmt kauerte sie dort.

»Was ist los? Was machst du hier? Wer hat geschossen?«, bestürmte Adler sie mit Fragen.

»Ich wollte …«, setzte sie an.

Ohne auf Antwort zu warten, schloss Adler sie in die Arme.

»Nicht mich, die anderen«, stöhnte sie und wies auf die anderen beiden.

Adler leuchtete mit seiner Taschenlampe durch die Orangerie. Ein kleines Stück von Fischer entfernt lag Busse. Er hielt die Augen geschlossen. Blut sickerte aus seinem Hemd. Adler fühlte mit der Hand den Puls an seinem Hals. Busse lebte. Der Dritte war Wachtmeister Ulitz. Im regelmäßigen Rhythmus des Pulsschlags schwappte ein Schwall Blut aus seiner Kehle. Adler kniete sich neben dem schwer verletzten Mann hin.

»Was ist passiert?«, fragte er.

Ulitz versuchte zu lächeln. Behutsam hob Adler den alten Mann an und hielt ihn in seinem Arm. Mehr konnte er nicht für ihn machen.

»Der kleene Busse. Det hätt' ick nie im Leben jedacht …«, murmelte er schwach.

»Kennen Sie ihn?«

Anstatt einer Antwort blinzelte Ulitz bestätigend. Seine blutüberströmte rechte Hand lag an seinem Hals. Er rang nach Luft, bis irgendwann der Blutschwall abebbte.

»Sie haben sie gerettet, Ulitz. Sie haben sie vor Busse gerettet. Sie lebt.«

Immer noch lächelte Ulitz schwach. Für einen Moment schien es, als wolle er etwas zu Adler sagen, und mühsam versuchte er, sich vorzubeugen. Doch vergebens. Er war zu schwach. Kraftlos sank er in Adlers Arm zurück.

Es war vorbei.

Vorsichtig legte Adler den toten Wachtmeister auf dem Boden ab. Dann wendete er sich wieder Karin zu.

»Was machst du um Gottes willen hier?«, fragte Adler.

»Busse wollte … ich hatte den Verdacht …«, stotterte sie. Mehr brachte sie nicht heraus.

»Aber warum hast du mir nichts davon erzählt?«

Sie schüttelte den Kopf. Sie würden später miteinander sprechen. Blutbesudelt, wie er inzwischen war, nahm er sie dennoch erneut in den Arm. Sie ließ es geschehen und schmiegte sich an ihn an.

Dann kamen zwei Kollegen von Ulitz angerannt, dicht gefolgt von zwei sowjetischen Soldaten. Im Nu waren sie von Rotarmisten umringt, die ihre Gewehre auf sie richteten. Und plötzlich war auch er da. Raskow. Gelangweilt schaute er auf Adler und Fischer hinab, bevor er den toten Wachtmeister Ulitz musterte. Schließlich wandte er sich Busse zu. Der lag immer noch regungslos auf dem Boden. Mit dem Fuß stupste Raskow ihn an. Busse stöhnte auf.

»Glückwunsch, Kommissar Adler.«

Adler erhob sich. Unter dem aufmerksamen Blick der Rotarmisten musterten sich die beiden Männer.

»Glückwunsch? Wozu? Zu einem toten Kollegen?«

»Das ist traurig«, sagte Raskow, »sehr traurig.«

»So traurig wie der Tod von Rudolf Meister?«

Ausdruckslos blickte ihn Raskow an.

»Und die Bilder?«

Adler meinte ein Zucken in Raskows starren Zügen zu erkennen.

»Welche Bilder, Kommissar Adler? Wovon sprechen Sie?«

»Das wissen Sie ganz genau.«

Raskow schwieg. Es hätte keinen größeren Unterschied zwischen dem aufgewühlten Adler und dem eiskalten Raskow geben können.

»Die Bilder, die im Schloss versteckt waren.«

»Sie waren im Schloss, Kommissar Adler?«

Adler lächelte abschätzig. »Aber ja doch, Leutnant Raskow. Gemeinsam mit Ihnen. Erinnern Sie sich nicht mehr?«

»Natürlich erinnere ich mich. Sehr gut sogar. Ein bisschen Kultur tut gut in diesen schweren Zeiten, nicht nur den Deutschen. Auch wir Russen lieben die Kunst.«

»So sehr, dass Sie nicht genug davon bekommen können?«

Adler spürte, dass er verloren hatte. Wobei: Die Bilder hatte er zwar verloren, aber dafür war der Frauenmörder gefasst. Zwei russische Sanitäter kamen hinzu und versorgten Busse und Fischer.

»Kommissar Adler. Ich denke, dass Sie sich jetzt lieber um Ihren Täter kümmern sollten, anstatt sich Ihren Phantastereien hinzugeben. Was meinen Sie?« Er hielt einen Moment inne. Dann fuhr er mit gesenkter Stimme fort, sodass nur noch Adler ihn hören konnte. »Es gibt keine Bilder mehr im Schloss Schönhausen. Kein Pechstein, kein Kandinsky, kein Jawlensky. Nicht einmal mehr Otto Dix.« Raskow machte eine Pause. »Schon lange nicht mehr. Die Bilder, sie sind nichts als ein Produkt Ihrer überspannten Phantasie, Kommissar. Zu viel Phantasie ist gefährlich, wissen Sie das nicht? Die faschistischen Verbrecher haben für ein paar Jahre jene großartigen Kunstwerke hier gelagert, von denen sie behauptet haben, sie seien entartet. Und dann haben sie die Bilder verkauft. Andere haben sie einfach verbrannt. Das macht man doch nicht, nicht mit Bildern und nicht mit Büchern. Und dann, ja dann war das Schloss leer, Kommissar. Keine Bilder mehr.« Erneut hielt er inne und trat näher an Adler heran. »Phantasie kann sehr gefährlich werden, wenn man sie mit der Wirklichkeit verwechselt.«

Raskows Stimme war nur noch ein Flüstern. Adler schmeckte den Geruch seines Atems, so dicht war ihm Raskow gekommen.

»Denken Sie nur, jemand würde darüber phantasieren, dass eine Truppe amerikanischer Soldaten mitten im sowjetischen Sektor in ein Schloss einbricht? Was würde wohl geschehen, wenn der sowjetische Stadtkommandant Genosse Kotikow davon erfahren würde? Nicht auszudenken.« Raskow trat einen Schritt zurück und streckte ihm die Hand aus. »Meinen Glückwunsch, Kommissar Adler.«

Adler zögerte kurz. Hatte er eine andere Wahl? Er ergriff Raskows ausgestreckte Hand.

26

Sie sind ein verdammter Narr, Adler«, schnauzte ihn Wilkinson wütend an.

»Ach ja? Und ich hätte erwartet, dass Sie froh wären, dass wir den Fall des Pankower Schlitzers gelöst haben«, erwiderte Adler.

»Glückwunsch«, grummelte Wilkinson. Betreten blickte Helen zu Boden. Eine leichte Brise ließ das Laub rascheln. Am Morgen hatte ein kräftiger Schauer den Staub aus der Luft gewaschen. Die Temperaturen waren abgekühlt, die frische Luft duftete erdig.

»Mit Ihrem unbedachten Ausbruch im Schloss Schönhausen haben Sie das ganze Unternehmen gefährdet.«

»So, habe ich das?« Zornig funkelte Adler Wilkinson an. Er wusste, dass er zu impulsiv gehandelt hatte. Aber er wusste auch, dass er jederzeit wieder so handeln würde. »Ich bin Polizist. Meine Aufgabe ist es, Menschen zu helfen und Verbrechen aufzuklären. Nichts anderes habe ich getan.«

»Wie ich schon sagte. Glückwunsch.«

»Danke. Ich kann nichts dafür, dass Raskow dafür gesorgt hat, die Bilder aus dem Schloss zu entfernen. Und überhaupt. Sie haben sich doch mit Ihren Leuten rechtzeitig aus dem Staub gemacht, ehe Ihnen die Rotarmisten zu nahe kommen konnten.« Adler machte eine Wischbewegung mit der Hand.

»Hans, überspannen Sie den Bogen nicht.«

»Was wollen Sie von mir, Major Wilkinson? Dass ich

mich nicht um das Opfer eines Mordanschlags kümmere? Dass ich einen Kollegen verbluten lassen soll?«

»Jungs«, fuhr Helen energisch dazwischen.

Augenblicklich hielten die beiden Männer inne. Doch sie schauten sich weiter unversöhnlich an.

»Das bringt nichts. Es ist alles gut ausgegangen. Tom, du bist mit deinen Männern unbehelligt abgezogen, und Hans hat seinen Mörder.«

»Er ist unzuverlässig«, brummte Wilkinson.

»Und wer sagt mir, dass Sie nicht die Bilder selbst schon aus dem Schloss geholt haben?«, schoss es aus Adler hervor.

Wilkinson fuhr auf und trat millimeterdicht an Adler heran. »Seien Sie ganz vorsichtig, was Sie behaupten, Hans Adler.«

»Es reicht!«, rief Helen.

Wilkinson wendete sich ab, lief ein Stück an der Balustrade der Terrasse entlang. Er steckte sich eine Lucky Strike an. Gierig saugte er den Rauch ein und pustete ihn in den rotschimmernden Abendhimmel.

»Es ist nichts mehr zu ändern«, sagte Helen. »Und es ist alles gut gegangen.«

»Nicht für Wachtmeister Ulitz«, erwiderte Adler trotzig.

Wilkinson hob an, ebenfalls etwas zu erwidern, doch Helen war schneller.

»Tom!«

Er winkte ab.

»Hauptsache, er zieht uns in Zukunft nicht wieder in seinen Bullshit hinein«, sagte Wilkinson missmutig. Noch ehe Adler etwas erwidern konnte, griff Helen sein Handgelenk.

»Gut. Dann hätten wir das ja geklärt. Wie wäre es, wenn ihr euch jetzt die Hände reicht?« Sie griff nach ihrem Bourbon, das Eis klirrte im Glas. »Und dann stoßen wir an.«

»Worauf?«, fragte Wilkinson übellaunig.

»Such dir etwas aus, Tom. Dass wir leben. Dass der Mörder gefasst ist. Dass es keine dritte Tote gegeben hat. Dass der Fall gelöst ist«, schlug Helen vor.

»Und die Bilder?«, fragte Adler.

»Ja, die Bilder«, wiederholte Helen gedehnt. Sie blickte zu Wilkinson, doch der zuckte mit den Schultern.

»Ich habe keine Ahnung. Wirklich nicht.«

»Und Raskow?«

Es schien Adler, als würde ein Schatten über Wilkinsons Gesicht gleiten.

»Auch keine Ahnung.«

»Ist er nicht in Zürich?«

Wilkinson schüttelte den Kopf.

»Seitdem Sie mit ihm im Schlosspark gesprochen haben, ist er wie vom Erdboden verschluckt.« Wilkinsons hatte seine Stimme gesenkt.

»Ist er noch in Berlin? Oder in Moskau?«

»Wie gesagt, wir haben nichts mehr von ihm gehört. Die Sowjets allerdings auch nicht. Er scheint dort nicht nur Freunde gehabt zu haben.« Wilkinson nahm einen großen Schluck Whiskey. »Jedenfalls habe ich läuten hören, dass Raskow auch nicht in Moskau aufgetaucht ist. Als man dort seine Wohnung in der Sadowaja 302b öffnete, war sie vollkommen leer geräumt. Keine Möbel, keine Kleidung, keine Bilder. Nichts. Nicht einmal ein Nagel soll noch an der Wand gehangen haben. Alles verschwunden. Einfach so. Alles fort, ebenso wie der gute Raskow.«

Wo immer Raskow jetzt war. Dort würden auch die restlichen Bilder nicht weit sein, vermutete Adler.

»Und Ihre Freundin?«, fragte Wilkinson, der sich langsam beruhigte.

»Sie ist nicht …«

Doch Wilkinson ließ ihn nicht ausreden. »Was ist mit ihr?«

»Sie hat einen Schock. Ansonsten ist sie zum Glück unverletzt geblieben.«

»Wenigstens das«, murmelte Wilkinson. »Aber was hat sie um Himmels willen mitten in der Nacht in Pankow gemacht?«

»Sie wollte Busse überführen.«

»Woher wusste Sie, dass er der Täter war?«

Nun war es an Adler, einen Schluck Whiskey zu nehmen. Mit einem angenehmen leichten Brennen glitt die Flüssigkeit durch seine Kehle.

»Sie wusste es ja nicht.«

»Ein Schuss ins Blaue?«

»In gewisser Weise ja. Sie hatte Busse im Verdacht, mit den Morden zu tun zu haben.«

»Aber warum nur? Es hätte jeder andere sein können.«

»Tja, vielleicht Intuition? Er sei ihr in den Vorlesungen von Professor Böhm aufgefallen. Der Blick, mit dem er die Studentinnen musterte. Seine Art, wie er mit ihnen umging. Zwischen zuvorkommend und brachial. Das alles erschien ihr … merkwürdig. Aber wiederum auch nicht so merkwürdig, dass sie ihn unbegründet einem Verdacht aussetzen wollte.«

»Sehr umsichtig. Und sehr leichtsinnig«, merkte Wilkinson an. »Sie beide passen ausgezeichnet zueinander.«

Adler verzog das Gesicht. »Ich hätte selbst darauf kommen können«, erklärte Adler. »Sie ist nicht rechtzeitig zu der Ausstellungseröffnung ihrer Tante aufgetaucht. Du entsinnst dich?«

Helen nickte.

»Das hat mich sehr gewundert. Erst meinte Karin, sie hätte noch zu arbeiten gehabt. Später hat sie mir dann gestanden, dass sie den Tatort in Pankow inspiziert hat.« Adler schüttelte den Kopf. »Ich hätte nachfassen müssen. Warum war sie dort? Hegte sie einen Verdacht? Jedenfalls suchte sie anschließend den Kontakt zu Busse. Und der ließ sich nicht lange bitten und fuhr schließlich mit ihr nach Pankow.«

»Aber Karin passt doch überhaupt nicht zu den beiden anderen Frauen. Weder war sie Studentin, noch war sie so jung wie die beiden«, wandte Helen ein.

»Ich bin mir ziemlich sicher, dass Busse sie nicht wirklich umbringen wollte.«

»Wie kommst du darauf?«, hakte Helen nach.

Adler spürte, wie er trotz des wärmenden Alkohols fröstelte. »Es könnte sein, dass er gefasst werden wollte.«

Wilkinson und Helen schauten ihn ungläubig an.

»Er hätte genügend Zeit gehabt, Karin umzubringen«, erklärte Adler. »Doch er hat es nicht getan. Er hat sie mit dem Skalpell bedroht, aber er hat nicht wie bei den anderen zugestochen. Stattdessen setzte er sich einfach neben sie hin.«

»Ein Sadist«, merkte Wilkinson an. »Hat er das bei den beiden anderen Frauen ebenso gemacht?«

»Wir werden es möglicherweise nie erfahren«, antwortete Adler. »Aber vielleicht war Busse auch einfach verzweifelt. Er saß neben Karin Fischer, um auf frischer Tat ertappt zu werden.«

»Das ist doch idiotisch«, warf Helen ein.

»Es mag uns so erscheinen«, antwortete Adler bedrückt.

»Und warum hat er dann trotzdem den armen Wachtmeister Ulitz ermordet?«

»Es klingt seltsam, aber vermutlich hat er das im Affekt getan.«

Erneut blickten Wilkinson und Helen ihn ungläubig an.

»Ulitz hat ihn überrascht.«

»Das ist doch Unsinn. Du hast doch gesagt, er habe darauf gewartet, dass er erwischt wird.«

»Und das stimmt wohl auch. Aber Busse war überrascht, als sich Ulitz angeschlichen hatte, und stach einfach zu.«

»Du meinst, wenn Wachtmeister Ulitz ihn aus der Distanz angesprochen hätte, dann würde er noch leben?«

Adler spürte, wie löchrig sich seine Interpretation für die beiden anhören musste. Und doch war er fest davon überzeugt, dass es sich genau so zugetragen hatte. Der Einzige, der über die Ereignisse hätte Auskunft erteilen können, war Busse. Doch der schwieg sich seit seiner Verhaftung hartnäckig aus. Wenn Adler ihn zum Reden bringen wollte, würde er Geduld brauchen. Ob er es überhaupt schaffen würde? Es gab wenig Zweifel daran, wie das Gerichtsurteil für Busse angesichts der Morde an den beiden jungen Frauen und an Wachtmeister Ulitz ausfallen würde: Hinrichtung durch das Fallbeil im Zellengefängnis Lehrter Straße.

»Und warum mordete er im Schlosspark?«, setzte Wilkinson erneut an.

»Ulitz hat mich drauf gebracht. Busse ist in Pankow aufgewachsen, es war sein Beritt«, Adler schwieg. Er schaute auf den Wannsee, beobachtete die im Wind zitternden Blätter. Dann fügte er mit leiser Stimme hinzu: »Busse wollte einfach nach Hause.«

Seit er ihn beim Prozess das letzte Mal gesehen hatte, war Busse schmaler geworden, an seinem Gesichtsausdruck hatte sich jedoch nichts verändert. Schweigend sah er Adler an, in seinem Blick lag eine gewisse Milde. Die dunkle Zelle war lange nicht mehr gestrichen worden, in die Wände hatten Gefangene Namen und Daten geritzt. Flecken überzogen Wand und Boden. Alles hier war bedrückend. Dabei hatte das Moabiter Zellengefängnis einst als besonders fortschrittlich gegolten. Noch vor dem Kaiserreich hatten es die preußischen Könige vor den Toren Berlins erbauen lassen, und statt die Häftlinge in Gemeinschaftszellen einzupferchen, durften sie dort in Einzelzellen sitzen, die in sternförmigen Trakten angeordnet waren. Damals erschien das als Fortschritt, jetzt war es ein trostloser Ort, der von außen einer Burg glich. Innen war es eine Hölle, auf der die schwere Last seiner Geschichte drückte.

»Warum?«, fragte Adler und sah Busse unverwandt an.

Sein Gegenüber schwieg.

Busse senkte den Blick auf seine weichen Hände, als wäre dort die Antwort verborgen.

»Warum mussten die beiden jungen Frauen sterben?«, setzte Adler erneut an.

Busse hielt den Blick weiter gesenkt.

»Warum Wachtmeister Ulitz?«

Schweigen.

»Sie haben Frau Dr. Fischer verschont. Warum?«

Busse regte sich nicht.

»Wussten Sie, dass Wolfgang Borchert hier eingesessen hat?«, fragte Adler.

Immerhin. Der Name des jungen Schriftstellers ließ Busse aufblicken, doch er schwieg weiter.

»Und er war nicht der einzige Dichter, der hier gefangen gehalten wurde.«

Aus seiner Jackentasche zog Adler ein Blatt Papier. Mit einer ruhigen Bewegung seiner Hand strich er es auf dem Tisch glatt und las vor:

»Vermessenheit im Guten oder Bösen
Ich büße den Versuch, sie aufzuhalten.
Ein Stoß – ein Wirbel – tödliches Erkalten …«

Nach einem Moment fügte er hinzu: »Das ist aus den *Moabiter Sonetten*. Kennen Sie die?«

Busse starrte Adler jetzt direkt an.

Es war unmöglich, zu erkennen, was in seinem Kopf vorging. War Busse in seiner eigenen Gedankenwelt gefangen? Aber war das nicht jeder auf seine Art?, dachte Adler.

»Sehen Sie, Herr Busse, ich denke nicht, dass Sie ein schlechter Mensch sind.«

Er machte eine Pause, um Busse eine Reaktion zu ermöglichen, doch der schwieg beharrlich. Adler fuhr fort: »Ich wollte, dass Sie das wissen. Ich habe mich ausführlich mit Frau Dr. Fischer über Sie unterhalten, und sie ist derselben Meinung. Obwohl sie froh ist, dass sie Sie nie wieder sehen wird. Ich denke, dass Sie das verstehen, nach den Vorfällen im Schlosspark.«

Schweigen.

»Mit Professor Böhm habe ich auch lange gesprochen. Er hat gelobt, wie liebevoll Sie mit den Studenten umgehen. Und vor allem mit Ihren Patienten.«

Hinter dem vergitterten Zellenfenster schimmerte ein kleines Fitzelchen Blau auf.

»Das wäre nicht möglich, wenn Sie ein durch und durch schlechter Mensch sind.«

Es erschien Adler, als würde Busse seine Worte mit einer gewissen Genugtuung hören. Doch vielleicht fehlinterpretierte Adler auch die winzigen Regungen in der Mimik seines Gegenübers.

»Albrecht Haushofer war auch hier eingesperrt. So wie Sie. Er kannte Rudolf Heß. Joachim von Ribbentrop kannte er ebenfalls. Ribbentrop wurde in Nürnberg als Kriegsverbrecher gehängt. Das ist Rudolf Heß erspart geblieben. Ich bin ihm neulich fast begegnet, da wurde er mit anderen Gefangenen als Kriegsverbrecher in das Gefängnis nach Spandau gebracht. Vermutlich sieht es dort nicht viel anders aus als hier.«

Adler hielt inne.

»Haben Sie je von Haushofer gehört? Ich habe leider erst nach seinem Tod von ihm erfahren. Durch seine Gedichte. Während die Russen im April 1945 beim Kampf um Berlin schon in der Stadt standen, wurde er aus seiner Zelle geführt. Vielleicht dachte er, man würde ihn freilassen. Aber nein. Die Nazis hassten ihn so sehr, dass sie ihn in allerletzter Minute mit einem Schuss ins Genick ermordeten.«

Busses Gesicht wirkte gequält.

Erneut strich Adler mit seiner Hand über das Papier, um es zu glätten.

»So wachsen Mord und Brand und Quälerei
mit stolzem Wissen immer neu verbunden,
von Menschen ganz allein wird so geschunden.«

Lange saßen sich die beiden Männer schweigend gegenüber.

»Wie schade, dass Sie nicht mit mir reden wollen, Herr Busse. Kurz bevor Haushofer ermordet wurde, hat er diese Sonette, die er hier geschrieben hat, aus dem Zellengefängnis geschmuggelt. Sie sind wie sein Testament, sein Tod war völlig sinnlos. Er stellte keine Gefahr für die Nationalsozialisten dar. Und doch war ihr Hass so abgrundtief, dass sie es ihm nicht durchgehen lassen konnten, dass er ein guter Mensch war. Das war in ihren Augen sein Verbrechen.«

Quietschend schob Adler den Stuhl zurück. Er erhob sich und streckte die Hand aus. Doch Busse blieb starr sitzen.

»Ich wünsche Ihnen alles Gute, Herr Busse, für Ihre letzten Stunden. Und Gottes Segen.«

Damit wandte er sich zum Gehen. Gerade als ihm der Wärter die Zellentür öffnen wollte, hörte er, wie Busse sich räusperte.

Langsam drehte sich Adler um. Tränen rannen über Busses Wangen.

»Gottes Segen wird mir nicht mehr zuteilwerden, Kommissar Adler. Dafür habe ich selbst gesorgt.«

Adler ging zwei Schritte zurück in Busses Richtung. Dann blieb er stehen. Erwartungsvoll schaute er, ob der Delinquent weiterreden würde.

»Ich habe keine Angst vor dem Tod. Aber vor dem Sterben fürchte ich mich sehr.«

Adler setzte sich wieder.

»Wenn ich mich vor dem Sterben nicht so fürchten würde, dann …« Wie eine weite Ebene im Norden dehnte sich die Stille zwischen den Männern aus, ehe Busse seinen Satz vollendete, »… dann wären die beiden jungen Frauen wohl nie gestorben.«

Fragend blickte Adler zu Busse.

»Dann wäre ich längst tot«, erklärte er.

Adler spürte, dass er geduldig bleiben musste. Er durfte Busse nicht verschrecken und musste ihm die Zeit geben, die er für seine Ausführungen benötigen würde. Zugleich musste er versuchen, das Gespräch zu lenken.

»Warum diese beiden jungen Frauen?«

»Weil sie jung waren. Weil sie so schön waren.«

Das sollte der Grund für die Morde gewesen sein?

»Das glaube ich Ihnen nicht, Herr Busse.«

Busse atmete tief ein. Dann stützte er die Stirn in die Hände. »Der Ekel.«

»Ekel? Ekel wovor?«

»Vor mir.«

Busses Stimme wurde immer leiser.

»Ich bin froh, dass es bald vorbei ist, Kommissar Adler. Ich habe kein Recht mehr zu existieren. Ich bin zufällig auf dieser Welt erschienen, eine Laune der Natur. Eine Frucht der beliebigen Lust meiner Eltern. Meiner verfluchten Eltern. Wenn sie sich nur nie kennengelernt hätten. Wenn ich nur mit meiner Mutter im Kindbett gestorben wäre. Wenn sie mich hätte wegmachen lassen.« Busse hielt inne. Langsam richtete er sich auf.

»Sie haben recht, Herr Kommissar. Ich werde mit Ihnen reden. Nur mit Ihnen.«

Adler nickte ihm aufmunternd zu. »Danke.«

»Kennen Sie das? Dass sich alles falsch anfühlt. Sie wissen ganz genau: Es ist alles falsch. Aber Sie kommen einfach nicht aus dieser Falschheit heraus. Sie sind darin gefangen. Unwiderruflich. Es ist wie in einem Albtraum.«

Ja, das kannte Adler gut. Doch er schwieg. Nach einer Weile fuhr Busse fort.

»Ich war Sanitäter. An der Ostfront. Den Namen des Ortes habe ich vergessen. Es ist ja auch gar nicht wichtig zu wissen, wo genau es war. Am Nachmittag hatten wir uns in einem Dorf einquartiert. Wir waren müde. Die Front war nicht mehr weit weg. Die Bauern begrüßten uns mit frischem Brot. Auch wenn wir kein Wort von dem verstanden, was sie zu uns sagten, so war uns doch klar, dass sie uns wohlgesonnen waren.«

Im Sprechen vollzog sich eine Verwandlung mit Busse. Den Rücken gerade aufgerichtet, die beiden Unterarme auf dem Tisch liegend, sprach er mit klarer, warmer Stimme.

»Abends aßen wir das Brot. Es war köstlich. Frisch. Die Kruste knusprig. In einem Keller gab es Wodka. Ein ganzes Fass. Wir tranken. Später lag ich im Bett. Ich hörte Rufe. Schreie. Irgendwer rief nach einem Sanitäter. Ich kleidete mich rasch an und ging auf die Straße hinaus. Am Ende der Dorfstraße brannte ein Hof. Rasend schnell breitete sich das Feuer aus. Meine Kameraden kamen mir entgegen. Sie johlten. ›Denen haben wir's gegeben!‹, riefen sie. Dann fielen Schüsse, und drei der Kameraden kippten vornüber. Ich hockte mich neben sie. Sie waren tot. Am Ende der Straße stand eine alte Frau. Irgendwoher hatte sie ein Gewehr. Ich habe nicht verstanden, woher sie es nur bekommen hatte. Sie hatte dreimal geschossen und dreimal tödlich getroffen. Vermutlich hätte sie weiter geschossen, vermutlich auch auf mich, denn ich hockte genau vor ihrer Flinte, wenn nicht von der Seite ein anderer Kamerad gekommen wäre. Er versetzte ihr einen Schlag. Sie fiel wie ein Stein um. Der Kommandant befahl, alle Bewohner des Dorfes zusammenzutreiben. Der Boden war so hart gefroren, dass wir unsere Männer nicht beerdigen konnten. Am Rand der Straße bedeckten wir sie mit Steinen. Inzwischen waren alle Bewohner des Dorfes vor dem Gasthof zusammengetrieben worden. Links standen die Männer, rechts die Frauen. Sie hatten Angst. Auf einmal merkte ich, dass ihre Angst meine Angst war. Ich erkannte jene Frauen wieder, die uns das Brot gereicht hatten. Gerade eben noch haben sie uns das Brot gereicht, dachte ich. Jetzt standen sie da, und ihnen wurden die Hände auf dem Rücken zusammengebunden. Ich spürte den Ekel in mir aufsteigen. Ich wollte nicht, dass das passiert, was gleich passieren würde. Ich wollte schreien. Aber ich hatte keine Stimme. Ich bin Sanitäter. Meine Aufgabe ist es, Menschen zu helfen.«

Busse hielt inne. Er drehte seine Hände vor sich auf dem Tisch hin und her und betrachtete die Handflächen. Als könne er sie von dem befreien, was sie gemacht hatten.

Adler war seiner Geschichte mit wachsender Erschütterung gefolgt.

»Alle standen auf der Straße. Links die Männer. Rechts die Frauen. Es war eiskalt. Wer sich nicht länger auf den Beinen halten konnte, wurde geschlagen. Bis er wieder aufstand. Wer nicht wieder aufstehen konnte, wurde erneut geschlagen. Egal ob Mann, ob Frau, ob Kind, ob Greis. Er wurde mit dem Gewehrkolben so lange traktiert, bis er stand. Oder tot war. Am Morgen lebten nur noch wenige Dorfbewohner.« Busse schlug die Augen nieder. »Herr Haushofer wurde durch einen Genickschuss getötet, haben Sie gesagt, Herr Kommissar?«

Adlers Mund war vor Schrecken so trocken, dass er nicht antworten konnte. Er nickte.

»Genickschüsse, die mochten die Nazis. Bei Sonnenaufgang wurden alle Männer, die die Nacht überlebt hatten, mit einem Genickschuss umgebracht. Die jungen, die alten, selbst die männlichen Kinder. Die Frauen wurden gezwungen zuzuschauen. Sie schrien vor Entsetzen, als sie sahen, wie ihre Männer und Söhne starben. Auf dem Tisch lag noch das Brot, das sie uns gereicht hatten. Als die Männer tot waren, befahl unser Kommandant, alle Frauen, die noch lebten, in eine Scheune zu treiben. Wir taten, was er befahl. Er war unser Kommandant. Es waren nur noch wenige Frauen, darunter war auch noch die Alte, die unsere Kameraden erschossen hatte. Der Kommandant band sie eigenhändig auf einem Stuhl fest. So fest, dass sich das Seil in ihr Fleisch schnitt und sie blutete. Sie ertrug es schweigend. Dann wurden den Frauen die Kleider vom Leib gerissen. Halb nackt standen sie da. Einige Kameraden schauten betreten zur Seite. Sie sahen wohl ihre Mütter, Schwestern und Töchter vor sich stehen. Die meisten aber johlten. Sie wollten sich schon auf die wehrlosen Frauen stürzen. Da schoss der Kommandant in die Luft. ›Ein deutscher Soldat vergewaltigt keine Frauen!‹, rief er. Dann wählte er die Männer aus, die die Frauen hinrichten sollten. Er selbst ging vorneweg. Doch sie starben nicht schnell mit einem Genickschuss wie ihre Männer. Er rammte ihnen ein Messer in den Bauch und verlangte von uns, dass wir bei den anderen dasselbe taten.«

Busse hielt inne. Tränenüberströmt schaute er Adler an.

»Sobald alle anderen Frauen tot waren, trat der Kommandant neben die Alte. Als sie sah, wie die Frauen vor ihren Augen ermordet wurden, brüllte sie die ganze Zeit wie wahnsinnig. Er hielt seinen Zeigefinger vor den Mund. Dann sagte er auf Russisch: ›это закон войны.‹«

Das ist das Gesetz des Krieges.

»Sie starrte ihn in flammendem Zorn an. Das Letzte, was ich sah, bevor ich ohnmächtig wurde, war, wie er ihr mit einem einzigen Hieb die Kehle durchtrennte.«

Fassungslos schaute Adler auf Busse.

»Unmöglich«, wollte er sagen. Doch er brachte keinen Ton über die Lippen.

»Nun werden Sie nicht mehr sagen, dass ich ein guter Mensch bin, Herr Kommissar. Und es stimmt auch. Ich bin kein guter Mensch. Keiner meiner Kameraden sollte den folgenden Tag überleben. Alle wurden durch den Krieg gerichtet. Außer mir. Ich bin verflucht gewesen, zu überleben.«

Erneut dehnte sich ein weites Schweigen zwischen ihnen aus. Adler spürte, dass Busses furchtbare Geschichte noch nicht ganz zum Ende gekommen war. Es war für Adler nicht zu ermessen, ob seine Erzählung der Wahrheit entsprang oder seiner Phantasie. Während es immer dunkler in der Zelle wurde, setzte Busse zum letzten Mal an.

»Es hilft niemandem mehr. Doch ich bereue tief, was ich getan habe. Noch mehr bereue ich aber, dass ich überhaupt gelebt habe. Nur einen Tag später hatten die Russen das Dorf zurückerobert. Alles wäre anders gekommen, wenn wir diesen einen Tag später gekommen wären. Das ist es, was mich am meisten ekelt. Außer mir selbst. Diese völlige Zufälligkeit unserer Existenz.«

»Alle Ihre Kameraden sind am folgenden Tag gefallen?«, fragte Adler mit belegter Stimme.

»Alle«, bestätigte Busse.

»Niemand außer Ihnen selbst hat überlebt?«

Busse zögerte. »Doch. Einer«, antwortete er dann.

»Wer?«

»Der Kommandant hat überlebt.«

»Woher wissen Sie das?«

»Weil ich ihn in Berlin gesehen habe.«

»Wie lautet sein Name?«

Mit einem letzten Lächeln hob Busse den Zeigefinger vor die Lippen.

Adler wusste, dass Busse von nun an schweigen würde. Er hatte gesagt, was er zu sagen hatte, alles andere lag in Adlers Hand. Wortlos stand er auf und verließ das Zellengefängnis.

27

Es kostete Adler einige Mühe, um die erforderliche behördliche Genehmigung zu erhalten, damit er den Zug nach Dresden nehmen durfte. Eindringlich hatte er Stumm bekniet, ehe er endlich einlenkte und sich für ihn einsetzte. Seine Verbindung zu Wilkinson wollte Adler hingegen nicht bemühen. Zwischen ihm und dem Major herrschte eine Waffenruhe, die er nicht gefährden wollte.

Seinen Bericht über das Gespräch mit Busse gab er während eines langen Spaziergangs, der ihn mit dem Polizeivizepräsidenten durch die Spandauer Vorstadt führte. Hier war inmitten der umgebenden Trümmerlandschaft noch ein Rest von dem erhalten, was man als Berliner Altstadt bezeichnen konnte. Ohne es recht wahrzunehmen, waren sie in die Friedrichstraße eingebogen und zur Friedrich-Wilhelm-Stadt weitergelaufen.

Mit versteinerter Miene lauschte Stumm den Ausführungen Adlers, während sie den Schiffbauerdamm passierten. Erschüttert blieben sie schließlich nah dem Virchowdenkmal in der Luisenstraße stehen. Adler erinnerte sich an den kleinen japanischen Kirschbaum, der hier auf einem der Hinterhöfe stand. Er hatte ihn Ruth von Dedowsky im Frühling gezeigt. Wie gut, dass es so etwas Wunderbares wie die Kirschblüte gibt, sonst wäre das Leben gar nicht auszuhalten, hatte er gedachte.

»Aber dieses furchtbare Erlebnis kann doch nicht der Grund dafür gewesen sein, dass Busse Jahre später die beiden jungen Frauen umbringt.«

Stumm war immer noch fassungslos.

»Professor Böhm vermutet, dass Busse geistesgestört war«, erklärte Adler.

»Geistesgestört«, wiederholte der Berliner Polizeivizepräsident nachdenklich. »Am Ende können wir noch froh sein, dass wir nicht alle übereinander herfallen, nach dem, was wir erlebt haben. Wo soll das nur alles hinführen?«

Adler sah Stumm seine Ratlosigkeit an. Er selbst war nicht weniger ratlos. Ebenso wenig wusste er, wie er ermitteln sollte, wer jener Kommandant war, von dem Busse gesprochen hatte und den er in Berlin wiedergesehen hatte. Immer vorausgesetzt, Busses Geschichte entsprach der Wahrheit.

Für den Moment war Adler sich allerdings gewiss, dass ihm weder Markgraf noch Stumm bei dieser Suche weiterhelfen konnten. Vermutlich wäre dazu nicht einmal Otto Grotewohl in der Lage gewesen. Aber an wen konnte er sich auf der Suche nach einem Mann wenden, von dem er so gut wie nichts wusste?

»Frau Dr. Fischer hat sich glücklicherweise wieder ganz gut erholt«, berichtete Adler.

»Was hat sie nur geritten, sich in eine solche Gefahr zu begeben?«, fragte Stumm.

»Ich denke, sie wollte Busse nicht ungerechtfertigt beschuldigen, obgleich sie ihn wohl schon eine Weile im Verdacht hatte.«

»Und warum hat sie nicht mit Ihnen über ihren Verdacht gesprochen?«

Schon wieder wusste Adler keine befriedigende Antwort zu geben.

In Sichtweite der Ruine des Naturkundemuseums an der Invalidenstraße legte Stumm auf dem Rückweg ins Präsidium vertrauensvoll die Hand auf Adlers Unterarm.

»Und warum wollen Sie um Himmels willen nach Dresden fahren? Da soll doch kein Stein mehr auf dem anderen liegen.«

Adler beschloss, dass es nicht helfen würde, Stumm im Ungewissen zu lassen. Also erzählte er, wie die Bilder der Ausstellung der Entarteten Kunst in Schloss Schönhausen eingelagert worden waren. Er erzählte, was er dort gefunden hatte und von Raskows möglicher Rolle. Wilkinson ließ er allerdings ebenso außen vor wie den Tunnel zum Schloss, aus dem die Russen mittlerweile die Überreste des Wehrmachtssoldaten geborgen hatten. Und sie hatten dafür gesorgt, dass der Geheimgang ins Schloss künftig nicht mehr passierbar war. Unerwähnt ließ Adler auch den Dix in seiner Laube. Dabei war das Bild der eigentliche Grund, warum er unbedingt nach Dresden musste. Wiederum hörte ihm Stumm gebannt zu. Adler sah seinem Vorgesetzten nur zu genau an, dass er gerne noch manche Frage gestellt hätte. Doch weil er wusste, dass Adler sie ihm nicht würde beantworten wollen, behielt er sie für sich.

Zu Dresden allerdings hakte er nach.

»Aber das erklärt noch nicht, warum Sie nach Dresden müssen?«

»Ich hoffe, dass uns ein Gespräch mit Professor Löffler über den Verbleib der Bilder Aufschluss geben könnte«, erläuterte Adler inbrünstig, wohl wissend, wie wenig tragfähig seine Behauptung war. »Löffler ist ein Experte für die Kunst der Moderne«, fügte er hinzu. Adler sah Stumm an, dass er sich fragte, ob es nicht ebenso gut ein Berliner Kunstprofessor getan hätte, doch er ließ es auf sich beruhen.

»Und Hauswart Müller?«, wechselte er stattdessen das Thema.

»Wurde in Hamburg vernommen und anschließend

laufengelassen. Seine Frau hat mittlerweile übrigens auch rübergemacht.«

»Na, dann ist ja eine Wohnung in Pankow für Sie frei geworden«, scherzte Stumm.

»Ich denke, das ist mir zu dicht am Städtchen der Russen.« Adler musste an sein Gespräch mit Raade denken, als sie das erste Mal gemeinsam in der Gegend ermittelt hatten. »Aber vielleicht wäre Pankow etwas für Inspektorenanwärter Raade und seine Verlobte«, schlug er vor.

Sein Zug nach Dresden ging bereits am nächsten Morgen. Adler passierte das hohe steinerne Portal aus gelben Ziegeln des Anhalter Bahnhofs. Immer noch hinterließ der heimliche Berliner Hauptbahnhof einen besonderen Eindruck. Der Anhalter war nie ein Gare de Lyon gewesen, nie ein Kings Cross, aber eben doch Berlins Tor zur Welt. Inzwischen war die Bahnhofshalle über den Gleisen zum Himmel hin offen. Doch etliches vom Schutt des Krieges war in den letzten beiden Jahren beiseitegeräumt worden. Langsam begann die Stadt wieder Fahrt aufzunehmen, so wie die Züge im Anhalter Bahnhof. Doch wohin ihr Weg führen würde, blieb noch offen.

Adlers Dokumente wurden ausführlich kontrolliert, dann endlich verließ die Dampflok der Deutschen Reichsbahn den Bahnhof. Je weiter sie die Innenstadt hinter sich ließen, desto weniger Zerstörungen waren zu sehen. Auf dem platten Land der Mark Brandenburg schien es fast so, als habe es nie einen Krieg gegeben. Vorbei an sandigen Feldern flogen sie durch den blauen Tag. Der Mais stand mickrig auf dem kargen Boden, das würde nach der Trockenheit in diesem Jahr keine gute Ernte geben.

Mit jedem Meter, den sie sich von der Stadt entfernten, spürte Adler, wie der gelöste Fall von ihm abfiel. Ein beglückendes Gefühl von Freiheit machte sich breit. Das Gemälde von Otto Dix hatte er gut verpackt in seiner Ledertasche verstaut. Er hielt sie eng an den Körper gedrückt.

Auch auf mehrfaches Nachfragen hin hatten Looses Kinder abgestritten, etwas mit dem Gemälde zu tun zu haben. Also fragte sich Adler, ob es sich um eine »Gabe« von Raskow handeln konnte. Doch den würde er nicht mehr fragen können, der Leutnant blieb verschwunden.

Langsam näherten sie sich Dresden, der Zug schnaufte durch das Elbtal. Sie passierten den Bahnhof von Radebeul, der Stadt Karl Mays, dessen Bücher er als Bub verschlungen hatte. Doch statt Winnetou und Old Shatterhand überwältigte ihn im Moment die Schönheit der Weinberge oberhalb von Radebeul. Zugleich wurde Adler bange davor, was ihn in Dresden erwarten würde. Canalettos Bilder im Hinterkopf, gewann er einen ersten Eindruck von der Zerstörung, die die Stadt erfahren hatte, als der Zug über eine Elbbrücke zum Hauptbahnhof rollte.

Kaum hatte Adler die dunkle Bahnhofshalle des Dresdner Hauptbahnhofs verlassen, begriff er, dass sich Dresden kaum mehr von Berlin unterschied.

»Wie liegt die Stadt so wüst, die voll Volks war. Alle ihre Tore stehen öde. Wie liegen die Steine des Heiligtums vorn auf allen Gassen zerstreut. Er hat ein Feuer aus der Höhe in meine Gebeine gesandt und es lassen walten. Ist das die Stadt, von der man sagt, sie sei die Allerschönste, der sich das ganze Land freuet.«

Wispernd rezitierte er die Zeilen aus Rudolf Mauersbergers Klagelied, während er das passierte, was einmal die Prager Straße gewesen war. Die Fahrbahn war zwar freigeräumt, doch daneben reihten sich die Stümpfe der alten Häuser wie Mahnmale aneinander. Schienen für den Abtransport der

Ziegel führten durch die Trümmer. Nur wenige Menschen kamen ihm entgegen, einzelne Fuhrwerke und Rotarmisten. Je weiter er in Richtung des einstigen Zentrums kam, desto weiter erstreckten sich die enttrümmerten Flächen.

Hatte es hier je eine Stadt gegeben, hier, wo sich nun nur noch Ödnis ausbreitete?

Endlich erreichte Adler die Ruine der Frauenkirche. Ein dunkler Trümmerhaufen, aus dem erste Büsche wuchsen. Er setzte sich vor der Ruine auf einen Steinblock und packte eine Stulle aus, die ihm Erna Loose für den Weg mitgegeben hatte.

Gestärkt ging er vor zur Brühlschen Terrasse. Dort unten floss die Elbe. Nach der Trockenheit des Sommers war sie nur noch ein schmaler Strom. Das Dresdner Schloss war in sich zusammengesunken, aber die König-Albert-Brücke hatte man schon wiederaufgebaut. Auf der anderen Seite des Flusses schloss sich der breite Uferstreifen der Elbwiesen an. Adler sah das Japanische Palais, die Ruine des Blockhauses, dahinter die Neustadt. Trotz all der Zerstörungen musste er lächeln. Noch einmal kam ihm an diesem Tag seine Kinder- und Jugendlektüre in den Sinn. Doch dieses Mal war es nicht Karl May. Dort drüben, am anderen Elbufer also, war der junge Erich Kästner aufgewachsen, dessen Bücher und Gedichte er so verehrte.

Durch das Hauptportal betrat er die Kunstakademie. Obwohl auch dieses Haus schwere Schäden aufwies, war es doch weniger zerstört als die Gebäude in der Umgebung. Ein älterer Mann fragte ihn, wohin er wolle, und schickte ihn zur Druckwerkstatt.

Adler klopfte an die schwere Holztür.

»Harein!«, schallte es ihm in breitem Sächsisch entgegen.

Schüchtern trat er in den Raum, aus dem man rechts zur

Elbe und links zur Ruine der Frauenkirche schauen konnte. Vor ihm standen zwei Männer vor einer gewaltigen Maschine mit einer großen Kurbel. Fragend schauten sie ihn an. Adler erkannte das markante Gesicht von Otto Dix auf den ersten Blick. Auf einmal sank ihm das Herz in die Hose. Was wollte er nur hier?

»Nu«, fragte der andere Mann mit einer hohen weichen Stimme. »Was gönne mir denn für Sie duen?«

Unwillkürlich musste Adler wegen des ungewohnten Dialekts lächeln.

»Bitte entschuldigen Sie die Störung. Mein Name ist Hans Adler. Kommissar Hans Adler von der Berliner Polizei. Professor Dix?«

Beide Männer zogen die Augenbrauen leicht hoch.

»Der bin isch. Ei verbibbsch! Was verschafft uns denn die Ehre des Besuchs da Berliner Bolizei?«, fragte Dix, um hochdeutsche Aussprache bemüht.

Adler legte seine Tasche auf einen Tisch. Ansonsten war in dem hohen Raum alles vollgestellt mit unterschiedlichen Papieren, mit Farbtöpfen, Pinseln und mächtigen Druckmaschinen. Vorsichtig zog er das Päckchen mit dem Bild heraus und schlug das Packpapier zur Seite. Dann reichte er Dix das Gemälde.

Intensiv musterte der Maler sein eigenes Bildnis. Dann schaute er Adler fragend an.

»Nu, wo gommt denn desch Bild här?«

»Ja, wie soll ich sagen«, druckste Adler verlegen. »Das Bild ist bei mir ... aufgetaucht. Ich weiß auch nicht, wo es eigentlich herkommt oder wem es einmal gehört hat. Deshalb bin ich hierhergekommen. Vielleicht wissen Sie es ja? Sie haben es schließlich gemalt. Vielleicht könnten Sie es seinem Besitzer zurückgeben. Oder es gehört sogar Ihnen selbst? Ich wusste es einfach nicht.«

Verwundert schaute Dix zu Adler. Dann musterte er erneut das Bild. Der andere Mann stand lächelnd daneben, die Hände in den Taschen seines weißen Arbeitskittels. »Gestadden, Erhardt«, stellte er sich vor. »Dar Drugger. Mir würden Ihnen gerne a Dässchen Gaffe anbiden«, sagte er. »Aber wissen Sie, warum wir in Dresden nicht mal mehr enen Blimchengaffe drinken gönnen?«

Adler zuckte die Schultern. »Weil es keinen Kaffee gibt?«, vermutete er.

Der andere winkte lächelnd ab und sah sich in dem Druckatelier um, als würde er verfolgt werden.

»Nu«, flüsterte er, »weil die Russen des ganse Meissner Borzellan nach Moskau gebracht haben. Nu hoben mir gor geene Dassen mehr mit Bliemchen ufm Boden.«

Herzhaft über seinen eigenen Witz lachend, goss er Adler aus einer zerbeulten Thermoskanne der Wehrmacht eine dampfende Tasse Malzkaffee in einen Emaillebecher.

Dix war immer noch ganz gebannt von dem Porträt, das ihn selbst als jungen Mann zeigte. »Nu, da'sch dis Bild noch mol widasehen due.«

»Wie wäre es mit einem Stückschen Eiaschegge? Selbst gebaggen«, fragte Erhardt.

Die drei Männer stellten sich an die Fensterbank, tranken Malzkaffee und genossen die Eierschecke.

»Sagt Ihnen der Name Kriee etwas?«

»Konrad. Selbstvorständlisch. Sie kennen ihn?«

»Ja, flüchtig. Er lebt mit seiner Frau in Nikolassee. Ich habe ihn neulich besucht. Er hat mir Arbeiten von Ihnen gezeigt.«

»Ham Se das Bild von ihm?«

Adler schüttelte den Kopf.

»Wie sind Se dann an das Bild gekommen?«, fragte Dix kauend.

»Es mag seltsam klingen, aber es lag eines Tages einfach auf dem Tisch in meiner Laube. Aber ich habe keine Ahnung, wer es dort hingelegt hat.«

Die beiden Männer schauten sich ungläubig an.

»Einfach so?«, fragte Dix.

»Möglicherweise hat es mit einem Fall zu tun, in dem auch von Nazis geraubte Kunstwerke eine Rolle gespielt haben. Das ist etwas kompliziert. Sagt Ihnen Schloss Schönhausen etwas?«

Die Männer nickten.

»Dort haben die Nazis nach dem Ende der Ausstellung Entartete Kunst die Bilder eingelagert, um sie ins Ausland weiterzuverkaufen.«

Als Adler die Ausstellung erwähnte, war Dix blass geworden.

»Dieses Vorbrecharback!«

Erhardt legte dem Künstler eine Hand auf die Schulter.

»Zweemal habe ich mir die Ausstellung angedan. In München. Nadürlich. Aber davor schon in Dräsden. Gleisch 1933.«

Fragend schaute Adler zu Dix.

»Nu, des wussden Se nich? Das ganze Elend hat hier in Dräsden begonnen. Hier an da Akademie.«

Nachdenklich schaute Dix aus dem Fenster auf die Brühlsche Terrasse. Adler spürte, wie nah Dix die Vorfälle gingen. Zugleich ahnte er, wie wenig er von alledem wusste.

»Der Erich Kästner ist ja der einzige Schriftsteller gewäsen, der selbst dabei war, wie die Nazis seine Bücher in Berlin verbrannt haben. Des mussden wir nu nich miderläben, dass unsere Bilder verbrannt wurden. Aber die eigenen Werke so in einer Ausstellung zu sehen … Nu, des war nich so scheen«, erklärte Dix und deutete auf das Gemälde, das ihm Adler zurückgegeben hatte. »Des wor damals ni dabei. Mein Berlinar Galerist had des o schon Ende do Zwanzigorjahre vergauft. An wen … nu, des wes'sch ni mehr.«

»Meinen Sie, dass wir das herausbekommen können? Ich denke, wir sollten es zurückgeben«, sagte Adler.

»Vielleicht«, antwortete Dix. »Wolln Se es nisch für sich behalden?«

Adler schüttelte den Kopf. »Nein. Es gehört mir nicht.«

Dix nickte.

Mit dem Kopf wies er auf die Brache, die sich hinter dem Fenster der Druckwerkstatt erstreckte.

»Wir alle müssen büßen. Für unsere Schuld und für die der anderen«, sagte Dix. Dann drehte er sich zu der Wäscheleine um, die quer durch den Raum gespannt war. »Doch ob wir eine Erlösung erfahren werden … Ob es ein Verzeihen geben kann … Nu, was meinen denn Sie, Kommissar Adler?«

Ohne auf eine Antwort zu warten, nahm er einen der frischen Drucke ab, die mit Wäscheklammern zum Trocknen an der Leine hingen. Vorsichtig legte er das Blatt auf den Tisch und signierte es schwungvoll. Kurz hielt er inne. Dann ergänzte er eine Widmung, verstaute das Blatt zwischen zwei dicken Pappen, die er andächtig mit Bindfaden zuschnürte, und reichte Adler das Päckchen.

»Aber das gehört Ihnen jetzt.«

»Das …«, Adler stockte. »Vielen Dank.«

»Ich schlage vor, das andere Bild geben wir Professor Löffler. Er behält es in der Sammlung des Dresdner Museums, und zwar so lange, bis wir herausbekommen haben, wär es gegauft hat.«

Adler nickte. Die Idee gefiel ihm. »Ein Bekannter hat mir erst neulich gesagt, dass sich in all den Veränderungen einige Sachen als beständig erweisen würden. Damit spielte er auf die Kunst an. Er meinte, dass man diese Werke auch in

Zukunft für die Menschheit erhalten müsse. Um sie wieder an ihren alten Standorten zu zeigen«, sagte er. »Geben Sie Professor Löffler das Bild in seine Obhut. Er wird gewiss gut darauf aufpassen.«

Adler reichte Erhardt und Dix die Hand. Dann nahm er die Pappe und wandte sich zum Gehen.

»Vielen Dank für Ihre Lithographie«, sagte Adler, »und natürlich für die *Eierschegge*.«

Nachwort

»Alles, was wir lesen, erscheint uns in dem Licht, das ein anderer angezündet hat«, schrieb der schwedische Schriftsteller und Journalist Olof Lagercrantz 1988 in seinem Buch *Die Kunst des Lesens und des Schreibens*. Ich denke, man kann ohne schlechtes Gewissen den Begriff des Lesens in Lagercrantz' Satz durch jenen des Schreibens ersetzen. Lesen und Schreiben sind zwei Seiten derselben Medaille. Das gilt umso mehr für eine Geschichte, die im Jahr 1947 spielt, aber erst 2024 entstanden ist. Sie kann kein authentisches Gemälde der Vergangenheit erzeugen. Sosehr wir uns darum bemühen, wir blicken stets mit dem Wissen und Fühlen der Gegenwart auf die Ereignisse der Geschichte. Daher war ich für mein Schreiben auf zahlreiche Funken angewiesen, die mir andere mit ihren Büchern entzündet haben, wenn es um die *monument men* ging, die Entartete Kunst oder die Geschichte Pankows.

Zugleich will dieser Roman auch kein Sachbuch sein. Er greift Fakten und Zitate auf, doch er spielt mit ihnen. Wer das Schloss Schönhausen kennt, weiß sofort, was ich damit meine. Wer das zauberhafte Schloss im Nordosten Berlins allerdings noch nicht kennengelernt hat, dem sei ein Besuch dort dringend angeraten. Es ist ein besonderer, vielschichtiger deutscher Geschichtsort.

Danken möchte ich einmal mehr meinem Bruder, der auch dieses Manuskript so wohlwollend wie kritisch einer ersten Lektüre unterzogen hat.

Berlin, im April 2024